シルバー湖のほとりで

By the Shores of Silver Lake

ローラ・インガルス・ワイルダー

足沢良子＊訳　むかいながまさ＊画

草炎社

シルバー湖のほとりで

ローラ・インガルス・ワイルダー(Laura Ingalls Wilder)は、1867年ウィスコンシン州で、西部開拓者《せいぶかいたくしゃ》のチャールズ・インガルスと妻《つま》キャロラインの次女として生まれました。

少女のころ、カンザスやミネソタの大草原を移動し、12歳のころ、インガルス一家はサウス・ダコタ州の近《きん》郊《こう》の農地に移住しました。15歳の終わりには、教員試《きょういんし》験《けん》に合格《ごうかく》し、16歳になると、開拓小屋の学校で教えるようになりました。

ちょうどこのころ、近くの払い下げ農地に住んでいたアルマンゾ・ワイルダーと出会い、18歳で結婚、農家の主婦《しゅふ》としての生活が始まりました。翌年には、長女ローズが生まれました。

27歳の時に永住《えいじゅう》の地となるミズーリ州へ移り住み、じょじょに豊かな安定した生活を築いていきました。

娘のローズは、前まえからローラに子供時代の思い出を本にするよう勧めていました。ローラは、1929年ついに執筆《しっぴつ》を決意し、1932年に、「大草原の小さな家」シリーズの第1冊目である『大きな森の小さな家』(*Little House in the Big Woods*)を出版しました。出版社側との交渉《こうしょう》は、ローズの役割《やくわり》でした。ローラ・インガルス・ワイルダーはこのあと、シリーズ9冊の作品を残しました。

そして、1957年、90歳で静かに息を引き取りました。

✣

シルバー湖のほとりで

✣

もくじ

1 ✣ 思いがけないお客 7
2 ✣ おとなへの第一歩 18
3 ✣ 汽車に乗る 29
4 ✣ 終着《しゅうちゃく》駅《えき》 51
5 ✣ 鉄道工事現《げん》場《ば》の仮《かり》ずまい 63
6 ✣ 黒い小馬 76
7 ✣ 西部へ 95
8 ✣ シルバー湖 117
9 ✣ 馬どろぼう 132
10 ✣ すばらしい午後 146
11 ✣ 給《きゅう》料《りょう》日《び》 175
12 ✣ シルバー湖を渡る野《や》鳥《ちょう》たち 198
13 ✣ 飯《はん》場《ば》のとりこわし 206
14 ✣ 測《そく》量《りょう》技《ぎ》師《し》の家 224
15 ✣ 最後のひとりも行ってしまう 241
16 ✣ 冬の日び 255
17 ✣ シルバー湖のオオカミ 260

18 ✣ 父さんが農地《のうち》を見つける 272
19 ✣ クリスマスイブ 279
20 ✣ クリスマスの前の夜に 293
21 ✣ クリスマスおめでとう 302
22 ✣ 幸せな冬の日び 325
23 ✣ 巡礼《じゅんれい》の道で 346
24 ✣ 春、いっきに人びとがやってきた 363
25 ✣ 父さんの賭《かけ》 376
26 ✣ 建築《けんちく》ブーム 386
27 ✣ 町で暮らす 398
28 ✣ 引っ越しの日 417
29 ✣ 農地に建てた小屋 429
30 ✣ スミレの咲くところ 447
31 ✣ 蚊《か》の大群《たいぐん》 460
32 ✣ 夕やみがおりるとき 464
✣ 訳者あとがき 468

訳 ✣ 足沢良子　たるさわよしこ

翻訳家、作家。1927年、東京に生まれる。主な訳書に『ハヤ号セイ川をいく』（講談社）『銀の馬車』『おき去りにされた猫』『床下の古い時計』（以上金の星社）〈大草原の小さな家〉シリーズ（草炎社・現在刊行中）など多数。主な著書に『ナイチンゲール』『チャーチル』（以上ぎょうせい）など。

画 ✣ むかいながまさ

1941年神奈川県鎌倉に生まれる。上智大学卒業後、出版社を経て、画家になる。絵本や挿絵の作品に、〈きょうりゅうが学校にやってきた〉シリーズ、『キングゆうかい大作戦』『ソルジャー・マム』『イヤー　オブ　ノー　レイン』『十五少年漂流記』〈大草原の小さな家〉シリーズなど、多数ある。

装幀　細野綾子

By the Shores of Silver Lake
by
Laura Ingalls Wilder

1 ✣ 思いがけないお客

ある朝、ローラが皿《さら》を洗《あら》っていると、日のあたる入り口のあがり段にからだを横たえていた老犬《ろうけん》のジャックがうなり声をあげて、だれか人が来たことを知らせました。

ローラが外を見ると、一頭立ての四輪馬車《よんりんばしゃ》が、プラムクリークのじゃりの多い浅瀬《あさせ》を渡ってくるところでした。

「母さん、知らない女の人が来るわ。」

と、ローラはいいました。

母さんは、ため息をつきました。

家の中がちらかっているのが、はずかしかったのです。

ローラも、同じ思いでした。

母さんは、あまりにもからだが弱っていました。ローラも、とてもつかれていました。

ふたりは、家の中に気をくばることができないほど、気持ちが沈んでいました。

メアリーとキャリィと、赤ちゃんのグレースと母さんは、四人とも猩紅熱《しょうこうねつ》にかかったあとでした。

クリーク（川の支流《しりゅう》）のむこう側にすむネルソンさん一家もかかってしまったので、父さんとローラを手伝う人はだれもいないのでした。

お医者《いしゃ》は、毎日、来ていました。でも父さんには、治療代《ちりょうだい》をどうやって支払ったらいいか、あてがないのでした。

なかでもいちばん悪いことは、高熱《こうねつ》がメアリーの目をおかしてしまい、メアリーは失明《しつめい》してしまったのでした。

メアリーは、今は起きあがれるようになり、キルトのふとんにくるまって、ヒッコリーの木で作った母さんの古いゆりいすに腰《こし》かけていました。そうなるまでの長いあいだ、まだかすかに見えた目が、一日ごとに見えなくなっていく日び、メアリーはけっして泣きませんでした。

今はもう、どんなに明るい光でも、見えません。それでもメアリーは、がまん強く、くじけることはありません。

あの美しい金髪《きんぱつ》は、なくなってしまいました。熱が高かったので、父さんが短く刈《か》ってまる刈《が》りにしてしまったので、かわいそうなその頭は、男の子のように見えました。

青い目は今でも美しいのですが、その目は、自分の前になにがあるのかもわからないのでした。それに、自分の考えていることを言葉ではなく目でローラに伝えようとしても、それはもうできないのでした。

「朝のこんな時間に、だれかしら？」

メアリーは、馬車の音に耳をかたむけながら、ふしぎそうにいいました。

「知らない女の人がひとりで馬車に乗ってるのよ。茶色の日よけぼうしをかぶって、鹿毛《かげ》（赤褐色《せきかっしょく》）の馬を走らせてるのよ。」

とローラは、答えました。

ローラはメアリーの目になってあげなければいけないと、父さんはいっていました。

「なにか昼食にするもの、考えられる？」

母さんが、たずねました。

もしその人が昼食のときまでいたときのことを考え、お客に出すもののことをいっているのでした。

パンと糖蜜《とうみつ》と、ジャガイモはありました。それだけしか、ありません。

春になったばかりで、菜園《さいえん》の野菜《やさい》を収穫《しゅうかく》するには早すぎます。

牝牛《めうし》は乳《ちち》を出さなくなってしまい、めんどりも、夏の時期《じき》のたまごはまだ産《う》みはじめていません。

小さな魚だけが、わずかに、プラムクリークにいるだけでした。

小さなワタオウサギでさえ、残り少なくなっていく中で、狩《か》りのえものになっていました。

父さんは、すっかりひらけて荒らされてしまい狩りのえものもとぼしい土地は、好《この》まないのでした。父さんは、西部へ行きたがっていました。

この二年のあいだ、父さんは、西部へ行ってそこに入植《にゅうしょく》することを望んでいました。でも母さんが、すみなれた土地をはなれたがらないのでした。それに、お金がありません。イナゴにおそわれたとき以来、小麦のわずかな収穫《しゅうかく》が二回あっただけでした。やっと、借金《しゃっきん》ははらいおえることができました。今度は、お医者《いしゃ》への支払いがあるのです。

ローラは、勇ましいほどのいいかたで、母さんに答えました。

「あたしたちにおいしいものは、だれにだっておいしいわよ!」

馬車が止まり、その知らない女の人は馬車の中に腰《こし》かけたまま、入り口にいるローラと母さんをじっと見ています。

きれいな人でした。茶色のサラサ地のきっちりしたドレスを着て、日よけぼうしをかぶっています。

ローラは、自分のはだしの足や、しわくちゃの服や、くしけずっていないおさげ髪《がみ》がはずかしくなりました。

すると、母さんがゆっくりといいました。

「まあ、ドーシア!」

「あたしをわかるかしらと思ったのよ。」

と、その女の人はいいました。

「あなたたちがウィスコンシンをあとにしてから、ずいぶん長い月日がたったわ。」

それは、美人のドーシアおばさんでした。

ずっとずっと以前、ウィスコンシン州の大きな森のおじいちゃんの家の「カエデ糖《とう》のダンスの会」で、クロイチゴのようなボタンをつけたドレスを着ていたおばさんでした。

おばさんは、今では結婚《けっこん》していました。ふたりの子どもがいる、奥《おく》さんを亡《な》くした人と結婚していました。その人は、西部に新しくしかれる鉄道《てつどう》の請負人《うけおいにん》でした。

ドーシアおばさんは、ウィスコンシン州からダコタ居留地《きょりゅうち》にある鉄道の工事現場《げんば》まで、ひとりで馬車に乗っていくところでした。

おばさんは、もしや父さんがいっしょに行かないかと、立ちよったのでした。

おばさんの夫《おっと》のハイおじさんは、倉庫《そうこ》の管理人《かんりにん》や帳簿係《ちょうぼがかり》や時間の記録係にふさわしい人を、探していました。

父さんに、仕事があるかもしれないのです。

「一月《ひとつき》に、五十ドル支払うのよ、チャールズ。」

と、おばさんはいいました。

父さんのやせたほおがほころび、青い目に光がともりました。

父さんが、ゆっくりといいました。

「農場を探すあいだ、いい給料《きゅうりょう》になるということらしいよ、キャロライン。」

母さんは、それでも西部へは行きたくないのでした。

母さんは、台所を見まわしました。キャリイをながめ、それからグレースを抱《だ》いて立っているローラをながめました。

「チャールズ、あたしにはわからないわ。」

と、母さんはいいました。

「一月《ひとつき》に五十ドルとは、神の助けのような話だわ。だけど、あたしたちは、ここに家を建てて暮らしてる。農地《のうち》も持ってますよ。」

「よく聞いてくれ、キャロライン。」

と父さんは、たのむようにいいました。

「西部へ行けば百六十エーカーの土地が手に入るんだ。そこにすんでるだけで、ここと同じくらいか、もっといい土地が手に入るんだ。もし政府《せいふ》が、インディアン居留地《きょりゅうち》から追いだした人たちに農地をあたえるというのなら、それを受けようじゃないか。西部では狩りもよくできるし、人が望むだけ肉が手に入るんだ。」

ローラは、とても西部へ行きたくて、もう少しで口をはさむところでした。

「今、どうやって行けばいいんですか?」

母さんが、たずねました。

「メアリーはまだ、旅行ができるほどじょうぶにはなってませんよ。」

「それはそうだ。それは確かだ。」

と、父さんはいいました。

父さんは、ドーシアおばさんにたずねました。

「その仕事は、待ってもらうわけにはいかないんだろ?」

「ええ、だめなの。」

と、ドーシアおばさんはいいました。

「だめなのよ、チャールズ。ハイは今すぐに、人が必要なのよ。兄さんが引きうけるか、それとも引きうけないか、どちらかなのよ。」

「一月《ひとつき》に五十ドルだよ、キャロライン。」

と、父さんはいいました。

「それに、農場だ。」

母さんが静かに口を開くまで、ながい時間がかかったように思えました。

「そうね、チャールズ、あなたがいちばんいいと思うことを、したらいいわ。」

「引きうけたよ、ドーシア！」

父さんは立ちあがって、ぼうしをぽんとたたきました。

「意志《いし》があるところには、道がある。ネルソンに会いに行ってくるよ。」

ローラは、あまりにもわくわくしてしまって、家事《かじ》をするのも手につかないほどでした。

ドーシアおばさんは家事を手伝いながら、ウィスコンシンのようすを話しました。

おばさんの妹のルビーおばさんは結婚《けっこん》して、ふたりの男の子と、ドリーバーデンという名前のとてもかわいい女の赤ちゃんがいるそうです。

ジョージおじさんは、木材の切りだし人になり、ミシシッピ川ぞいで丸太《まるた》にする立木を切っています。

ヘンリーおじさんの一家もみんな元気で、おじさんがあまりしつけをせずあまやかしていたチャーリーも、思っていたよりずっといい子になったそうです。

おじいちゃんとおばあちゃんは、今でももとの場所にある丸太の大きな家にすんでいます。今なら枠組壁《わくぐみかべ》の木造家屋《もくぞうかおく》にすむことができるのですが、おじいちゃんは、うすっぺらな製材《せいざい》した板の家より、カシの丸太で造ったもののほうがずっといい、と断言《だんげん》しているそうです。

ローラとメアリーが大きな森の丸太の小さな家を出発したとき、置いてきたネコのブラック・スーザンは、そのままあそこにすんでいるそうです。

あの丸太の小さな家は、何人かの人の手に渡り、今ではトウモロコシの納屋《なや》になっていますが、ブラック・スーザンはどうしてもほかの場所へは行かないそうです。ブラック・スーザンは納屋にすみつづけて、ネズミをつかまえるので、太って毛はつやつやしているそうです。

あのあたりの家はどこでもブラック・スーザンの子ネコを飼っていて、そのネコは親ネコと同じように耳が大きくて、長いしっぽで、ネズミとりの名人だそうです。

父さんが帰ってきたときには、家のそうじはすみ、家の中はさっぱりして、食事の用意もできていました。

父さんは、農地《のうち》を売ってきたのでした。ネルソンさんが現金《げんきん》で二百ドルを支払ったので、父さんは大喜びでした。

「これで借金《しゃっきん》はすべてかたがつくし、少しは手もとにも残る。どうだね、キャロライン！」

と、父さんはいいました。

「これがいちばんいい、ということだといいけれど、チャールズ。」

と、母さんは答えました。

「でも、どうやって――」

「話すから、待ってくれ！　ぜんぶ計画してあるんだ。」

父さんは、母さんに話しました。

「ぼくはあすの朝、ドーシアと出かける。きみと子どもたちはメアリーがすっかりよくなるまで、ここにとどまる。ま、二か月というところだな。ネルソンがわたしたちの荷物を駅まで運んでくれるというから、きみたちはみんな汽車で来るんだ。」

ローラは、父さんをじっと見つめました。

キャリィと母さんも同じように、父さんを見ました。

メアリーが、いいました。

「汽車で？」

汽車で旅をすることなど、四人とも考えてもいませんでした。

ローラは、汽車で旅をする人たちがいることを、もちろん知っていました。

汽車は、ときどき事故《じこ》を起こして、乗客に死者《ししゃ》を出していました。

ローラは、そんなことはこわがっていませんでしたが、汽車の旅ということで、胸がどきどきしました。

キャリィの目は大きく見開き、やせた小さな顔は、おびえていました。

みんなは、汽車が、煙突《えんとつ》から黒い煙をぽっぽと出しながら大草原を横切っていくのを見たことはありました。地ひびきをたてる音や、澄《す》んだ汽笛《きてき》の音も、聞いていました。

汽車が近づいてくるとき、馭者《ぎょしゃ》が馬をつかまえていないと、馬はにげだしてしまうのでした。

母さんは、静かな声でいいました。

「ローラとキャリィに手伝ってもらえば、汽車に乗るのもきっとうまくやれますよ。」

２ ✤ おとなへの第一歩

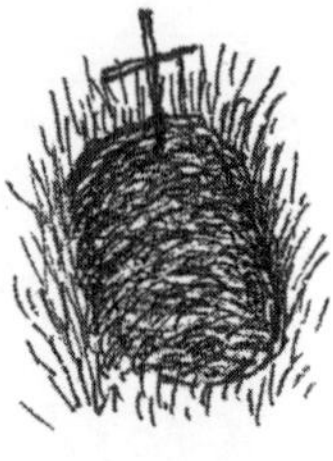

父さんがあすの朝、出発しなければならないので、その準備《じゅんび》の仕事がたくさんありました。

父さんは、馬車の上に古いほろわくをつけ、ほろを張りました。ほろはやぶけそうでしたが、短い旅には、まにあうのでしょう。

ドーシアおばさんとキャリィが父さんを手伝って、馬車に荷物を積みこんでいるあいだに、ローラは、洗濯《せんたく》をしてアイロンをかけ、旅の堅《かた》パンを焼きました。

こういうさわぎのただ中に、ジャックはじっと立って、見ていました。

あまりにもいそがしくて、だれも、年とったブルドッグには気づきません。

ローラは、ふと、家と馬車のあいだに立っているジャックに気がつきました。

ジャックは今ではもう、首をかしげうれしそうな顔をしてじゃれるようなことはしませんでした。

ジャックは、リューマチにかかっていて、こわばった足をふんばって立っていました。おでこにはひどくしわが寄り、短いしっぽは、ぐったりしています。

「おりこうね、ジャック。」

ローラが声をかけましたが、しっぽはふりませんでした。

ジャックは、悲しそうに、ローラをじいっと見ました。

「見て、父さん。ジャックを見て。」

とローラはいいました。

ローラは、かがんで、ジャックのすべすべした頭をなでました。きれいだった毛並みは今では灰色でした。鼻からだんだんに灰色になっていった毛は、今では耳でさえ茶色とはいえません。

ジャックは頭をローラにもたせかけ、ふうーとため息をつきました。

そのとたん、ローラには、わかりました。

この年とった犬が、ダコタ居留地《きょりゅうち》まで馬車の下をずっと歩いていくのは、とてもむりなのでした。

ジャックは、馬車がまた旅に出る用意をしているのを見て、どうしていいか困っているのでした。

ジャックは老犬《ろうけん》で、とても弱っています。

「父さん！」

ローラは、大声を出しました。

「ジャックは遠くまでは歩けないわ！　あぁ、父さん、ジャックを置いてくことなんかできないわ！」

「たしかに、遠くまでは歩きとおせないな。」

と、父さんはいいました。

「忘れてた。えさぶくろを動かして、ジャックが乗る場所を作るよ。馬車で行くのはどうだい、うん、あいぼうよ？」

ジャックは、礼儀《れいぎ》正しく、しっぽを一度ふって、それから顔をそむけました。馬車に乗っても、行きたくはないのでした。

ローラは、ひざをつき、幼い少女だったころよくしたように、ジャックを抱きしめました。

「ジャック！　ジャック！　あたしたち、西部へ行くのよ！　もう一度、西部へ行きたくない、ジャック？」

ずっと以前にはジャックは、父さんが馬車にほろをかけるのを見ると、うれしくて待ちきれないようすでした。

馬車が出発するとジャックは、その下に入り、ウィスコンシン州からインディアン居《きょ》留地《りゅうち》まで、そしてまたミネソタ州にもどる長い道を、馬の足の後ろからとことこと
こいそぎ足で歩きつづけました。

ジャックはクリークを歩いて渡り、川を泳ぎ、ローラが馬車で眠っている夜は毎晩、番をしていたのでした。朝になると、歩きつかれて足がいたくても、太陽がのぼり馬が馬具《ばぐ》をつけるのを見ると、ローラと喜んでいるのでした。こうしてジャックは、いつも旅の新しい一日にそなえていたのでした。

今、ジャックは、ローラにもたれかかり、ローラの手を下から鼻でそっと突いて、やさしくなでてほしいとねだるだけでした。

ローラは、灰色のその頭をなで、耳を寝かしつけるようになでると、ジャックがどんなにつかれきっているかよくわかりました。

メアリーとキャリィが、そして次には母さんが猩紅熱《しょうこうねつ》にかかってからは、ジャックのことはほうりっぱなしになっていました。

なにか困ったことが起こったときは、いつもジャックがローラを助けていましたが、家族の病気には、どうすることもできませんでした。

きっとそのあいだ、ジャックは、ひとりぼっちで忘れられてしまった気持ちでいたのでしょう。

「そんなつもりじゃなかったのよ、ジャック。」

とローラは、ジャックにいいきかせました。

ジャックには、わかりました。ローラとジャックは、いつも互《たが》いにわかりあっていました。

ローラが幼かったときは、ジャックがおもりをしました。キャリィが赤ちゃんだったとき、そのおもりをするローラを、ジャックは助けました。

父さんが留守《るす》のあいだは、ジャックはいつもローラのそばにいて、家族に気をくばっていました。

ジャックは、とくにローラになついている、ローラの犬でした。

ジャックが父さんと馬車で先に行き、ローラがあとに残らなければならないことを、どう説明したらいいか、ローラにはわかりませんでした。あとからローラが汽車で行くのだといっても、たぶん理解できないでしょう。

ローラにはやらなければならないことがたくさんあったので、もうそれ以上、そばにいることはできませんでした。

けれど、午後のあいだずっと、声をかけてやれるときは、かならず、

「いい子ね、ジャック。」

と、いってやりました。

ジャックの夕食には、おいしいものを食べさせました。皿洗いのあと、あすの早い朝食の準備をしてから、ジャックの寝床《ねどこ》をととのえてやりました。

ジャックの寝床は、うらのさしかけ小屋のすみに置いてある、馬の古い毛布でした。

ジャックは、この家に引っ越してきてからずっと、そこで眠っていました。

ローラは、屋根裏部屋《やねうらべや》で眠っていましたが、ジャックははしご段をのぼることができないのでした。

五年のあいだ、ジャックはそこで眠り、ローラは、毛布に風を入れて清潔《せいけつ》にして気持ちよくしてやっていました。

けれど、近ごろは、なおざりにしていました。

ジャックは自分でやろうとして、毛布を引っかいてみましたが、かたいうねのようになって、まるまってしまうのでした。

ジャックは、今、ローラが毛布をたたいて気持ちよくしているのを、見守っていました。うれしそうな顔をして、しっぽをふっていました。ローラが自分のために寝床を作って

くれるのが、うれしくてたまらないのでした。

ローラは、毛布をまるくして、もうできたと、ぽんぽんとたたいて見せました。

ジャックは、寝床《ねどこ》へ入ると、ぐるっとひとまわりしました。それから、こわばった足で立ちどまり、またゆっくり、ひとまわりしました。

夜、眠る前にジャックは、かならず三回まわってみるのでした。「大きな森」にいたころのわかい犬だったときにも、馬車の下の草の上でも、毎晩まわっていました。犬は、そうするものなのでした。

よろよろとジャックは三回まわると、どさっとからだをまるめてすわりこみ、ため息をつきました。それでも頭を持ちあげて、ローラを見あげました。

ローラは、きれいな灰色の毛の頭をなでてやりました。

ローラは、ジャックがいつもどんなにいい犬だったかを、考えてみました。

オオカミやインディアンの中にいても安全でいられたのは、ジャックがいたからです。夜、牝牛《めうし》を連れてくるとき、何回、助けてもらったことでしょう。

プラムクリークの川辺で、どんなにたのしく遊んだことか。おこりんぼうでりこうな、あのザリガニがいたふちで遊んだことも……。そしてローラが学校へ行っているあいだ、帰ってくるのを、いつもクリークの浅瀬《あさせ》で待っているのでした。

「おりこうね、ジャック、いい子ね、ジャック。」

とローラは、話しかけました。

ジャックは首をまわし、舌の先で、ローラの手にさわりました。それから、前足の上に鼻を乗せ、ため息をついて目をとじました。もう眠りたくなったのでした。

朝になって、ローラがはしご段をおりてランプの明かりがついている部屋へ行くと、父さんが外まわりの仕事に出ていくところでした。

父さんは、ジャックに話しかけました。が、ジャックは、ぴくっとも動きません。毛布の上に、まるくなって横たわっているのは、かたく冷たくなってしまったジャックだったのでした。

ふたりは、冷たくなったジャックを、小麦畑の上のゆるやかな斜面《しゃめん》に埋《う》めました。そこは、ローラが牝牛を連れていくとき、ジャックがいっしょに走りおりていく小道の脇《わき》でした。

父さんは、シャベルで箱の上に土をかけ、もりあがった土を平らにしました。みんなが西部に行ってしまったあと、ここには草が生えるでしょう。

ジャックは、もう二度と、朝の空気をかぐことはありません。耳をぴんと立て、うれしそうに草の上をとびはねることもないのです。鼻でローラの手の内側をそっと突いて、か

わいがってほしいとねだることも、二度とないのです。

ねだられなくてもかわいがってやったほうがよかったのに、ローラは、そうしなかったことがあったのでした。

「泣くんじゃない、ローラ。」

と、父さんがいいました。

「ジャックは『天国《てんごく》の狩猟場《しゅりょうば》』(訳者註《やくしゃちゅう》・北アメリカのインディアンの一部の種族《しゅぞく》が信じている極楽《ごくらく》で、勇者《ゆうしゃ》や狩人《かりうど》が死後《しご》、狩りをしたり豊かな食事をたのしむところ)へ行ったんだよ。」

「ほんとに、父さん?」

ローラは、やっとの思いでたずねました。

「いい犬たちには、ほうびがあるんだよ。」

と父さんは、話しました。

きっとジャックは、インディアン居留地《きょりゅうち》の美しい自然のままの大草原を走っていたときのように、「天国の狩猟場」で、うれしそうに自然の中を走っているのでしょう。

もしかしたら、ジャックは、とうとう野ウサギをつかまえたかもしれません。ながい耳とながい足の野ウサギを、ジャックは何度もつかまえようとしましたが、一度もつかまえられなかったのでした。

その日の午前中に、父さんは、ドーシアおばさんの馬車の後ろから、古びた馬車で出かけていきました。

ローラのそばに立って、父さんが出かけるのを見守るジャックは、もういません。ローラを守ろうと見あげていたその目は今はなく、ジャックがいた場所は、むなしくぽっかりとあいていました。

ローラはそのとき、自分がもう小さな女の子ではないということに、気がつきました。今、ローラは、たったひとりでした。自分のことは、自分でしなければならないのでした。なにかしなければならないときには、それは自分でやるのです。

それが、おとななのです。ローラは、まだおとなではありませんが、もうすぐ十三歳で、たよりにする人はありません。

父さんも、ジャックも、いません。

母さんには、メアリーと幼いふたりの子どもの世話をする助けが必要です。

ローラは、なんとしてでもみんなを汽車に乗せて、無事に西部へ連れていかなければならないのでした。

3 ✣ 汽車に乗る

ついにそのときが来ても、ローラは、なかなか信じられませんでした。何週間、そして何か月かがずんずんとすぎ、今ふいに、それは終わってしまったのでした。プラムクリーク、家、すべての丘、草原、よく知りつくしていたそういうものと、別れるのでした。

ローラは、もう二度と、見ることはないでしょう。

最後の何日かは、荷作り、そうじ、床《ゆか》みがき、それに洗濯《せんたく》とアイロンかけ。そして、おふろに入って服を着て、最後のあわただしいひとときも終わりました。日曜でないのに、洗濯をしてのりのきいた服を、朝からきちんと着ました。

ローラたちは、母さんが切符《きっぷ》を買っているあいだ、駅の待合室《まちあいしつ》のベンチに、一列にならんで腰《こし》かけていました。

一時間もすれば、みんなは、鉄道列車に乗っているでしょう。

二この小型のかばんが、待合室のドアの外の、日のあたるプラットホームに置いてありました。

ローラは、母さんにいわれたとおりに、そのかばんと、グレースから目をはなしませんでした。

グレースは、のりのきいた白いローンのかわいい服を着てぼうしをかぶり、新しい小さなくつをはき、足をぴんとのばしてじっとすわっていました。

切符売場の窓口では、母さんがハンドバッグからお金を出して、注意深くかぞえていました。

汽車で旅をするには、お金がかかります。馬車に乗って旅をするのなら、お金はなにもはらうことはありません。

その日は、馬車に乗って新しい道を行くには、すばらしい天気でした。

九月のその日、空には、小さな雲が足ばやに流れていました。

今、女の子たちはみな、学校にいるはずです。みんなは、汽車が地ひびきをたてていくのを見て、ローラがそれに乗っているのがわかるでしょう。

汽車は、馬より速く走ります。おそろしい速さで走る汽車は、ときどき事故《じこ》を起こします。汽車に乗るとなにが起こるかは、それはわからないのでした。

母さんは、真珠貝《しんじゅがい》の飾《かざ》りのついたハンドバッグの中へ切符《きっぷ》を入れ、小さな止め金を、ぱちんとていねいな手つきでしめました。

白いレースのえりとカフスで、黒っぽいモスリン地のドレスを着た母さんは、とてもすてきでした。ぼうしは、はばのせまいつばが上にそりかえった黒の麦わらぼうで、片側に、白いスズランの花《はな》たばが飾りについています。

母さんは腰かけると、グレースをひざに乗せました。

さあこれで、汽車を待つことのほかは、なにもすることはありません。乗りおくれないように、一時間も早く来ていたのでした。

ローラは、服のしわをのばしました。服は茶色のキャラコ地に、赤い花もようでした。髪《かみ》は、二本のながい三《み》つあみにして背中にたらし、その先をふたついっしょに、赤いリボンでチョウむすびにしてありました。赤いリボンは、ぼうしのまわりにも、ぐるっとまいて、ついていました。

メアリーの服は、青い花たばのもようの、グレーのキャラコ地でした。つば広《びろ》の麦わらぼうには、青いリボンが、まいてついていました。

ぼうしの下には、短いかわいそうな髪が、はえぎわにぐるりとまいた青いリボンで後ろに押さえて、入れてありました。

美しい青い目は、なにも見えないのでした。

けれど、メアリーは、いいました。

「そわそわしないのよ、キャリィ、服がくしゃくしゃになるでしょ。」

ローラは、メアリーのむこうに腰かけているキャリィをよく見ようとして、首をのばしました。

キャリィは、小柄《こがら》なやせた子です。

ピンク色のキャラコ地の服を着て、茶色のおさげ髪とぼうしには、ピンク色のリボンがついています。

そわそわしているところをメアリーに気づかれてしまい、キャリィは、真っ赤になりました。

それでローラは、こういおうとしました。

「あたしの横にいらっしゃいよ、キャリィ。すきなだけからだ動かしていいから!」

するとそのとき、メアリーの顔がうれしそうに明るくなって、いいました。

「母さん、ローラもそわそわして、からだ動かしてるわ! あたし、見てなくたってわかるのよ!」

「そうですよ、メアリー。」

と、母さんがいいました。

メアリーは、満足して、にっこりしました。

ローラは、メアリーにふきげんな気持ちをいだいたことがはずかしくなりました。

ローラは、なにもいいませんでした。立ちあがって、なにもいわずに母さんの前を通りすぎようとしました。

母さんは、ローラにうながしました。

『失礼《しつれい》します』といいなさい、ローラ。」

「失礼いたします、母さん。失礼いたします、メアリー。」

とローラは、礼儀《れいぎ》正しくいって、キャリィの横に腰をおろしました。

キャリィは、ローラとメアリーのあいだにいれば、安心するのでした。

キャリィは、汽車に乗るのをこわがっていました。

もちろん、こわがっていることを、けっして口には出しませんでしたが、ローラにはわかっていました。

「母さん。父さんはかならず迎えにくるわよね?」

とキャリィは、おずおずたずねました。

「もう出発してますよ。工事現場《げんば》から馬車で来るから、まる一日かかるのよ。わたしたちは、トレーシーで父さんを待つことになるのよ。」

と、母さんはいいました。

「父さんは――夜になる前に、そこに着くの、母さん？」

キャリイが、たずねました。

母さんは、そうなるといい、といいました。

汽車で旅をするということは、どんなことが起こるか予想《よそう》できないのでした。みんながいっしょに馬車に乗って出発するようには、いきません。

それでローラは、元気よくいいました。

「父さんはもう、うちの農地《のうち》をえらんだかもしれないわよ。どんなのか、あててごらんなさい、キャリイ。そのあとで、あたしがいうから。」

ローラもキャリイも、どうしても話に集中できません。

汽車がいつ来るかと、聞き耳をたてて待っているからでした。

ながくながく待ってから、やっとメアリーが、音がしたように思う、といいました。

そのあとでローラにも、はるか遠くに、ごうごういう音が聞こえました。ローラの胸は高鳴って、母さんの声も聞こえないくらいでした。

母さんは片方の腕《うで》にグレースを抱き、もう片方の手で、キャリイの手をしっかりとにぎりました。

母さんは、いいました。

「ローラ。メアリーと、あたしのあとから来るんですよ。気をつけて、さあ！」

汽車は、だんだん大きな音をたてて、近づいてきました。

ローラたちは、プラットホームの小型かばんのそばに立って、近づいてくる汽車を見ていました。

ローラには、どうやって二このかばんを汽車の中に入れるのか、わかりません。母さんの両手はふさがっているし、ローラは、メアリーの手をしっかりにぎっていなければなりません。

機関車の正面のまるい窓は、大きな目のように、日の光の中でぎらぎら光っています。はばの広い煙突《えんとつ》のてっぺんから、ぱっとほのおが燃えあがり、黒い煙《けむり》がもくもく出てきました。急に、煙の中から白いすじがしゅっとあがって、ながくけたたましく警笛《けいてき》が鳴りました。ごうごうと、とどろく音をたてながら、こちらへむかってやってきます。そしてどんどん大きくなり、巨大になり、とどろく音とともに、なにもかもゆれました。

これで、いちばんこわいことは終わりました。

汽車はだれにもぶつからずに、厚い大きな車輪の上で、とどろく音をたてながら、ローラたちのそばを通っていきました。

貨物車《かもつしゃ》と無蓋《むがい》のながい貨車が、がしゃがしゃと音をたてて走っていって、汽車は止まりました。

汽車は、目の前にあります。乗らなければなりません。

「ローラ！」

母さんが、きびしい声でいいました。

「あなたもメアリーも、気をつけて！」

「はい、母さん、だいじょうぶ。」

と、ローラはいいました。

メアリーの手を引いてローラは、母さんのスカートの後ろから、プラットホームの床板を一歩ずつ心配そうに渡っていきました。

母さんのスカートが止まると、ローラは、メアリーを立ちどまらせました。

そこは、汽車の最後尾《さいこうび》の車両でした。段をのぼって、中へ入るのでした。

黒い服を着て、ぼうしをかぶった知らない男の人が、グレースを抱いてのぼる母さんに手をかしました。

「おっと、どっこいしょ！」

と、その人はいって、キャリイをぶらさげるように抱いて、母さんのそばに立たせました。そして、いいました。

「あれはあなたのかばんですか、奥さん？」

「そうです、お願いします。」

と、母さんはいいました。

「いらっしゃい、ローラ、メアリー。」

「あの人だれ、母さん？」

キャリイが聞いているあいだに、ローラは段をあがるメアリーを助けました。

ローラたちは、せまい場所で、身を寄せあっていました。

さっきの男の人が、かばんを持ち、明るい態度《たいど》でみんなを押しわけるように入ってきて、客車のドアを肩であけました。

ローラたちは、人でいっぱいの二列にならんだ赤いビロードの座席のあいだを、男の人についていきました。

客車の両側は、大部分が、がっしりした窓でした。客車の中は、外とほとんど変わらないくらいの明るさで、日の光が、乗客と赤いビロードにさしこんでいました。

母さんは、ビロードの座席のひとつに腰をおろすと、ひざにグレースをぽんと乗せました。そしてキャリィに、となりにすわりなさい、と話しました。

母さんは、いいました。

「ローラ、あなたとメアリーは、わたしの前のこの席にすわりなさい。」

ローラは、メアリーの手を引いて、ふたりは腰をおろしました。

ビロードの座席には、はずむような弾力《だんりょく》がありました。ローラは、ぴょんとはねてみたかったのですが、礼儀《れいぎ》正しくしていなければなりません。

ローラは、ささやきました。

「メアリー、座席は赤いビロードよ!」

「そうなの。」

とメアリーはいって、指先で席をなでました。

「あたしたちの前にあるのはなに?」

「前にある席の、高い背もたれよ。それも赤いビロード。」

とローラは、説明しました。

汽笛が鳴り、ふたりとも、とびあがりました。

汽車は、発車するところでした。

ローラは、母さんを見ようとして、座席にひざをつきました。

母さんは、落ちついていて、とてもきれいでした。白いレースのえりの黒っぽいドレスを着て、ぼうしには、すてきな小さな白い花がついています。

「なあに、ローラ？」

母さんが、たずねました。

ローラは、聞きました。

「さっきの人はだれ？」

「車掌《しゃしょう》さんの助手《じょしゅ》。」

と、母さんはいいました。

「さあ、腰かけて――」

汽車が急にがたんと動き、ローラは、後ろに引っぱられました。

あごが、いすの背中にひどくぶつかり、ぼうしが、ずりおちました。

もう一度、汽車はがたんと動きましたが、今度はそんなにひどくゆれませんでした。そしてふるえるようにゆれて、駅が動いていきました。

「走りだした！」

キャリィが、さけびました。

ふるえるようなゆれはだんだん早くなり、音は大きくなり、駅は後ろにすべっていきました。

客車の下では、車輪が、がったんごっとんと音を出しはじめました。がったん、ごっとん、がったん、ごっとん。

車輪は、どんどん速度を早めます。

材木置場、教会のうら、校舎の前を通りすぎ、町は終わりました。

今は、客車全体が、下から聞こえてくる、かたかたかたかたいう音に合わせて、ゆれています。

黒い煙が、くずれた輪になって、脇《わき》を流れていきます。

電線が、窓のむこうで、高くなり低くなり、鳥がまうように通りすぎていきます。電線が電柱のあいだでたわんでいるので、そんなふうに見えるのでした。

電線にむすびつけてある緑色のガラスのノブ（碍子《がいし》）が、日の光でぴかぴか光っています。そして煙がその上を流れると、うす黒くなりました。

電線のむこうでは、草地や畑や、ぽつんぽつんと建っている農家《のうか》や納屋《なや》が通りすぎます。

あまりにも早く通りすぎるので、それをじっと見つめることは、むりでした。

汽車は、一時間に二十マイル走るのです——馬が、一日がかりで旅をする距離《きょり》を走ってしまうのでした。

ドアがあいて、背の高い男の人が入ってきました。その人は、金色のボタンのついた青い上着を着て、ぼうしをかぶっていました。

ぼうしの正面には、

車掌《しゃしょう》

と、いう文字がありました。

その人は、座席《ざせき》ごとに立ちどまって、切符《きっぷ》を受けとりました。そして手に持った小さな道具で、切符にまるい穴をあけました。

母さんは、三枚の切符を渡しました。キャリィとグレースは、とても幼いので、切符代は支払わずに乗れるのでした。

車掌が行ってしまったので、ローラは、低い声でいいました。

「ねぇ、メアリー！　あの人の上着に、光ってる金色のボタンがたくさんついてた。それにぼうしのま正面に、『車掌』て書いてあった！」

「それに、背が高いわね。」

と、メアリーはいいました。

「声がずっと上から聞こえてたわ。」

ローラは、電柱がどんなに速くすぎさってしまうか、話そうとしました。

「電線にたるみがあるから、電柱のあいだを高くなったり低くなったりしてすぎてくの。」

ローラは、電柱をかぞえました。

「いっぽーん！　にほーん！　さんぼん！　こんなに速く行っちゃうのよ。」

「あたしにも速さがわかる。感じられる。」

とメアリーは、幸せそうにいいました。

太陽の光がメアリーの目いっぱいにさしこんでいるのに、それが見えなくなってしまった、あのおそろしい朝。父さんは、ローラがメアリーのかわりに見てあげなければいけない、といいました。

父さんは、こういったのでした。

「きみのふたつの目はすばやいし、舌もよく動く。メアリーのために、それを使ってくれるといいんだが。」

ローラは、それを約束《やくそく》したのでした。

ローラは、メアリーの目になることを心がけてきました。それで、「あたしのために見て話して、ローラ、お願い」とメアリーがたのむことは、めったにありませんでした。

「客車の両側は窓よ、ずうっと。」

さあ、ローラは話しはじめました。

「窓はどの窓も、大きな一枚ガラス。窓と窓とのあいだの木のわくも、ガラスみたいに光ってる。とってもみがきこんであるのよ。」

「そう、そうね。」

と、メアリーは窓ガラスにさわってから、指先で、木のわくにふれました。

「太陽の光が南の窓から広いおびになって、赤いビロードのいすや乗客の上にさしこんでる。床の上の日の光はずうっとのびて、また外へ出てるわ。窓の上の高いところは両側の壁からカーブしているつやつやした木になってて、天井《てんじょう》のまん中へいってるの。そこのとこは、ほかより高くなってる。そこに、ながくて低いちっちゃな窓がずうっとあって、外の青空が見えるようになってる。だけど、両側の大きな窓の外では、風景が走りさってるわ。麦を刈《か》った刈りかぶ畑は黄色で、干し草の山が納屋《なや》のそばにあるし、家のまわりの木立の小さな木が、黄色や赤に色づいてる。」

「今度は、乗客を見るわね。」

とローラは、ささやきつづけました。

「あたしたちの前には、頭のてっぺんがつるつるのはげ頭で、ほおひげの人がいる。この人は新聞を読んでる。窓の外は、ぜーんぜん見ない。もう少し先のほうに、ぼうしをかぶったわかい男の人がいる。ふたりは大きな地図を広げて、地図を見たり話しあったりしてる。あの人たちも、農地《のうち》を探しに行くんだと思うわ。ふたりの手はざらざらでごつごつしてるからはたらき者ね。それから少し先のほうに、明るい黄色の髪《かみ》の女の人がいる。ああ、メアリー！　ピンクのバラのついた、真っ赤なビロードのぼうしよ――」

ちょうどそのとき、だれかが横を通りすぎたので、ローラは見あげました。

ローラは、話を続けました。

「やせた男の人が今、横を通っていった。まゆが太くて口ひげがながくて、のどぼとけが目立つ人よ。汽車がとても速く走るので、あの人まっすぐ歩けないのよ。いったい、なにしに――ああ、メアリー！　あの人、この客車のいちばんはじの壁についてる小さなハンドルをまわしたのよ。水が出てきた！」

「水はブリキのコップにまっすぐにそそがれた。今、飲んでる。のどぼとけがひくひく動いてるわ。またコップにいっぱいにしてる。ハンドルをまわせば、水が出てくるのよ。こんなこと考えられる――メアリー！　コップを小さなたなに置いたわ。今、もどってくるところ。」

その男の人が通りすぎてしまうと、ローラは心に決めました。

母さんに、水を飲みに行ってもいいか聞くと、いいですよ、といいました。

それでローラは、立ちあがりました。

ローラは、まっすぐには歩けませんでした。客車が、がたがたゆれるので、よろめき、いすの背につかまりながら歩きました。

客車のはしまでたどりついてローラは、光っているハンドルと蛇口《じゃぐち》を、じいっと見つめました。ぴかぴかのブリキのコップが乗っている、小さなたなも。

ハンドルを少しまわすと、水が、蛇口から出てきました。ハンドルをもどすと、水は止まりました。

下のほうには小さな穴があって、こぼれた水は、その中へ流れていきました。

ローラは、こんなに興味《きょうみ》をそそられるものは初めてでした。こんなにも便利《べんり》で、こんなすばらしいものは、何回でもコップをいっぱいにしたくなりました。

けれど、水をむだにすることはできません。

それで水を飲んだあと、こぼれないだけ水を入れて、とても注意深く、母さんのところへ持っていきました。

キャリィが飲み、グレースが飲みました。ふたりはそれ以上はほしがりませんでしたし、母さんとメアリーは、のどがかわいていませんでした。

ローラは、コップをもとの場所へもどしに行きました。

そのあいだじゅう汽車はものすごい速さで走りつづけ、風景は走りさり、客車はゆれました。が、ローラは、いすの背にふれずに通りぬけました。あの車掌《しゃしょう》と同じくらいじょうずに、歩けました。ローラが汽車に乗ったのはこれが初めてだとは、だれも思わなかったでしょう。

少したつと、男の子が、腰にかごをさげて通路を歩いてきました。男の子は立ちどまって、ひとりひとりに、かごの中を見せました。何人かの人が、品物を取り、お金を渡しました。ローラのところまでやってきたので、かごの中を見ると、キャンディーの箱と、白いチューインガムのながい棒《ぼう》が、いっぱい入っていました。

男の子は、それを母さんに見せて、いいました。

「おいしい新しいキャンディーですよ、奥さん？　チューインガムも？」

母さんは首を横にふりましたが、男の子は箱をあけて、色とりどりのキャンディーを見せました。

キャリィが、思わずふうーと息をもらしました。

男の子は、キャンディーが落ちないていどに、軽く箱をふりました。おいしそうな、美しいクリスマスキャンディーでした。赤いキャンディー、黄色いキャンディー、赤と白のしまのキャンディー。

男の子は、いいました。

「たったの十セントですよ、奥さん。十セント硬貨《だま》ひとつ。」

ローラもキャリィも、このキャンディーを買ってもらえるとは、思ってもいませんでした。

ふたりは、ただながめていました。

突然《とつぜん》、母さんがさいふをあけて、五セントのニッケル貨一こと五この一セント貨をかぞえて、男の子の手に乗せました。

母さんは、キャンディーの箱を取って、キャリィに渡しました。

男の子が次の席に行ってしまうと、母さんは、むだづかいのいいわけを自分にするように、いいました。

「なんといっても、初めての汽車の旅をお祝《いわ》いしなきゃね。」

グレースは、眠っていました。母さんは、赤ちゃんがキャンディーを食べるのはよくない、といいました。

母さんは、小さいのを、ひとつ取っただけでした。

キャリィが、ローラとメアリーの席へ来て、残りを分けました。

それぞれひとりが、二本ずつでした。

三人は、一本を食べて、もう一本は次の日にとっておくつもりでした。が、少したつと、最初の一本はなくなってしまいました。

ローラは、二本めの味見《あじみ》をすることに決めました。

すると、キャリィも自分のを味見し、とうとうメアリーも味見してしまいました。

三人は、少しずつ少しずつなめて、ついにキャンディーはなくなってしまいました。

三人がまだ指をなめていたとき、汽笛《きてき》が、ながく大きく鳴りました。やがて客車は速度をおとし、窓の外の小屋の後ろ側が、ゆっくりとすぎていきました。

乗客はみな、荷物をまとめて、ぼうしをかぶりました。

そのとき、がっちゃんとものすごい音がして、汽車は止まりました。

お昼になっていました。トレーシーに、着いたのでした。

「あなたたちキャンディーのせいで、お食事がしたくないなんてことがないといいけれど。」

と、母さんがいいました。

「あたしたち、お昼のおべんとうなんて持ってこなかったじゃない、母さん。」

とキャリィが、母さんに思いださせるようないいかたをしました。

母さんは、キャリィのいったことなど聞いていなかったかのように、答えました。

「ホテルでお昼のお食事をするんですよ。ローラ、あなたもメアリーも気をつけてね。」

4 ✣ 終着駅《しゅうちゃくえき》

知らないその駅には、父さんの姿はありませんでした。

あの車掌《しゃしょう》の助手《じょしゅ》が、プラットホームに二このかばんをおろして、いいました。

「ほんの一分、待ってくださったら奥さん、ホテルまでお連れしますよ。わたしも行くところですから。」

「ありがとう。」

と母さんは、感謝《かんしゃ》していいました。

その人は、汽車から機関車《きかんしゃ》をはずすのを手伝いました。

真っ赤な顔をすすだらけにした機関員《きかんいん》（訳者註《やくしゃちゅう》・かまをたく係）が、機関車から身を乗りだして見守っていました。

やがて機関員が、鐘《かね》を鳴らすひもを、ぐいと引っぱりました。

機関車だけが、しゅっしゅっ、ぽっぽと煙をはき、鐘をかんかんと鳴らしながら走っていきました。機関車は少し行ったところで止まり、そしてローラは、信じられないことを見たのでした。

機関車の下の鉄の線路が、まくら木《ぎ》ごと、ぐるっとまわったのです。それは地面の上でぐるりと半回転すると、線路の両はしがつながり、機関車はむきを変えていました。

ローラは、あんまりびっくりしてしまって、なにが起こったのか、メアリーに話せませんでした。

機関車は、かんかんと鐘《かね》を鳴らし煙をはきながら、汽車の脇《わき》を、別の線路の上を通っていきました。機関車は汽車を通りこして、少し先まで行って止まりました。

鐘が鳴り、男たちがさけんで手で合図すると、機関車はあとずさりしてきて、がちゃん！　汽車の最後尾《さいこうび》に、ぶつかりました。

どの客車も、互《たが》いに、がちゃがちゃとぶつかりあいました。そしてそこには、機関車と客車が、東にむきを変えて立っていました。

キャリイの口は、おどろいて、ぽかんとあいたままでした。

車掌《しゃしょう》の助手《じょしゅ》は、キャリイを見て、人なつっこそうに笑いました。

「あれは転車台《てんしゃだい》だよ。」

と、キャリイにいいました。

「ここは鉄道の終点《しゅうてん》だろ。だから機関車をぐるっとまわして、汽車を反対のほうへ引っぱっていかなきゃならないんだよ。」

もちろん、そうしなければなりません。でもローラは、自分で見るまでは考えてもみないことでした。

ローラには、父さんが、わたしたちはすばらしい時代に生きているのだ、といったことが今、わかりました。世界のながい歴史《れきし》の中で、こんなにもすばらしいことがある時代はなかった、と父さんはいいました。

今、じっさいにローラたちは、まる一週間はかかる道のりを、午前中で旅をしてしまいました。そしてその午後に、その道を帰っていくために「鉄の馬」が、ローラの目の前でむきを変えたのでした。

一瞬《いっしゅん》、ローラは、父さんが鉄道員だったらよかったと思うところでした。鉄道ほどすばらしいものはないし、鉄道員も、りっぱな人たちです。

大きな鉄の機関車や、速くて危険な汽車を動かせるのです。だからといって、もちろん鉄道員が父さんよりもりっぱですばらしい、ということはありません。それにローラは、今の父さんとはちがう父さんになってほしいと、心から思っているわけではありません。

駅のむこうの別の線路には、ながくつながっている貨車が止まっていました。男たちが、貨車から荷物をおろして、馬車に積んでいました。
ところが、男たちは急に仕事を止《や》めて、馬車からとびおりました。何人かは、大声でわめきました。ひとりのからだの大きな若者が、母さんの大すきな賛《さん》美歌《びか》を歌いはじめました。でもそれは、歌詞《かし》のちがう替《か》え歌《うた》でした。
若者は歌いました。

近きところに
われらが　宿舎《しゅくしゃ》　おわします
ハムとたまごが
日に　三たび。

おう！　男どものさけび声！
めしの鐘《かね》の音《ね》　聞いたとき！
わぁい！　なんともいえぬ
　　　たまごの匂《にお》い！
日に　三たび――

若者は、このとんでもない替え歌を歌い、ほかの何人かも歌っていましたが、母さんを見ると、止《や》めました。

母さんは、グレースを抱き、キャリィの手を引いて、静かに歩いていました。

車掌《しゃしょう》の助手《じょしゅ》は、困ってまごついていました。そして、すばやくいいました。

「いそいだほうがいいですな、奥さん、食事の鐘ですよ。」

ホテルは、二、三軒《げん》の店とあき地のむこうの短い道を行ったところにありました。

歩道の上にある看板《かんばん》に、
ホテル
と書いてあって、その下で男の人が、手に持った鐘をふっていました。

鐘は、からんからんと鳴りつづけ、土ぼこりの道路や板ばりの歩道の上を、男たちのブーツの音がどすんどすんとひびきます。

「あぁ、ローラ、あの音、こわいみたい？」

メアリーが、ふるえながらたずねました。

「ううん。なんでもない。これが町よ、男の人が歩いてるだけ。」

と、ローラはいいました。

「とっても荒っぽい音だわ。」

と、メアリーがいいました。

「さあ、ホテルの前よ。」

とローラは、メアリーにいいました。

車掌の助手が中へ案内して、二このかばんを置きました。

床は、そうじがゆきとどいているとはいえません。

壁紙は茶色で、大きな写真入りのカレンダーがかけてあります。明るい黄色の小麦畑にいる、きれいな娘《むすめ》の写真でした。

男たちは、むこうの大きな部屋の中へ、あいているドアから突進《とっしん》していきました。

その部屋には、白いテーブルクロースがかかったながいテーブルがあり、食事の用意がしてありました。

鐘を鳴らしていた人が、母さんにいいました。

「さあさ、奥さま！　お部屋がとってあります。」

その男の人は、二このかばんをつくえの後ろに置くと、いいました。

「お顔や手をお洗いになるでしょう、奥さま、食事の前に？」

小さな部屋の中には、洗面台《せんめんだい》がありました。陶製《とうせい》の大きな水さしが、陶の大きな洗面器の中に立っていて、壁にはローラータオルがさがっていました。

母さんは、清潔《せいけつ》なハンカチを水にひたして、グレースの顔と手を洗い、自分も洗いました。そして洗面台の脇《わき》のバケツの中へ使った水をすてました。

それからメアリーのために新しい水を入れ、そのあとローラのために、また水をそそぎました。

冷たい水は、よごれてすすけた顔には気持ちよく、洗面器の水は、真っ黒になりました。ひとりひとりには、ほんのわずかな水しかなく、水さしは、からになりました。

母さんは、ローラが洗いおわると、また水さしを、きちんと洗面器の中に置きました。

みんなは、ローラータオルで手をふきました。

ローラータオルは、とても便利《べんり》です。タオルの両はしをつないでぬってあるので、棒《ぼう》のまわりをくるくるまわり、だれもが、かわいたところを使えます。

さあこれで、食堂へ入っていくことになりました。

ローラは、不安で、とてもこわくなりました。母さんも、そんなふうです。あんなに大ぜいの知らない人と顔を合わすのが、気がかりでした。

「みんなほこりを洗ってきれいになって、とってもいいわ。」

と、母さんがいいました。

「さあ、おぎょうぎよくするのよ。」

母さんが、グレースを抱いて、まず入りました。キャリィがそのあとに続き、それからメアリーの手を引いて、ローラが入りました。

ローラたちが食堂へ入っていくと、食事をしている食器のがちゃがちゃいう音が、静かになりました。でも、目をあげて見る人は、ほとんどいません。

どうにか母さんが、あいている席を見つけました。

ローラたちは、一列にならんで、ながいテーブルに着きました。

白いテーブルクロスの上には、ハチの巣《す》のような形をした、ハエよけのあみがかぶせてあります。あみの中には、肉の大皿や野菜の皿がならんでいました。

パンとバターの皿や、ピックルスの皿、シロップの入った水さし、クリームの入った水さしや砂糖《さとう》のつぼもありました。

どの席にも、小さな皿の上に、パイの大きな一きれが乗っていました。

ハエが、あみの上をぶんぶんいってはいまわっていましたが、中の食べ物にはさわれません。

だれもが、とても親切で、料理をまわしてくれました。どの皿も、手から手へ右から左へとテーブルを渡って、母さんのところへきました。

「ありがとう。」

と、母さんがいうと、

「どういたしまして、奥さん。」

と、つぶやくようにいうほかは、なにも話をしません。

娘《むすめ》さんが、コーヒーを一杯、母さんのところへ持ってきました。

ローラは、メアリーのために、肉を小さく切り、パンにバターをぬりました。

メアリーの敏感《びんかん》な指は、ナイフとフォークを完全に使いこなし、なにひとつこぼしませんでした。

残念なことに、みんなは興奮《こうふん》していたので食欲がありません。

食事の代金《だいきん》は二十五セントで、食べ物はたっぷりあって、食べたいだけ食べられるのでした。けれどローラたちは、ほんのわずかだけ食べたのでした。
二、三分後には、男たちはパイを食べおえて、立ちあがっていきました。
コーヒーを運んできたさっきの娘さんが、皿を積みあげて、台所へ運びました。

娘さんは、黄色い髪《かみ》に大きな顔の、気だてのいい、大柄《おおがら》な人でした。

「あなたたちは入植地《にゅうしょくち》へいらっしゃるんでしょ?」

と娘さんは、母さんにたずねました。

「ええ。」

と、母さんはいいました。

「だんなさんは鉄道ではたらいてらっしゃるんですか？」

「そうですよ。わたしたちを迎えに、午後にはここへ来るんです。」

と、母さんはいいました。

「そうだと思いましたよ。」

と、娘さんはいいました。

「この季節《きせつ》にここへいらっしゃるなんて、おかしいと思ったんですよ。ほとんどの人は、春に来ますからね。大きいおじょうさんは目が不自由なんでしょうか？　お気《き》の毒《どく》に。そう、特別休憩室《きゅうけいしつ》が事務室《じむしつ》のむかい側にありますから、よろしかったら、ご主人がいらっしゃるまでそこにいらしてください。」

特別休憩室は、床《ゆか》にじゅうたんがしいてあって、壁は花もようの壁紙でした。いすは、深紅《しんく》のプラッシ（ビロードより少しけばだっている布地）でおおわれています。

母さんは、ほうっと、ため息をついて、ゆりいすに沈みこみました。

「グレースが重くなったわ。おすわりなさい、あなたたちも。静かにしてるのよ。」

キャリィは、母さんの近くの大きないすに、よじのぼりました。

メアリーとローラは、ソファに腰かけました。

みんなは、グレースが昼寝《ひるね》をするように、静かにしていました。

まん中に置いてあるテーブルの上には、下の部分が真鍮《しんちゅう》のランプが乗っていました。

カーブしているテーブルのあしの先が、じゅうたんに乗っているところは、ガラスの玉になっています。

窓のレースのカーテンは、大きくたるませて、ループで止めてありました。

そのあいだからローラには、大草原と、そこを横切って通っている道が見えました。たぶん、父さんは、あの道をやってくるのでしょう。

もしそうなら、ローラたちはあの道をずっと行った先の、どこかの新しい入植地《にゅうしょくち》で、いつの日か暮らすことになるのです。

ローラは、どこかにとどまることがすきではありません。先へ先へと進んでいって、どこでもいいから、道のずっと先まで行きたいのでした。

グレースが眠っていた午後のながいあいだ、みんなは休憩室で静かにすわっていました。

キャリイも少し眠り、母さんまでも、うとうと眠りました。

小さな小さな馬と馬車が、道をやってくるのが見えたときは、太陽が、ほとんど沈みかけていました。それは、ゆっくりと大きくなりました。

グレースも、目をさましていて、みんなで窓から見つめていました。

馬車は、馬車そのものの大きさになり、父さんが乗っていました。

みんなはホテルの中にいるので、父さんに会いに、外へかけだしていくわけにはいきません。

けれど、すぐに父さんが、こういいながら入ってきました。

「やあ、やあ！　きみたち、ここにいたのか！」

5 ✣ 鉄道工事現場《げんば》の仮《かり》ずまい

次の朝早く、ローラたちは、西部へむかう馬車の中にいました。

グレースは、母さんと父さんのあいだの、スプリングのきいた席に腰かけ、キャリィとローラは、メアリーをまん中にして荷台《にだい》に渡した木の板の上に腰かけました。

汽車の旅は豪華《ごうか》で快速《かいそく》ですが、ローラは、馬車の旅のほうがすきでした。今回は、一日の旅なので、父さんは、ほろはかけませんでした。空全体が頭の上にあって、大草原が四方に広がり、農場がちらほら見えました。

馬車はゆっくり進んでいくので、すべてのものを見るひまがありました。それにみんなで、気楽《きらく》に話ができました。

聞こえるのは、馬のひづめのぱっかぱっかいう音と、馬車が、わずかにきしむ音だけでした。

父さんの話によれば、ハイおじさんは最初の請負《うけおい》は終わり、もっと西の新しい現場《げんば》へ移るところだそうです。

　父さんは、いいました。

「工夫《こうふ》たちは、ほとんど引きはらってしまった。ドーシアの家族のほかは、輸送《ゆそう》馬車のふたりの馭者《ぎょしゃ》がいるだけだ。その人たちも、二、三日のうちに材木置場をたたんで、材木を運んでいくことになってるよ。」

「それじゃわたしたちも、移動するんですか？」

　母さんが、たずねました。

「二、三日のうちには、そうなるよ。」

と、父さんは答えました。

　父さんは、まだ農地《のうち》を探していませんでした。父さんは、もっと西のほうで、手に入れるつもりでした。

　メアリーに説明してあげるようなものは、ローラには、あまり見あたりませんでした。

　馬は、大草原をまっすぐに横切る道を、進んでいきました。

　線路の地盤《じばん》を掘った土が、そのそばに、盛土《もりつち》になってどこまでも続いていました。

　北のほうには、畑や家いえがありましたが、どれも新しくて小さいことが、今まですんでいたところとはちがっていました。

朝のはつらつとしていた気分は、だんだん消えていきました。腰かけているかたい板を通して、かたことかたことと、小さいゆれがずっと続いているのでした。

太陽が、こんなにもゆっくりのぼっていくのは、見たことがないように思えました。

キャリィが、ため息をつきました。そのやせた小さな顔は、青ざめていました。けれど、ローラには、なにもしてあげることができませんでした。

ローラとキャリィは、ゆれがいちばんひどい板の両はしにいなければなりません。メアリーが、まん中にいなければならないのですから。

やっと、太陽が、頭の上にのぼりました。

父さんは、小さなクリークのそばに、馬を止めました。からだが動かずじっとしているのは、いい気分でした。

小さなクリークは、ひとりごとをいいながら流れ、馬たちは、馬車の後ろのえさ箱のオート麦をもぐもぐ食べています。

あたたかい草の上に、母さんが布を広げ、お昼のおべんとうの箱をあけました。

そこにはバターをぬったパンと、おいしいゆでたまごが入っていました。たまごを食べるときに、ちょっとつけるこしょうと塩が、紙にくるんでそえてありました。

お昼の食事は、またたくうちに終わってしまいました。

父さんが、馬をクリークへ水を飲ませに連れていっているあいだに、母さんとローラが、たまごのからや紙くずをひろって、あたりをきちんと片づけました。

父さんは、馬車に馬をつけると、大声でさけびました。

「みんな、乗りなさい！」

ローラとキャリィは、少しのあいだ、歩きたかったのでした。けれど、ふたりは、そんなことはいいませんでした。メアリーが馬車についていけないのはわかっていますし、メアリーをひとりですわらせておくことはできません。

ふたりは、メアリーが乗るのを助けて、その両脇に腰をおろしました。

午後は、午前中より、もっとながく感じました。

一度、ローラは、いいました。

「あたし、西部へむかってるのかと思った。」

「西部へむかってるんだよ、ローラ。」

と父さんは、驚いていいました。

「もっとちがう感じなのかと思ったのよ。」

とローラは、自分のいったことを説明しました。

「人がすんでる土地をぬけるまで、待つんだな！」

父さんが、いいました。

一度、キャリィが、ため息をつきました。

「つかれた。」

けれど、すぐに背すじをのばして、いいました。

「とってもつかれたってわけじゃない。」

キャリィは、文句をいったのではないのです。

かたことゆれる馬車の軽いゆれなど、なんでもありません。プラムクリークから町までの二マイル半の道のりを、かたことゆられても少しも気になりませんでした。

けれど、日の出から昼まで、かたことゆられ、そしてまた昼から日の沈むまで、かたことゆられるとなると、つかれる。

うす暗くなっても馬はてくてく歩きつづけ、車輪はまわりつづけ、かたい板は、ががたゆれました。

星が、頭の上に出ていました。

風が、肌《はだ》にひんやりします。

もし、がたがたゆれる板の上で眠れるのなら、眠ってしまったでしょう。

ながいあいだ、だれも、なにもいいませんでした。

そのとき、父さんがいいました。

「あそこに、小屋の明かりが見えるよ。」

ずっとむこうの、うす暗い大地の上に、小さなきらめきがありました。

星は、このきらめきより大きいけれど、光が冷たい。

このちっちゃなきらめきには、あたたかさがありました。

「小さな黄色の光よ、メアリー。」

と、ローラはいいました。

「ずっと遠くの暗やみから、あたしたちにいらっしゃい、いらっしゃいっていいつづけて光ってるのよ。あそこにはうちがあって、家族がいるのよ。」

「それに夕食もね。」

と、メアリーがいいました。

「ドーシアおばさんがあたしたちのために、夕食をあたためてるわ。」

ゆっくりゆっくりと、その光のきらめきは大きくなりました。そして、またたくのを止《や》めて、まるい光になりました。それから長い時間かかって、四角《しかく》の角《かど》がある光になりました。

「もう窓の明かりだってわかるわ。」

とローラは、メアリーに話しました。

「ながくて、低い家よ。ほかにも、暗い中にながくて低い家が二軒ある。見えるのはそれでぜんぶ。」

「工事現場《げんば》にある家は、それでぜんぶだよ。」

と、父さんがいいました。

そして、馬に、

「どう、どう。」

と、声をかけました。

二頭の馬は、ぴたっと止まり、それ以上は一歩も動きませんでした。かたかたゆれるのも、がたがたゆれるのも、止まりました。なにもかも止まり、あたりは静かで、冷たい暗やみだけでした。

そのとき、ランプの明かりが入り口からぱっときらめき、ドーシアおばさんの声がしました。

「すぐ入ってらっしゃいな、キャロラインもみんなも！　早く馬をつないでらっしゃいよ、チャールズ。夕食が待ってるのよ！」

さすように冷たいやみは、ローラの骨までしみとおっていました。

メアリーとキャリィも、ぎこちなく動いて、あくびをしながらよろよろ歩いていきました。

ながい部屋の中は、ランプが、ながいテーブルと木の長いすとざらざらした板壁を、てらしていました。

そこは、あたたかで、ストーブの上の夕食の匂《にお》いが、ただよっていました。

ドーシアおばさんがいいました。

「さあ、レナとジーン、いとこたちになにかいったら？」

「こんにちは？」

レナがいいました。

ローラとメアリーとキャリィも、

「こんにちは。」

と、いいました。

ジーンは、十一歳の男の子。

レナは、ローラより一歳、年上で、目は黒く、てきぱきしています。髪《かみ》は真っ黒で、自然にカールしていました。おくれ毛がひたいのまわりでくるくるカールしていて、頭の上の毛はウェーブしていました。おさげの先は、まるくカールしていました。

ローラは、レナがすきになりました。

「馬に乗るの、すき？」

とレナが、ローラにたずねました。

「二頭の黒い小馬がいるの。それに乗るのよ。あたし、馬車につけて走らせるのもできる。ジーンはまだ小さいからできないけど。父さんはジーンには、小型の馬車も使わせないの。あした、洗濯《せんたく》に馬車で行くけど、あんた行きたかったら連れてってあげる、どう？」

「行きたい！」

ローラは、いいました。

「母さんが行かせてくれたらね。」

ローラは、あまり眠くて、洗濯するのにどうして馬車で行くのか、たずねることもできませんでした。夕食のあいだも、目をあけていられないほど眠いのでした。

ハイおじさんは、太っていて、気のいい、のんき者でした。

ドーシアおばさんは、早口でしゃべりました。

ハイおじさんは、おばさんを落ちつかせようとしましたが、そのたびにおばさんはもっと早口でしゃべりまくりました。

おばさんは、ハイおじさんが夏のあいだつらい仕事をしたのに、それがなんのかいもなかったことに腹を立てているのでした。

「この人は夏じゅう、それはそれは仕事熱心にはたらいたのよ！」

と、おばさんはいいました。

「線路の土台を作るのに自分の馬まではたらかせて。あたしたちふたりとも仕事が終わるまでは倹約《けんやく》してきりつめて、むだはいっさいしないで。それなのに今、仕事が終わってみると、会社はあたしたちに貸しがあるっていうのよ！　夏のあいだきつい仕事をしたのに、あたしたちに借金《しゃっきん》があるっていうのよ！　そのうえ会社のトップは、次の契約《けいやく》もさせたいのよ。それをハイ、承知《しょうち》したんだから！　なんてことをしたのよ！　この人、承知したのよ！」

ハイおじさんは、もう一度、おばさんを落ちつかせようとしました。

ローラは、目をさましていようと、必死でした。みんなの顔が波のようにゆれ、声がだんだん細くなり、消えていきます。

すると、ローラの首が、がくっとなって、また頭があがります。

夕食がすむとローラは、皿《さら》を洗うのを手伝おうと、よろよろ立ちあがりましたが、ドーシアおばさんが、レナとローラにベッドに行くようにいいました。

部屋が少ないので、ローラとレナのためのベッドや、ジーンのベッドはありません。

ジーンは、飯場《はんば》小屋の鉄道工夫《こうふ》たちのところへ行くことになりました。

レナが、いいました。

「行こう、ローラ！　あたしたち、事務所のテントで眠るの！」

外は、とてつもなく広びろしていて、うす暗く、冷えびえしていました。飯場小屋が、大空の下に、低く黒ずんで横たわっています。

小さな事務所のテントは、星明《ほしあ》かりの中で幽霊《ゆうれい》のようでした。ランプがともっている小屋からは、ずっとはなれているように思えました。

テントの中は、からっぽでした。足もとに草が生《は》えているだけで、カンバス地の壁が、頭の上のてっぺんへななめにあがっていました。

ローラは途方《とほう》にくれたような、心細さを感じました。

馬車の中で眠るのは、ちっとも気になりません。でも、知らない場所の地面で眠るのは、すきではありません。父さんと母さんがここにいてくれたら、と思いました。

レナは、このテントで眠るのを、とてもおもしろいと思っていました。

地面に広げた毛布の上に、レナは、からだをぱたんとたおしました。

ローラは、眠そうな声で、ぼそぼそいいました。

「服、ぬがないの？」

「なんで？」

レナが、いいました。

「朝になったら、また着なきゃなんないだけじゃないのよ。それに、かけぶとんもないのよ。」

それでローラは、毛布の上に横になり、ぐっすり眠ってしまいました。

突然、ローラは、びくっとして目がさめました。

夜の底しれない暗やみから、荒あらしいかん高くほえる声がしてきました。

インディアンではありません。

オオカミではありません。

ローラには、なんなのかわかりませんでした。心臓《しんぞう》の動きが、止まってしまいました。

「おぅ、おどかそうたって、そうはいかない！」

レナが、大声でいいました。

レナは、ローラにいいました。

「ジーンよ。あたしたちをおどかそうとしてるのよ。」

ジーンが、また大声でわめきましたが、レナがどなりました。

「あっちへ行きなさい、ちび！　フクロウの声でびくびくするような森育ちとは、わけがちがうわ！」

「やぁい！」

ジーンが、いいかえしました。

ローラは、力がぬけてしまって、眠りに落ちていきました。

６ ✣ 黒い小馬

日の光が、テントのカンバス地を通して顔にさしこみ、ローラは、目をさましました。目を開くと、ちょうどそのときレナも目を開き、ふたりは顔を見合わせて、笑いました。

「急げ！　洗濯《せんたく》にいくんですよ！」

レナがとびおき、節《ふし》をつけて歌うようにいいました。

ふたりは、ねまきに着がえなかったので、服を着る必要はありません。毛布をたたむと、寝室の片づけは終わりました。

ふたりは、スキップをしながら、そよ風が吹く、広い朝の空気の中へ出ていきました。

いくつかの小屋は、太陽が輝く空の下では、小さい。

線路の土台とその道が東西に走り、北のほうは、黄褐色《おうかっしょく》の草の実の穂先《ほさき》が、上に突きでているのが見えます。

工夫《こうふ》たちが、小屋のひとつをこわしていました。板のぶつかりあう、軽快《けいかい》な音をたてて。

風にそよぐ草の中のつなぎぐいには、二頭の黒い小馬がつながれ、黒いたてがみとしっぽをなびかせて、草を食べていました。

「まず朝ごはんを食べなきゃ。」

と、レナがいいました。

「いらっしゃいよ、ローラ！　早く！」

ドーシアおばさんのほかは、もうテーブルについていました。

ドーシアおばさんは、パンケーキを焼いていました。

「顔を洗って髪をとかしなさい、おねぼうね！　朝食はテーブルの上よ。なまけじょうちゃんには用はないわ！」

ドーシアおばさんは笑いながら、レナが横を通るとき、おしりをぴしゃりとたたきました。

けさのおばさんは、ハイおじさんのようにやさしくて、あいそがいい。

朝食はにぎやかでした。

父さんの笑い声が、鐘《かね》のようにひびきました。

ところが、食事のあとの洗わなければならない、皿の山！

レナは、これまでやってきたことにくらべれば、これくらいはなんでもない、といいました。一日に三回、四十六人分の皿を洗い、そのあいだに料理をしたのです。

レナとドーシアおばさんは、日の出から夜おそくまで立ちどおしではたらいても、ぜんぶの仕事はやりきれなかったのでした。それで、洗濯《せんたく》を、賃金《ちんぎん》をはらって、ほかでやってもらっているのでした。

賃金をはらって洗濯をしてもらうことなど、ローラには、初めて聞くことでした。入植者《にゅうしょくしゃ》の奥さんが、ドーシアおばさんからたのまれて、洗濯をしていました。その人は三マイルはなれたところにすんでいるので、六マイルの道を馬車で行かなければなりません。

ローラは、レナが馬車に馬具を運んだり、つなぎぐいでいそいそしている小馬を連れてくるのを、手伝いました。馬具をつけるのも、手伝いました。

はみを口に入れ、はも（訳者註《やくしゃちゅう》・首あて）に乗せたくびきを、黒くて、あたたかい首にとめます。そして、しりがい（馬のおしりから、くらにかける組緒《くみお》）を、しっぽの下にまわします。

次にレナとローラは、小馬を馬車の長柄《ながえ》のあいだに入れて、かたい革の引きづなを横木にむすびつけました。

ふたりは馬車に乗りこみ、レナがたづなを取りました。

父さんは、ローラには、けっして馬のたづなはとらせませんでした。もし馬がかってなほうへ走りだそうとしたら、ローラの力では押さえようとしてもどうすることもできない、といっていました。

レナがたづなを取るとすぐに、二頭の黒い小馬は、たのしそうに速足《はやあし》（トロット）で出発しました。

馬車の車輪はくるくるまわり、さわやかな風が吹いています。小鳥たちは羽音《はおと》をたててとびたち、さえずりながら、風になびく草の上にふれて、とんでいます。

二頭の小馬はどんどん速く走り、車輪も、ますます速くまわります。

レナとローラは、うれしくて声をあげて笑いました。

速足で走っている二頭の小馬は、鼻先をふれあわせ、小さくいないて走りました。

馬車は浮きあがり、座席が下から突きあげてくるように、ローラには感じられました。

日よけぼうしは後ろでぱたぱたと音をたて、のどのまわりのひもが、ぐいぐい後ろへ引っぱられます。

ローラは座席のはじを、ぐっとつかんでいました。

二頭の小馬はからだを低くし、足をのばして、全速力で走っていました。

「この馬たち、かってに走ってる！」

ローラはさけびました。

「走りたいようにさせてんの！」

レナは、たづなで小馬をぴしゃぴしゃたたきながら、大声でいいました。

「草しか、なんにもぶつかるものはないんだから！　ほれ！　それ！　それ、それ、やあぁーあぁ！」

と、小馬にさけびました。

小馬の黒く長いたてがみとしっぽは風になびき、ひづめはぱかぱか音をたて、馬車はとぶように走りました。

なにもかもすべてのものが、目にもとまらない速さで、すぎていきます。

レナが歌いはじめました。

すてきな若者　知ってるの、
気をつけなさい！
　　おう、気をつけなさい！
それにとっても親切よ、
ご用心！　おぅ、ご用心！

ローラは、まだこの歌を聞いたことがありませんでしたが、すぐに、くり返しのところを大きな声でいっしょに歌いました。

気をつけなさい、娘《むすめ》さんよ、
　ふざけ者の男には！
気をつけなさい！
　　　　　おう、気をつけなさい！
口からでまかせ男を信じるな、
ご用心！　おぅ、ご用心！

「ほれ、それ、それ、それ、そぉれぇーぇぇ！」

ふたりは、大声をあげました。

けれど、二頭の小馬は、力のかぎり走っているので、それ以上は速く走れませんでした。

農夫《のうふ》と結婚《けっこん》するのは　いやなこと（レナが歌いました）

農夫はいつも　泥《どろ》だらけ、
結婚するなら　鉄道員
しまのシャツ着た　鉄道員！

おぅ、鉄道員、鉄道員、
わたしのあの人、鉄道員！
結婚するなら　鉄道員、
鉄道員の花嫁《はなよめ》に
　わたしはきっとなりますよ！

「ひと息入れたほうがいいと思う。」

と、レナがいいました。

たづなを引いて小馬を速足にし、それから並足《なみあし》（いちばんおそい速度）におとしました。

なにもかも、静かでゆっくりしているように感じられました。

「あたしはたづなが取りたいのよ。」

と、ローラがいいました。

「やりたくてしようがないのに、だけど、父さんがやらせてくれないの。」

「いつだってやっていいわよ。」

とレナが、気まえよくもうしでました。

ちょうどそのとき、二頭の小馬がまた鼻先をふれあわせ、いないて走りだしました。

「帰り道に、たづなを取りなさいよ！」

レナが約束しました。

歌ったり、わあわあさけび声をあげながら、ふたりは草原を横切って走っていきました。

レナが小馬にひと息入れさせるのに速度をおとすたびに、小馬は息をつき、また走りだすのでした。

あっという間に、ふたりは、入植者《にゅうしょくしゃ》の小屋に着きました。

小屋は、せまい部屋がひとつだけで、板壁はふぞろい、屋根は片流れで、まるで小さな家の半分のように見えました。

家の後ろには小麦の山があって、やかましい音をたてて、もみがらをはきだす機械を使っている、男の人たちがいました。

その小麦の山と、小屋は、同じくらいの大きさでした。

入植者《にゅうしょくしゃ》の奥さんが、洗濯物《せんたくもの》の入ったかごをひっぱりながら、馬車のところへ出てきました。顔も腕《うで》もはだしの足も、日焼けして、なめし皮のような茶色でした。くしけずっていない髪はもつれ、くしゃくしゃの服は色あせ、よごれていました。

「こんなかっこうでごめんなさいよ。」

と、奥さんはいいました。

「うちの娘《むすめ》がきのう結婚《けっこん》したのよ。けさは脱穀《だっこく》する人たちが来るし、この洗濯物はやらなきゃならなかったし……。日の出る前からきりきりまいでやってるのに、うちの仕事はまだ手もつけてない。娘がいないから、もうなんにも手伝ってもらえない。」

「リジィが結婚したっていうの？」

　レナが、たずねました。

「そう。リジィはきのう結婚しましたよ。」

とリジィのお母さんは、ほこらしげにいいました。

「あの子の父さんは十三歳じゃまだわかいっていったけど、いい男に出会ったんだし、あたしはわかいときに落ちついたほうがいいっていったのよ。あたしだって、わかくて結婚したのよ。」

　ローラは、レナをじっと見ました。

　レナも、ローラをじっと見ました。

帰ってくるとちゅう、しばらくのあいだふたりは、なにも口をききませんでした。

しばらくたって、急にふたりは、いっしょに口を開きました。

「あたしより少し年上なだけじゃない。」

とローラがいい、レナは、いいました。

「あたし、あの子より一歳、年上。」

ふたりはまたもう一度、顔を見あわせましたが、おびえたような顔つきでした。

レナは、黒いまき毛を、ふりあげました。

「あの子、おろかよ！　もうなんにも、いいときなんてすごせないじゃない。」

ローラは、まじめにいいました。

「そうよ。もう遊ぶことなんかできないものね。」

小馬も、まじめに速足の歩調で走っていました。

しばらくしてからレナが、リジィは今までより仕事がきつくなるだろう、といいました。

「とにかく、今度は自分のうちの仕事をすればいいんだから。それに、赤ちゃんもできるしね。」

「そうねぇ。」

と、ローラはいいました。

「あたしも自分の家を持つのはすきだし、赤ちゃんもすきよ。はたらくのもちっとも気にならないけど、あんまり責任《せきにん》を持ちたくないのよ。当分は、母さんに責任を持ってもらったほうがいい。」

「それに、あたしは結婚して落ちつきたくない。」

と、レナがいいました。

「あたしは結婚するつもりはない。もしもよ、もしするなら、鉄道員がいい。生涯《しょうがい》ずっと、西部を移動しつづけるのよ。」

「今、たづなを取らせてくれる？」

ローラがたずねました。

おとなになることについては、ローラは、今は忘れたかったのでした。

レナが、たづなをローラに渡しました。

「ずうっとあんたはたづなを持ってればいいのよ。馬たちが帰り道を知ってる。」

と、レナがいいました。

そのとたん、小馬たちは鼻をふれあわせて、いななきました。

「しっかりにぎって、ローラ！　しっかりにぎって！」

レナが、きーきー声をあげました。

ローラは、足をふんばって、力のかぎりたづなをにぎりしめました。

小馬がなにも傷《きず》つけようとしているのではないことが、ローラにはわかりました。

二頭の馬は、風が吹く中を走りたいのでした。小馬は、やりたいことを、やっているのでした。

ローラは、たづなをしっかりにぎって、大声をあげました。

「それ、それ、それ、それぇーぇぇ！」

ローラは、洗濯物《せんたくもの》のかごのことは、忘れてしまっていました。

レナも、そうでした。

草原を横切って帰ってくるとちゅうずっと、ふたりは、さけんだり歌ったりしていました。

小馬は、全速力で走ったり速足になったり、また全速力で走ったりしていました。

小屋の横で馬を止め、馬具《ばぐ》をはずして、つなぎぐいにつなごうとしたとき、きれいに洗ってある洗濯物《せんたくもの》の重ねてある上のほうがぜんぶ、座席の下の床に落ちているのに、ふたりは気がつきました。

うしろめたい思いでふたりは、洗濯物のしわをのばして積みなおし、重いかごを引っぱって小屋へ入っていきました。

ドーシアおばさんと母さんが、昼食を皿にもりつけているところでした。

「あんたたち、いやにおとなしいわね。」

と、ドーシアおばさんがいいました。

「なにをしていたの？」

「あら、あたしたち馬車に乗って、洗濯物を取ってきただけよ。」

と、レナはいいました。

午後には、午前中よりもっとわくわくすることがありました。

皿を洗ってしまうとすぐ、レナとローラは、小馬のところへかけだしました。

ジーンが、一頭の小馬に乗って、行ってしまったところでした。ジーンの姿は、草原を横切って、どんどん遠ざかっていきます。

「ひきょうよ！」

レナが、大声をあげました。

もう一頭の小馬は、くいにつながれたまま、ぐるぐる走りまわっています。

レナはその小馬のたてがみをつかんで、つなをはずし、走っている馬の背中へ地面をけって、すべるように乗りこみました。

ローラは、レナとジーンがインディアンのように大声をあげながら円をえがいて競走しているのを、立ったまま見守っていました。

ふたりはからだをふせ髪《かみ》を後ろになびかせ、両手は走っている馬の黒いたてがみをつかみ、茶色の両足は脇腹《わきばら》をぐっと押さえていました。

二頭の小馬は、曲線をえがいて方向を変え、空をとぶ小鳥のように、草原で互《たが》いに追いかけています。

ローラは、じっと見ていても、ちっともあきませんでした。

小馬は全速力で走ってきて、ローラのそばで止まりました。

ジーンとレナが、すべりおりました。

「さあ、ローラ。ジーンの馬に乗っていいわよ。」

とレナが気まえよくいいました。

「そんなこと、だれがいったんだよ?」

ジーンが、つめよりました。

「お姉ちゃんが自分の馬に乗せればいいだろ。」

「いうとおりにしたほうがいいわよ。でないと、ゆうべあたしたちをおどかそうとしたこと、いうからね。」

ローラは、小馬のたてがみをつかみました。

ところが、小馬はローラよりずっと大きく、背中も高いところにあります。それに、力も強そう。

ローラは、いいました。

「どうやっていいか、わからない。あたし、一度も馬に乗ったことないのよ。」

「あたしが乗せてあげる。」

と、レナはいいました。

レナは片手で小馬の前髪《まえがみ》（馬の耳のあいだから頭にたれている髪）をつかんで身をかがめ、もう一方の手を、ローラがふみ台にするようにさしだしました。

ジーンの小馬は、一分ごとに大きくなっていくように、ローラには思えました。もしその気になれば、ローラを殺してしまえるほど大きくて強い。背もとても高くて、落ちれば、骨は折れてしまうでしょう。

馬に乗るのは、とてもこわい。だからこそローラは、なおさら乗ってみたいのでした。

ローラがレナの手に足をかけ、あたたかくて、つるつるしていて動く、小馬のからだによじのぼると、レナが押しあげました。

ローラの片足が小馬の背中を越えたと思ったら、なにもかも、すばやく動きはじめました。レナの声が、かすかに聞こえました。

「たてがみにしがみつきなさい。」

ローラは、小馬のたてがみをつかんでいました。たてがみに深く手を入れ、ひじとひざのありったけの力で、馬にしがみついていました。でも、からだがはげしくゆさぶられるので、なにも考えられません。

地面は、ずっとはるか下のほうで、こわくて見る勇気もありません。

ローラはひっきりなしにずりおちていましたが、下へ落ちてしまう前に、今度は、反対側にずりおちます。

からだがはげしくゆさぶられ、歯はがちがち鳴りました。

遠くでレナが大声でさけんでいるのを、ローラは聞きました。

「しがみつけ、ローラ!」

そのとき、なにもかもすべてのものが、とてもなめらかで、さざ波のような動きになっていきました。

この動きは、小馬に伝わりローラに伝わり、馬とローラは、大気の中へ、すべるように乗りだしていきました。

緊張《きんちょう》とこわさで、とじていたローラの目は、開きました。

目の下に、草が後ろへなびいていくのを見ました。小馬の黒いたてがみが、風になびいているのを見ました。そして両手は、そのたてがみをかたくにぎりしめていました。

ローラと小馬は、ものすごい速さで走っていましたが、音楽が流れるように進んでいました。この音楽が止《や》むまでは、なにもこわがることはないのだと、ローラにはわかっていました。

レナが乗っている小馬が、ひづめの音をひびかせて、ローラのそばにやってきました。

ローラは、どうやれば安全に止まるのかたずねたかったのですが、口がきけません。

ずっと前方に、飯場《はんば》の小屋が見えました。いつのまにか小馬は、小屋のほうへむきを変えていたことがわかりました。

また、ゆさぶられるようなゆれが、始まりました。と、ゆれは止まり、ローラは小馬の背中にまたがっていました。

「あたしがおもしろいって、いったでしょ?」

レナが、聞きました。

「なんであんなふうに、ゆさぶられるの?」

ローラが、たずねました。

「あれは、速足《はやあし》だからよ。あんたは速足がすきじゃないのね。馬をギャロップ(馬の走りかたで、最も速く疾走《しっそう》させる走りかた）にさせたいのね。それだったら、大声をかけてやるのよ。あたしがやったみたいに。さあ、今度は遠くへ行こう。行きたいでしょ？」

「行きたい。」

と、ローラはいいました。

「決まった。しがみついて。さあ、大声あげて！」

すばらしい午後でした。

ローラは、二回、落馬《らくば》しました。一回は小馬の頭が鼻にぶつかり血が流れましたが、ローラは、けっしてたてがみをはなしませんでした。

おさげ髪がほどけ、笑ったりさけんだりするので、のどは、からからでした。走っている馬にとびのろうとするので、足は、草で引っかき傷《きず》になりました。

とびのるのは、ほぼ乗れはしたものの、完全にできたとはいえません。そのたびに、小馬は、かんしゃくを起こしていました。

レナとジーンは、いつも、馬を走らせておいて、とびのるのでした。ふたりは、地面に立っているところから競走を始めます。どちらが早く小馬に乗って、決めておいた地点に着くか、競走するのでした。

ドーシアおばさんが夕食だといって呼んでいるのが、ローラたちには聞こえませんでした。父さんが外へ出てきて、さけびました。

「夕食だぞ！」

三人が入っていくと、母さんはローラを見て、びっくりしたようでしたが、おだやかにいいました。

「ほんとにまあ、ドーシアア、あんな野育ちのインディアンみたいなローラ、見たこともないわ。」

「あの子とレナは、いい仲間ね。」

と、ドーシアおばさんはいいました。

「そう、レナはここへ来てからずっと、こんなにすきにすごせた午後はなかったのよ。それに夏が終わるまでは、もう二度とないだろうから。」

7 ✣ 西部へ

次の朝早く、ローラたち一家は、また馬車に乗りました。荷物はおろしてなかったので、なにもかも準備はできていました。

ドーシアおばさんたちの小屋のほかは、工事現場《げんば》だったところには、なにも残っていませんでした。

小屋が立っていたところの、すりきれた草や、むきだしになった土地の上で、測量技《そくりょうぎ》師《し》たちが、これからできる新しい町のために測量やくい打ちをしていました。

「ハイの仕事が片づいたらすぐ、あたしたちも行きますよ。」

と、ドーシアおばさんがいいました。

「シルバー湖で会おうね！」

レナが、ローラに呼びかけました。

そのあいだに父さんが、馬たちにちゅっちゅっと声をかけ、車輪はまわりはじめました。

太陽は、ほろのない馬車に明るくてっていましたが、風が涼《すず》しく、馬車に乗るのは気持ちがいい。

あちこちの畑で、人びとがはたらいていました。

ときおり、二頭立ての馬車が通っていきます。

まもなく、道は、なだらかな土地のあいだをぬけ、カーブして下り坂になりました。

父さんが、いいました。

「ビッグスー川（訳者註《やくしゃちゅう》・サウスダコタ州の北東部から南へ流れて、ミズーリ河に合流する）が前にある。」

ローラは、見えるものをメアリーに、話しはじめました。

「道は、川へむかって低い土手をくだってる。でも、一本も木がないのよ。見えるのは大きな空と草深い大地だけ。それと水の少ない小さな川。大きな川になるかもしれないけれど、今は干《ひ》あがってて、プラムクリークより大きくない。かわいた小石が広がって、かわいた泥《どろ》の川床《かわどこ》にひびが入ってるそばを、水たまりから水たまりへと水がちょろちょろ流れてる。今、馬たちが水を飲むので止まったの。」

「たっぷり飲めよ。」

と父さんが、馬にいいました。

「こっから先、三十マイルは水がないからな。」

水の少ない川のむこう岸は、草深い低い丘がうねうねと続き、道は短いかぎ型にまがっているように見えました。

「道は草の生《は》えてる丘につきあたってる。そこで行きどまりよ。」

と、ローラはいいました。

「そんなことないでしょ。」

と、メアリーが、ふまんそうにいいました。

「道はずっとシルバー湖へ続いてるのよ。」

「それはわかってるわよ。」

と、ローラは答えました。

「そう、それならさっきのようないいかたをしてはだめよ。」

と、メアリーは、やさしく話しました。

「いつでも正確に、ありのままを、気をつけていうようにしなければね。」

「ありのままをいってるのよ。」

とローラは、きっぱりといいました。

けれど、それを説明することができません。

ものの見方《みかた》には、多くの見方があるし、それを説明する方法も、いく通りもあります。

ビッグスー川のむこう側には、畑もなく、家いえもなく、人の姿もありませんでした。そこにはまったく道はなく、馬車のかすかな跡があるだけで、鉄道線路の土台もありません。

あちこちに、草にほとんど埋もれている小さな木のくいが、ちらっと見えるだけでした。それは測量技師《そくりょうぎし》が、鉄道の土台のために打ちこんだもので、まだ工事は始まっていないのだと、父さんがいいました。

ローラは、メアリーにいいました。

「ここの大草原は、とてつもなく広い草地よ。どこまでもはてしなく広がり、世界のずうっと果《は》てまで続いてるみたい。」

雲ひとつない空の下で、花をつけている草のはてしない波は、ローラをみょうな気持ちにさせました。

その感じを、どんなふうにいっていいのかわかりません。馬車に乗っている家族や、馬車や、馬や、父さんまでもが、小さく思えるのでした。

午前中ずっと、父さんは、馬車のかすかな跡を着実にたどって、馬を走らせました。

あたりは、なにも変わりません。

ローラたち一家が西部の中へ入って行けば行くほど、自分が小さく思えてくるのでした。そして、いったいどこへむかっているのだろうという感じになってくるのでした。草の上に吹く風が、たえまなくさざ波のように草をゆすり、その上を行く馬のひづめと車輪が、たえまなく同じ音をたてつづけています。がたがたとゆれる板の腰かけも、たえまなくがたがたゆれています。

ローラは、考えるのでした。このままいつまで進みつづけても、ちっとも変わりのない場所にいるのでは、いまにどこにいるのかわからなくなってしまうのではないだろうか、と。

太陽だけが、動いていました。動いているようには見えないのですが、着実に空高くのぼっていきました。

太陽が頭の上にきたとき、馬車は止まりました。

馬たちはえさを食べ、みんなは、きれいな草の上でおべんとうを食べることになりました。

午前中、馬車に乗りつづけたあと、大地の上で休むのは、気持ちのいいことでした。

ローラは、大空の下で食べたかぞえきれない食事のことを考えました。

ウィスコンシン州からインディアン居留地《きょりゅうち》まで旅をし、それからまた、ミネソタ州へもどってきた旅。今、ローラたち一家は、ダコタ居留地《きょりゅうち》にいて、西部の奥へと進んでいるのでした。

けれど、今度の旅は、今までのどの旅ともちがっているのでした。それは馬車にほろが張ってないとか、馬車の中に寝床《ねどこ》がないというだけではありません。もっと、ほかの理由《りゆう》があります。ローラは、それをどういうふうにいえばいいのかわかりませんが、この大草原は、今までとはちがっています。

「父さん。農地《のうち》を見つけたとしたら、それはインディアン居留地にいたときのようなところ？」

と、ローラはたずねました。

父さんは、答える前に考えていました。ようやく、

「いや。」

と、いいました。

「ここは、今までのところとは土地がちがう。どういうふうにちがうか、はっきりとはいえないが、大草原がちがう。ちがうように感じるんだ。」

「それはそうのはずよ。」

と母さんが、ものわかりよくいいました。

「あたしたちはミネソタより西、インディアン居留地より北にいるんですもの。自然の花や草が同じでないのは当然ですよ。」

でも、父さんとローラがいっている意味は、そういうことではないのでした。

ここの花や草は、じっさいにはほとんど変わりがありません。ところが、ここには、ほかにはどこにもない、なにかがあるのでした。

人を、もの静かにしてしまう、壮大《そうだい》な静けさが、そこにはあるのでした。そして、じっと身動きしないでいると、その偉大《いだい》な静けさが、身近に感じられるのでした。

草が風にそよぐ小さな音や、馬が馬車の後ろのえさ箱でもぐもぐ、しゅうしゅうやっている音、そしてローラたちが食べている音や話している音でさえ、この大草原の壮大な静けさをみだすことはできないのでした。

父さんは、新しい仕事のことを話しました。

父さんは、シルバー湖の工事現場で、会社の売店係と、時間記録係になるのでした。売店の管理《かんり》をしながら、工夫《こうふ》ひとりひとりの仕事の時間を帳簿《ちょうぼ》につけ、まかない代と売店のかんじょうを差しひいて、給料《きゅうりょう》がいくらになるか計算するのでした。そして給料日に会計係が持ってくるお金を、父さんがひとりひとりに支払うのでした。

父さんには、その仕事の代金として、毎月五十ドルが支払われるのでした。

「最高なのはな、キャロライン、ここにこんなに早く着いたってことだ！」

と、父さんはいいました。

「うちの農地《のうち》にする土地は、自由にえらべる。本当に、ついに運がむいてきたんだ！　新しい土地に最初に着いて、それに夏じゅうずっと、一月《ひとつき》に五十ドル手に入るんだ！」

「すばらしいわ、チャールズ。」

と、母さんはいいました。

けれど、こういう話も、この大草原の壮大《そうだい》な静けさの中では、なんの意味もないことに思われてくるのでした。

午後もずっと、馬車は、何マイルも何マイルも、走りつづけました。一軒《けん》の家も、人かげもなく、草と空のほかは、なにひとつ見えません。馬車がたどる道は、たおれて折れまがっている草だけでした。

インディアンの古い小道や、今は草でおおわれているバッファローがふみつけてできた道が、ローラの目に入ってきました。今は草が茂っている、バッファローの泥《どろ》あび場だった、きみょうな大きなくぼ地も見ました。そこは、まわりが切りたっていて、底は平らでした。

ローラは、バッファローを、一度も見たことはありません。父さんは、これからもまず見ることはないだろう、といいました。

ほんの少し前までは、このあたりでは、おびただしい数のバッファローが、草を食べていたのです。バッファローは、インディアンの家畜《かちく》だったのでした。白人が、それを一頭残らず殺してしまったのでした。

今まわりには、大草原が、くっきり見える地平線のずっとかなたまで、広がっていました。

風は止《や》むことなく吹きつづけ、日光にあたって茶色になった背の高い草を、ゆらしています。

午後はずっと、父さんは馬車を走らせつづけ、たのしそうに口笛《くちぶえ》を吹いたり歌ったりしていました。

いちばん多く、父さんが歌った歌は、

おぅ、来たれよこの国へ、
びっくりするなよ、驚くな、
アンクル・サム（アメリカ政府《せいふ》）は
大金持ち

われらにくれるよ　農場を！

赤ちゃんのグレースまでも、みんなといっしょに歌いました。節《ふし》は、でたらめでしたけれど。

おぅ、来たれよ！　来たれ！
来たれよ、みんな！
おう、来たれよ！　来たれ！
今すぐに！
おぅ、来たれよこの国へ
なにも　こわがることはない
アンクル・サムは　大金持ち
われらにくれるよ　農場を！

太陽が西へだんだん沈んでいったころ、馬車の後ろに、馬に乗ったひとりの男があらわれました。

男は、馬をあまり速く走らせてはいませんでしたが、馬車の後ろにぴったりつき、何マイルか行くうちには、だいぶ近づいてきました。

太陽は、ゆっくり沈んでいきました。

「シルバー湖まではあとどれくらいなの、チャールズ？」

母さんが、たずねました。

「約十マイルだな。」

と、父さんがいいました。

「そのとちゅうには、だれもすんでいないんでしょ？」

「すんでない。」

と、父さんがいいました。

母さんは、それ以上はなにもいいませんでした。だれも、なにもいいません。みんなは、後ろの馬に乗った男を何回となくふりかえって、ちらっと見ました。そのたびに、男は少しずつ近づいていきました。

男は、この馬車についていて、太陽が沈んでしまったところで追いつこうとしているのは、まちがいないことでした。

太陽は、ずっとずっと低くなり、大草原のなだらかな起伏《きふく》のあいだのくぼ地は、どこもすっかり影《かげ》になっていました。

父さんは後ろをふりかえってちらっと見るたびに、手を小さく動かし、たづなで馬をぴしゃと打って、いそがせました。

けれど、荷を積んだ馬車を引く馬が、男ひとりを乗せた馬より速く走れるはずはありません。

男はもう、すぐ近くにいました。

ローラには、男が腰《こし》につけた革ケースに入った二丁のピストルが見えました。ぼうしをまぶかにかぶり、赤いバンダナが、首にゆるくむすんでありました。

父さんは、西部へ来るとき銃《じゅう》を持ってきましたが、今、馬車の中にはありません。ローラは、どこにあるのだろうと思いましたが、聞きませんでした。

ローラが、またふりかえって見ると、もうひとりの男が、白い馬に乗ってやってきました。

その男は、赤いシャツを着ています。

男と白い馬は、ずっと遠くで、小さく見えますが、全速力で疾走《しっそう》してきます。

白馬の男は、最初の男に追いつき、ふたりはならんでやってきます。

母さんが、低い声でいいました。

「今度はふたりになったわ、チャールズ。」

メアリーが、びっくりしてたずねました。

「なあに？　ローラ、なにがあったの？」

父さんは、さっとふりかえって見てから、ほっと、くつろいだようすになりました。

「なあに、だいじょうぶだ。」

と、父さんはいいました。

「あれは、ビッグ・ジェリーだ。」

「ビッグ・ジェリーって、だれ？」

母さんが、たずねました。

「あの男はフランス人とインディアンの混血《こんけつ》だよ。」

と父さんは、どうっていうことはない、というふうに答えました。

「ばくち打ちだよ。馬どろぼうだっていう者もいるが、いいやつさ。ジェリーがいれば、だれもわたしたちをおそうことはできない。」

母さんは、驚いて、父さんをじっと見つめました。母さんの口が開き、それから、とじました。そして、なにもいいませんでした。

馬に乗った男たちは、馬車の横にやってきました。

父さんが、片手をあげて、いいました。

「やあ、ジェリー！」

「やあ、インガルス！」

ビッグ・ジェリーは、答えました。

もうひとりの男は、ローラたち一家をおこったような目でにらみつけながら、全速力で走っていきました。が、ビッグ・ジェリーは、馬車とならんで馬を進ませました。

ビッグ・ジェリーは、インディアンのように見えました。背が高くて大きいのですが、少しのむだな肉はなく、細い顔は、褐色《かっしょく》でした。

シャツは、燃えるような赤。まっすぐな黒い髪は、ぼうしをかぶっていないので、馬がゆれるたびに、無表情で骨《ほね》ばったほおにかかってゆれました。

雪のように白い馬には、くらも、おもがいも、くつわも、たづなも、つけていません。馬は自由でどこへでも行けるのですが、ビッグ・ジェリーが行きたいところへ馬もついていきたいのでした。馬と人間が、まるでひとつの動物のように、いっしょに動いているのでした。

ビッグ・ジェリーと馬が、馬車のそばにいたのは、ほんのわずかなあいだでした。まもなく、すべるような美しい走りかたで、小さなくぼ地へおりてかけのぼり、西部のはるか遠く、赤あかと燃える太陽へむかってまっすぐに走りさりました。

燃えるような赤いシャツと白い馬は、明るい金色の光の中へ消えていきました。

ローラは、ふうーと、大きく息をつきました。

「あぁ、メアリー！　雪みたいに白い馬と背の高い、褐色《かっしょく》の人。真っ黒な髪で、あざやかな赤いシャツを着てた！　まわりはぐるっと茶色の大草原――その人は沈んでく太陽にむかって、まっしぐらにかけてった。あの人は太陽の中を走りつづけて、世界じゅうをまわるんだわ。」

メアリーは、少しのあいだ考えました。それから、いいました。

「ローラ、太陽の中を馬に乗って走るなんてできないでしょ。その人はほかの人と同じように、地面の上を走ってっただけよ。」

けれど、ローラは自分がうそをいったようには、思えませんでした。ローラがいったことは、それもまた、本当のことでした。

ローラには、どういうわけか、いつまでも目に焼きついているのでした。美しい自由な馬と野性的な男が、太陽の中へ走りこんでいったその瞬間《しゅんかん》が。

母さんは、もうひとりの男がものをうばおうとして待ちぶせしているかもしれない、とおびえていました。

けれど、父さんが話しました。

「心配するな！　ビッグ・ジェリーが先へ行ってあいつを見つけだして、わたしたちが工事現場《げんば》へ着くまで、あいつのそばについてるよ。ジェリーがいれば、だれもわたしたちにじゃまはできないんだ。」

母さんは、娘《むすめ》たちがなにごともなかったか、ふりかえって見ました。そしてグレースを、ひざの上に心地よく抱きなおしました。

母さんは、なにもいいませんでした。なにかいっても、なにも変わらないとわかっていたからです。

ローラには、わかっていました。母さんはプラムクリークをはなれたくなかったし、今ここにこうしているのもすきではないのです。夜になるのに、こんなにさびしい土地を旅したり、さっきのような男たちが大草原を走りまわっているのが気に入らないのでした。

うす暗くなっていく空から、鳥たちのけたたましく、呼びあう声がおりてきました。

一列、また一列と、うす黒い線が、頭の上の青白い空にすじになっています。――野ガモたちのまっすぐな線、ガンがとんでいく長いくさび型。

先頭の鳥が、あとに続く仲間に呼びかけると、鳥たちは互《たが》いに呼びかえします。

その声が、空全体に、ひびきわたります。

「ほんく？　ほんく！　ほんく！　くわっ？　くわっ。くわっ。」

「低くとんでる。」

と、父さんがいいました。

「夜は湖に落ちつくんだな。」

前方に、湖が見えました。

地平線に近く、細い銀色の線に見えるのが、シルバー湖でした。

その南に小さく光っているのが、ふたごの湖で、ヘンリーとトンプソン。そのあいだにある小さな小さな豆つぶのようなのは、「一本の木」でした。

父さんは、あれはハヒロハコヤナギ（北アメリカ産のポプラの一種で、種子《しゅし》には綿毛《わたげ》がある）で、ビッグスー川とジム川のあいだの、たった一本の木なのだ、といいました。ふたごの湖のあいだ、ひとすじの道はばよりせまい土手に生《は》えた木は、根が水までとどいたので、大きく育ったのだそうです。

「あの種を、うちの農場に植えよう。」

と、父さんはいいました。

「ここからはスピリット湖は見えない。シルバー湖から北西に九マイルのところにあるんだ。なあ、キャロライン、ここはすばらしい狩りができるところだよ。野鳥《やちょう》には水はたっぷりあるし、いいえさ場もある。」

「そうね、チャールズ、そうだわ。」

と、母さんはいいました。

太陽が、沈みました。

光が脈《みゃく》うち、あふれるような太陽の球体は、深い紅色《べにいろ》と銀色の雲の中に沈んでいきました。

冷えびえとした紫色《むらさきいろ》の影が東に立ちのぼり、大草原をゆっくりとはうように、横切っていきました。やがてそれは暗やみとなって高く高くのぼり、星が低くかかり、輝きました。

一日じゅう強く吹いていた風は、太陽が沈むと弱くなり、背の高い草のあいだをささやくように通っていきます。

大地は、夏の夜の下に身を横たえ、静かに息をしているようでした。

父さんは、空に低くかかる星の下を、ひたすら馬車を進めました。

馬のひづめは、草の茂っている地面の上を、ぱかっぱかっとやわらかな音をたてていきます。

ずっとずっと先のほうに、ほんのわずかな光が、暗やみにちらっと光っていました。それは、シルバー湖の工事現場《げんば》の光でした。

「こっから先八マイルは、車輪の跡《あと》を見る必要もない。」

父さんは、母さんに話しました。

「だれだって、あの光にむかって進んでいきさえすればいいんだから。こことあそこのあいだには、平らな大草原と空気のほかは、なにもありゃしない。」

ローラは、つかれているし、寒けがしました。

あの小さな光は、ずっと遠くです。その光は、けっきょく星だったということになるかもしれません。星は、夜のあいだずっと、きらきら輝いているのですから。

頭のすぐ上でも、まわりでも、星は、暗やみで大きくきらきら輝いていました。

背の高い草が、回転する車輪にあたって、かさかさ音をたてています。回転しつづける車輪にあたって、かさかさ、かさかさ、かさかさ……。

突然、ローラの目が、ぐっと大きく開きました。

入り口のドアが開いて、光が、外へ流れでました。

まぶしいランプの明かりの中を、ヘンリーおじさんが、笑いながらやってきます。

それならここは、ローラが幼かったとき、あの「大きな森」にいたころの、ヘンリーおじさんの家でなければなりません。だって、ヘンリーおじさんがここにいるのですから。

「ヘンリー！」

母さんが、大声をあげました。

「びっくりさせようと思ったんだよ、キャロライン！」

父さんが歌うようにいいました。

「ヘンリーがここにいることは、話さないでおこうと思ったんだ。」

「本当ですよ、息が止まるところだったわ。あんまり驚いたんですもの。」

と、母さんがいいました。

おじさんのほかにもうひとり、大きな男の人が、みんなを見あげて立っていました。

それは、いとこのチャーリーでした。カラス麦畑でヘンリーおじさんと父さんをさんざん困らせたあげく、何千匹ものホホナガスズメバチにさされた、あの男の子でした。

「やあ、おちびちゃん！　やあ、メアリー！　赤ちゃんのキャリィがいるな。今じゃ大きな女の子だ。もう赤ちゃんじゃないよな？」

いとこのチャーリーが、馬車からおりるローラたちに、手をかしました。

そのあいだにヘンリーおじさんが、グレースを抱きとり、父さんが、車輪を越える母さんを助けました。

そこへいとこのルイーザが息をきらして、しゃべりながらやってきて、みんなを小屋の中へ連れてはいりました。

いとこのルイーザとチャーリーは、ふたりとも今では、おとなになっていました。ふたりは、工事現場《げんば》のまかない小屋を、きりもりしているのでした。鉄道工事現場の基礎《きそ》工事をしている人たちの、食事の世話をしていました。

その人たちの夕食は、ずっと前に終わっていて、工夫《こうふ》たちは、もう宿舎《しゅくしゃ》で眠っていました。

いとこのルイーザがそういうことを話し、そのあいだに、ストーブであたためておいたローラたちの食事を、皿にもりつけました。

夕食のあと、ヘンリーおじさんはカンテラをともして、工夫たちが父さんのために建てた小屋へ案内しました。

「ぜんぶ新しい製材だよ、キャロライン、ひとつのしみもないほど、新しくてきれいだ。」とヘンリーおじさんは、カンテラを持ちあげていいました。

新しい板壁《いたかべ》や、壁に寄せて作りつけになっている寝台《しんだい》が見えました。片側には父さんと母さんの寝台があり、反対側には、はばのせまい寝台がふたつありました。それは上下二段になっていて、ひとつがメアリーとローラ用で、もうひとつが、キャリィとグレースのためのものでした。

寝台は、もう眠れるようにととのえられていました。いとこのルイーザが、用意しておいたのでした。

すぐに、ローラとメアリーは、かさかさ音がする新しい干し草の入ったしきぶとんの上にからだをまるめ、シーツとキルトの上《うわ》がけを鼻の上まで引きあげました。

そして、父さんが、カンテラの明かりを吹きけしました。

8 ✣ シルバー湖

次の日の朝。ローラが、シルバー湖のそばの浅井戸《あさいど》に、水おけをおろしたときは、太陽はまだのぼっていませんでした。

湖のむこうの東岸の、ほの白い空は、燃えるような紅色《べにいろ》と金色の帯《おび》で、湖と境《さかい》になっていました。その明るさは南岸までのびて輝き、東や北の水ぎわからきりたっている高い土手の上をも、てらしていました。

北西の方角は、まだ夜がぼんやり影をおとしていましたが、シルバー湖は、背の高い雑草《ざっそう》にかこまれた一枚の銀盤《ぎんばん》のようでした。

カモが、南西の方角の草の生《お》いしげった中で、ぐあぁぐあぁと、やかましい音をたてています。そのあたりが、「大沼地《おおぬまち》」の始まりでした。

カモメが、きーきー鳴きながら、夜明け前の風にむかって羽ばたきながら、湖の上をとんでいきます。

一羽のガンが、ひびきわたる声で鳴きながら水面からとびたつと、仲間《なかま》の鳥たちが、一羽また一羽と、それに答えてあとに続きます。大きな三角形になっているガンの群れは、力強く羽ばたきながら、壮観《そうかん》な日の出にむかってとんでいきました。

金色の光の槍《やり》が何本も東の空に放たれ高くのぼり、その輝きが水面をそめると、湖はてりはえました。

まもなく、太陽が、金色の球体《きゅうたい》となって、地球の東の果てからころがりでてきました。

ローラは、深く息をすいました。

それから、あわてて水の入ったおけを引っぱりあげ、小屋へむかって大いそぎで帰ってきました。

この仮《かり》ずまいの新しい小屋は、湖のそばに、たった一軒だけ建っています。南のほうにある集団小屋は、工夫《こうふ》たちの宿舎《しゅくしゃ》でした。

新しい小屋は、日の光で黄色にてらされていました。小さな家は、草に埋もれてしまいそうで、小さな片流れの屋根は、まるで屋根が半分しかないようでした。

「あたしたち、水を待ってたのよ、ローラ。」

と母さんは、ローラが入ってくると、いいました。

「ああ、だけど、母さん！　日の出よ！　日の出を見ないわけにはいかないわ！」

ローラは、大声でいいました。

「あたし、見てたのよ。」

朝食の用意をする母さんを、ローラはいそいで手伝いながら、みんなに話しました。

太陽がシルバー湖のむこうからのぼると、空にはすばらしい色があらわれること。ガンの群れが、その中へうす黒い影となってとんでいったこと。おびただしい数の野ガモが、水面をおおいつくしたこと。カモメがその上を、きーきー鳴きながら風にむかってとんでいったこと。

「鳴き声を聞いたわ。」

と、メアリーがいいました。

「野鳥のそうぞうしかったこと。気がくるったみたいだったわ。今、あんたの話でぜんぶ見たことになった。あんたが話すと絵のようになるのよ、ローラ。」

母さんも、ローラにほほえみました。が、こういっただけでした。

「さあ、あなたたち、きょうはいそがしい日なのよ。」

そして母さんは、みんながする仕事を説明しました。

荷物をすべてほどいて、昼前には、小屋の中をきちんとしなければなりません。

いとこのルイーザの寝具《しんぐ》は、風にあててから返さなければなりません。

母さんのしきぶとんに、新しいきれいな干し草をつめます。そのいっぽうで母さんは、会社の売店から、カーテンにするあざやかなもようのキャラコ地を何ヤードか持ってきました。カーテンを作って、小屋の中を区切り、寝台を見えなくしてしまうのです。

それから母さんは、もう一枚カーテンを使って、寝台のあいだに、かけました。

これで、ふたつの寝室になりました。ひとつは、母さんと父さんのもの。もうひとつは、子どもたちのもの。

小屋はとてもせまいので、カーテンが寝台にふれていました。でも、母さんのしきぶとんや、羽《はね》ぶとんやパッチワークの上《うわ》がけを入れてしまうと、どの寝台も新しくて明るくて気持ちよさそうでした。

これで、カーテンの前が、生活する部屋になりました。うら口の近くに、料理用ストーブが置いてある、とても小さな部屋でした。

母さんとローラは、おりたたみ式のテーブル（訳者註《やくしゃちゅう》・用のないときは、両横の板が、たれるようになっているテーブル）を壁に寄せて、あけはなされている正面のドアの前に置きました。

メアリーのゆりいすと母さんのゆりいすは、テーブルの反対側に置きました。

床は土間で、雑草《ざっそう》のがんこな根のかたまりがそのまま残っていましたが、きれいにはいてそうじをしました。

風が、あいている入り口からそよそよ吹きこみ、鉄道工事現場《げんば》の仮《かり》ずまいの小屋は、とても心地よく、家庭らしくなりました。

「ここは今までとはちがう家ね。屋根は半分だし、窓もないし。」

と、母さんはいいました。

「でも、屋根はしっかりしているし、それに窓の必要もないわ。こんなに風も光も、入り口から入ってくるんですもの。」

昼食にもどってきた父さんは、なにもかも片づいて、落ちついているのを見て、喜びました。

キャリイの耳を引っぱってから父さんは、グレースを腕の中で大きくゆすりました。屋根が低くて、グレースを軽くほうりあげるわけにはいかなかったのです。

「だが、陶《とう》の羊飼《ひつじか》いの娘《むすめ》はどこだい、キャロライン。」

と、父さんはたずねました。

「羊飼いの娘の、荷物はほどかなかったのよ、チャールズ。」

と、母さんはいいました。

「あたしたちはここで暮らすわけじゃないでしょ。農地《のうち》を手に入れるまで、そのあいだだけいるんですもの。」

父さんは、声をあげて笑いました。

「ちょうどいいのを見つけるまで、時間はたっぷりかける！　鉄道工夫《こうふ》のほかはだれもいないこの広大な大草原を見てごらん。彼らも、冬になる前にはいなくなってしまう。ここの土地は、どこだって手に入るんだ。」

「お食事がすんだら……」

と、ローラはいいました。

「メアリーと散歩《さんぽ》に行くつもりよ。宿舎《しゅくしゃ》や湖や、なにもかも見てくるの。」

水おけを持ってローラは、ぼうしもかぶらず、食事のための新しい水をくみに、井戸へ走りました。

風が、休みなく強く吹いていました。

大空には雲ひとつなく、広大な土地は見わたすかぎり、草の上をちらちら光りながらすぎていく光のほかはなにもありません。

風下《かざしも》から、大ぜいの男たちの歌声がひびいてきました。

馬車の一団が、宿舎にやってきたのでした。ながく、うす黒い、へびのような列になって、大草原を越えてきたのです。

馬は二頭ずつ馬具でつながれ、重い足を引きずってやってきます。

男たちは、ぼうしをかぶらず、腕《うで》をむきだしにして、茶色に焼けた肌《はだ》に青と白のしまのシャツや灰色や青い色のシャツを着て、みなが同じ歌を歌っていました。

それはまるで、はてしなく大きな空の下の広大な土地を越えてやってきた、小さな軍隊《ぐんたい》のようでした。歌っている歌は、まるで軍旗《ぐんき》のようでした。

ローラは、強い風の中に立って見守り、耳をすましていました。ながい列の最後が、宿《しゅく》舎《しゃ》の低い小屋のまわりにむらがり広がっている人たちの中に入り、歌が、その人たちの笑い声でかすんでしまうまで。

ローラは、手に持っている水おけを思いだしました。

大いそぎで井戸から水をくみ、走ってもどりました。いそいでいる足に、水をこぼしながら。

「あたし、ちょうど――見たの――馬車の一団が宿舎に着いたのよ。」

とローラは、息をきらしていいました。

「ものすごく大ぜいよ、父さん！　それに、みんなが歌ってた！」

「ほらほら、ぱたぱたじょうちゃん、息をつけ！」

父さんは、ローラを見て笑いました。

「五十組の馬車と七十五人か八十人の工夫《こうふ》だけじゃ、小さな宿舎だ。ここから西のほうにあるスティビンズの宿舎を見せたいものだよ、二百人の工夫と、それにみあう馬車と馬だ。」

「チャールズ。」

と、母さんがいいました。

いつもなら、母さんがやさしいいいかたで「チャールズ」といったときには、それがどういう意味なのか、だれにでもわかります。けれど、今回はローラもキャリィも父さんも、ふしぎそうに母さんを見つめました。

母さんは、ほんのわずか、父さんに首をふりました。

すると、父さんは、ローラをまっすぐに見ていいました。

「きみたちは、宿舎へは近づかないようにしなさい。散歩《さんぽ》に行くときも、工夫たちがはたらいてるところへは近づかないこと。それに夜、工夫たちが帰ってくる前にかならずここへもどってくるんだぞ。気の荒い連中《れんちゅう》が基礎《きそ》工事ではたらいてるし、荒っぽい言葉をつかってる。そういうのはなるべく見たり聞いたりしないほうがいい。いいか、覚えておきなさい、ローラ。きみもだぞ、キャリィ。」

父さんの顔は、とても真剣《しんけん》でした。

「はい、父さん。」

とローラは、約束《やくそく》しました。

キャリィは、ほとんど消えいりそうな声でいいました。

「はい、父さん。」

キャリィは、びっくりして、目を大きく見開いていました。

荒っぽい言葉がどういうのかわからなくても、キャリィは、聞きたくはありませんでした。

ローラは、ただ一回だけ、少しだけ聞きたいと思いましたが、もちろん、父さんにはしたがわなければなりません。

それで午後には、ローラたちは、宿舎《しゅくしゃ》から遠くはなれたほうへ歩いていきました。湖の岸にそって、「大沼地《おおぬまち》」へむかっていきました。

湖は、日の光にてらされて、ちらちら光りながら左のほうに横たわっています。

青い水面が、風で波だつと、小さな銀色の波が岸へ打ちよせては、くだけます。

岸は低いのですが、水ぎわまで丈《たけ》の低い草が茂っていて、土はかたくてかわいていました。

きらきら光っている湖のむこうの、東岸と南岸には、ローラの背の高さくらいの土手が、きりたっているのが見えました。

小さな湿地《しっち》は北東のほうへと続き、「大沼地《おおぬまち》」は、背の高い草が生《は》えてながくカーブしている南西へむかって、広がっていました。

ローラとメアリーとキャリィは、さざ波だって銀色に光る青い水にそって、緑の岸を、自然のままの「大沼地」へむかってゆっくり歩いていきました。

草が、はだしの足に、あたたかくやさしく、ふれます。

風が、スカートをはたはたとゆすって足に吹きつけ、ローラの髪をくしゃくしゃにしてしまいます。

メアリーとキャリィの日よけぼうしは、あごの下でしっかりむすんでありますが、ローラのは、ひもでぶらさがってゆれていました。

何百万の草の葉のかさかさいう音が、ひとつのつぶやきとなり、何千羽の野ガモ、ガン、サギ、ツル、ペリカンが、風の中で、かん高くあつかましくしゃべっています。

この鳥たちは、湿地のアシの中で、えさをあさっていました。羽をぱたぱたさせてとびあがり、またまいおります。アシの中で互《たが》いにニュースをさけびあったり、おしゃべりをしたりして、草の根や、やわらかい水草や小魚を、いそがしそうに食べていました。

湖の岸は、「大沼地」にむかうにつれて低くなり、ついには、岸がなくなってしまいました。湖は沼地にとけこみ、小さないくつかの池になっているのでした。

池は、沼地に生える五、六フィートの丈《たけ》の、ざらざらしたアシにとりかこまれていました。小さな池は、アシのあいだでちらちら光り、水面には、野鳥《やちょう》がびっしり浮かんでいました。

ローラとキャリイが、アシを押したおすと、とたんに、ざらざらした翼《つばさ》をさっと上にあげ、まるい目がきらきら光ります。あたりいったいが、ぎゃあぎゃあ、があがあ、くわぁくわぁとさわがしい声にわきたちます。

カモやガンは、水かきのある足を尾の下にぴったりつけて、アシの上をすばやくとび、となりの池へ輪をえがいておりました。

ローラとキャリイは、じっと立っていました。

茎がざらざらしているアシは、ふたりの頭より高くのび、風の中で、ざわざわと音をたてていました。はだしの足が、ゆっくりと、ぬるぬるした沼の中へ沈んでいきました。

「あぁ、ここの土は、みんなぬるぬるしてる。」

とメアリーが、すばやくもどってきながらいいました。

メアリーは、足が泥《どろ》でよごれるのが、すきではありません。

「もどってらっしゃい、キャリイ！」

ローラは、さけびました。

「ぬかるみにはまっちゃうわよ！　湖のこのあたりは、アシの中にあるのよ！」

やわらかな冷たい泥《どろ》は、ローラのくるぶしのあたりまですいこみ、目の前には、高いアシのあいだで小さな池がきらきら光っていました。

ローラは、野鳥《やちょう》のあいだをアシの中へどんどん進んでいきたかったのですが、メアリーとキャリィを残していくことはできません。

それでローラは、ふたりといっしょに、地面のかたい高台の大草原へ引きかえしてきました。腰の高さほどの草が、風に吹かれてうなずいたり頭をさげたりしている大草原に。丈《たけ》が低くて葉がくるっとうずまいているバッファロー草も、ところどころに生えている大草原に。

沼のふちを歩きながら三人は、燃えたつような赤いオニユリをつみました。高台の大草原では、いくつにも分かれた長い茎の上に紫色《むらさきいろ》の豆のさやをつけた、バッファロー草を集めました。

イナゴが、草の中を歩く三人の足の前で、水しぶきをあげるようにとびはねました。

あらゆる種類の小鳥が羽音をたててとびまわり、風で頭をたれている背の高い草の葉の上で、うまく調子をとりながらさえずっています。そして草原ライチョウは、そこらじゅうを走りまわっていました。

「あぁ、なんて自然の美しい大草原!」

メアリーが、幸せで、ため息をつきました。

「ローラ、ちゃんと日よけぼうしかぶってる?」

しまったという思いでローラは、首のひもにさがっているぼうしを、引っぱりあげました。

「かぶってるわよ、メアリー。」

と、ローラはいいました。

メアリーは、笑いました。

「今かぶったとこじゃない。聞こえたわよ!」

三人が帰ってきたのは、午後もおそくなってからでした。

片流れの小さな小屋は、シルバー湖のほとりに、ぽつんと立っていました。

入り口のところで母さんが、三人を探して、目の上に手をかざしているのが、小さく小さく見えました。

三人は、手をふりました。

三人には、小屋の北側に、湖にそって広がる工事現場《げんば》の全体が見えました。

いちばん手前には、父さんがはたらいている売店と、その後ろに大きな飼料倉庫《しりょうそうこ》があります。次に、工事現場ではたらいている馬の小屋。その馬小屋は、大草原の丘の斜面《しゃめん》をけずって建ててあり、屋根は、アシでふいてありました。

そのむこうには、工夫《こうふ》たちが眠る、ながくて低い宿舎《しゅくしゃ》があり、そこからずっと遠くはなれたところに、いとこのルイーザがまかなっている小屋のながい建物があります。煙突《えんとつ》から、もう夕食の料理をしている煙が立ちのぼっていました。

それから、一軒の家、ほんものの家が、初めてローラの目にはいりました。それは湖の北岸に、一軒だけ建っていました。

「あの家はなにかしら。だれがすんでるのかしら。」

と、ローラはいいました。

「農場じゃないわね。馬小屋もないし、たがやした土地もないんですもの。」

ローラが見たものすべてメアリーに話すと、メアリーは、いいました。

「きれいな新しい小屋と、草地と水場のあるすてきなところなのね。その家のことをあれこれ考えても、しかたがないわ。父さんに聞けばいいわよ。ほら、またほかの野ガモの群れが来た。」

次から次へカモの群れと、ガンのながい列が、湖で夜をすごそうと、空からおりてきます。

そして、仕事から帰ってくる工夫たちの、そうぞうしい声がしてきます。

もう一度、小屋の入り口に目をやると、母さんは、三人が帰ってくるのをまだ待っていました。風に吹かれ新鮮《しんせん》な空気と日の光をいっぱいにあびながら、腕《うで》いっぱいにオニユリと紫色《むらさきいろ》の豆のさやをかかえている、娘《むすめ》たちを待っていました。

それからまもなくして、キャリイは水さしに大きな花たばをいけ、ローラは夕食のテーブルを用意していました。

メアリーは、グレースをひざに抱いてゆりいすに腰かけ、「大沼地《おおぬまち》」でアヒルがくわっくわっと鳴いていたことや、ガンの大きな群れが眠りにつくために湖へおりてきたことを話しているのでした。

9 ＊ 馬どろぼう

ある晩、夕食のとき父さんは、ほとんど口をききませんでした。

とうとう、母さんがたずねました。

「具合《ぐあい》が悪いんじゃないんでしょ、チャールズ？」

「だいじょうぶだよ、キャロライン。」

と、父さんは答えました。

「それじゃ、どうしたの？」

母さんは、聞きただしました。

「なんでもないよ。」

と、父さんはいいました。

「きみが心配することはなにもない。うーん、じつはね、工夫《こうふ》たちが今夜、馬どろぼうを待ちぶせするっていう話を耳にしたんだ。」

「それはハイの役目でしょ。」

と、母さんはいいました。

「あの人にまかせておけばいいわ。」

「心配するな、キャロライン。」

と、父さんはいいました。

ローラとキャリィは顔を見合わせ、それから母さんを見ました。

少し間《ま》をおいてから、母さんがやさしくいいました。

「どういうことか、話してほしいわ、チャールズ。」

「このあいだ、ビッグ・ジェリーが宿舎《しゅくしゃ》にいたんだ。」

と、父さんはいいました。

「一週間、はたらいて、今は行ってしまった。工夫たちは、あの男は馬どろぼうの仲間《なかま》だっていってる。いっつもビッグ・ジェリーが来るたんびに、そのあとあの男がいなくなるといちばんいい馬がぬすまれるっていうんだよ。工夫たちが考えてるのは、ジェリーはいちばんいい馬に目をつけて、その馬が馬小屋のどこにいるかわかるあいだここにいて、そのあとどろぼう仲間と夜やってきて、やみにまぎれて馬を連れていってしまうっていうんだよ。」

「インディアンとの混血《こんけつ》は信用できないって、よくいうじゃありませんか。」

と、母さんはいいました。

母さんは、インディアンがすきではありません。インディアンとの混血でさえすきではないのでした。

「もしひとりの純粋《じゅんすい》なインディアンがいなかったら、ぼくたちはみんな、バーディグリス川のそばで頭の皮をはがれていたんだよ。」

と、父さんはいいました。

「あんなほえたける野蛮《やばん》な人たちさえいなければ、頭の皮をはがれるような危険《きけん》なことはなかったんじゃありませんか。腰《こし》のまわりにスカンクの生《なま》の皮をつけて。」

と、母さんはいいました。

母さんは、あのスカンクの皮の匂《にお》いを思いだして、鼻をならしました。

「ぼくは、ジェリーが馬どろぼうとは思わない。」

と、父さんはいいました。

けれど、ローラには、父さんの口ぶりが、ジェリーがそうでないといいと願っているように思えるのでした。

「じっさいの問題は、ジェリーが給料日《きゅうりょうび》のあとやってきて、工夫たちの金をポーカーで勝って、すっかり取りあげたってことなんだ。そんなわけで、工夫たちの中には、ジェリーがうたれるのを喜んでいるのもいる。」

「そんなことを、ハイがどうしてさせとくのかしら。」

と、母さんはいいました。

「お酒を飲むのもいけないことだけれど、賭事《かけごと》も同じように悪いことだわ。」

「賭事をしたくない者は、しなけりゃいいんだよ、キャロライン。」

と、父さんはいいました。

「賭事に負けてジェリーに金を取られたのなら、それはそいつの責任だ。ビッグ・ジェリーより心のやさしい男なんて、いやしない。自分のシャツをぬいでも、人を助ける男だ。どんなにジョニーじいさんの世話をしてるか、見てごらん。」

「それはそうだわ。」

と、母さんはみとめました。

ジョニーじいさんは、飲み水係です。小柄《こがら》で、しわくちゃで、背中のまるくなった、年寄りのアイルランド人でした。

ジョニーじいさんは、鉄道ひとすじではたらいてきましたが、今では、はたらくには年をとりすぎました。それで会社は、工夫たちに飲み水を運ぶ仕事を、ジョニーじいさんにわりあてたのでした。

朝と、昼食のあとの二回、小柄なジョニーじいさんは、ふたつの大きな水おけに水をくみに井戸へ行きます。

水がおけにいっぱいになるとジョニーじいさんは、天秤棒《てんびんぼう》を肩にかけ、からだをかがめて、天秤棒の両はしに短いくさりでさがっているかぎに、おけをかけます。それから、うめき声とうなり声をあげて、からだを起こします。

くさりが重いおけを地面から持ちあげ、ジョニーじいさんは肩で重みを支えながら、おけがゆれないように両手で押さえます。そして重いおけをかついで、せまい歩《ほ》はばでしっかりと、ちょこちょこ歩いていくのでした。

水おけには、それぞれ、ブリキのひしゃくが入れてあります。基礎《きそ》工事をしている工夫たちのところへ着くとジョニーじいさんは、はたらいている人たちの列にそって、ちょこちょこと歩きます。それで、のどのかわいた人は仕事の手を止めずに、水が飲めるのでした。

ジョニーじいさんは老人で、小柄で、背中がまるくなり、からだはちぢまっていました。顔はしわだらけでしたが、青い目はたのしそうで、きらきら光っていました。

ジョニーじいさんは、水を飲みたい人を待たせないように、いつもできるだけ早くちょこちょこ歩いているのでした。

ある朝。朝食の前に、ビッグ・ジェリーが入り口のドアのところへ来て、母さんに、ジョニーじいさんが一晩じゅうからだの具合が悪かった、と話しました。

「じいさんはからだがとっても小さいし、老人だもんで、奥さん。まかないの食事が口に合わないんですよ。熱い紅茶《こうちゃ》一杯と、わずかな朝食をやっていただけないでしょうか?」

母さんは、焼きたての軽いスコーン（訳者註《やくしゃちゅう》・ベーキングパウダーを入れて焼く小型のやわらかいパン）を五、六こ、皿に乗せ、横に、マッシュポテトをかためていためたものと、かりかりにいためた塩づけブタ肉のうす切りをそえました。それから、ブリキの小さな入れものに、熱い紅茶をなみなみとそそいで、ビッグ・ジェリーに渡しました。

朝食のあと、父さんは、ジョニーじいさんのようすを見に、宿舎《しゅくしゃ》へ行きました。

あとで、父さんは、ジェリーが一晩じゅう気《き》の毒《どく》な老人の世話をしたのだと、母さんに話しました。

ジェリーは、自分の毛布を、ジョニーじいさんが寒くないようにかけ、自分は寒い中へなにもはおらずに出ていったと、ジョニーじいさんが話したのでした。

「ジェリーは、自分の父親にもできないような世話を、ジョニーじいさんにやったんだ。」

と、父さんはいいました。

「馬どろぼうの話が事実かどうかはね、キャロライン、ぼくは知らない。だが、ぼくたちだって、ジェリーのおかげで助かったんだよ。」

ローラたち一家が、太陽も沈みかけたころ見知らぬ男にあとをつけられていたとき、ビッグ・ジェリーが白馬に乗って大草原にあらわれたことを、みんなは忘れてはいません。

「さあて。」

と父さんは、ゆっくり立ちあがりながらいいました。

「あの連中に、銃《じゅう》にこめる弾薬《だんやく》を売りにいかなきゃならない。ジェリーが今夜、宿舎《しゅくしゃ》へ来なければいいんだが。もしジョニーじいさんの具合を見にきて、自分の馬を馬小屋へ入れただけでも、あの連中はうつよ。」

「まあ、だめよ、チャールズ！　ぜったいにそんなことさせてはいけない！」

母さんが、大声をあげました。

父さんは、ぼうしをかぶりました。

「さわいでる連中の先頭に立ってる男は、もう、人をひとり殺してるんだ。」

と、父さんはいいました。

「正当防衛《せいとうぼうえい》だともうしたてて軽い刑《けい》になったが、刑務所《けいむしょ》で刑期《けいき》をつとめてきた。ビッグ・ジェリーは、この前の、給料日《きゅうりょうび》にその男の金を残らずまきあげた。ビッグ・ジェリーに面とむかう勇気《ゆうき》はないんだが、チャンスがあれば待ちぶせする男だよ。」

父さんは売店へ出かけていき、母さんは、静かにテーブルの上を片づけはじめました。

ローラは、皿を洗いながら、ビッグ・ジェリーと白い馬を思いうかべました。

茶色の大草原を疾走《しっそう》していくジェリーと白馬を、ローラは、何度も見ていました。

ビッグ・ジェリーは、いつもあざやかな赤いシャツを着て、ぼうしはかぶらず、白い馬には、革ひもをつけていたことはありません。

父さんが売店からもどってきたとき、外は暗くなっていました。弾薬《だんやく》をつめた銃《じゅう》を持った男が、馬小屋のまわりに身をふせている、と父さんはいいました。

眠る時間でした。

宿舎には、明かりひとつ見えませんでした。

暗い小屋は、地面に低く建っているので、ほとんど見えません。どこにあるか知っている者だけが、暗やみの中に、ひときわ黒く見えるだけでした。

シルバー湖の上には、小さく星が輝いていました。湖のまわりには、黒い大草原が、平らに広がっています。星の輝くビロードのような暗い空の下に。

風が、やみの中で、冷たくささやき、草はまるでこわがってでもいるかのように、かさこそ音をたてています。

ローラは、外をながめて耳をすまし、ふるえながら、いそいで小屋の中へ入りました。

カーテンの後ろでは、グレースが眠っていました。

母さんは、メアリーとキャリィの寝《ね》じたくを手伝っていました。

父さんは、ぼうしをかけくぎにかけ、木の長いすに腰をおろしていましたが、ブーツははいたままでした。

ローラが入ってくると父さんは目をあげ、それから立ちあがって上着を着ました。ボタンをいちばん上までかけて、えりを立てたので、灰色のシャツは見えなくなりました。

ローラは、ひとことも口をききませんでした。

父さんは、ぼうしをかぶりました。

「先に眠っててくれよ、キャロライン。」

と父さんは、明るい声でいいました。

母さんがカーテンの後ろから出てきましたが、父さんは、もういませんでした。

母さんは、入り口まで行って、外を見ました。

父さんは、暗やみの中へ消えていきました。ちょっとまをおいて、母さんはふりむいて、いいました。

「眠る時間よ、ローラ。」

「お願い、母さん、あたしも起きていさせて。」

とローラは、たのみました。

「どうやら、わたしは眠れそうもないわ。」

と、母さんはいいました。

「とにかく、しばらくはだめ。眠くないのよ。眠くないときには、ベッドへ行く必要はないわ。」

「あたしも眠くない、母さん。」

と、ローラはいいました。

母さんは、ランプの芯《しん》をさげて、吹きけしました。そして、インディアン居留地《きょりゅうち》にいたときに父さんが母さんのために作った、ヒッコリーの木のゆりいすに腰かけました。

ローラは、素足《すあし》で土間をそっと横切り、母さんのすぐ横にすわりました。

ふたりは、暗い中にすわって、耳をすましていました。

ローラには、耳の中で、細くかすかにぶーんぶーんいっている音が聞こえます。それは耳をすまして一心に聞こうとしているので、そんなふうに聞こえるのでした。

母さんの息づかいと、深い眠りについているグレースの低い寝息《ねいき》が聞こえます。そしてカーテンのむこうで、横になったまま目をさましているメアリーとキャリイの、少し早い息づかい。

カーテンは、あけてある入り口から入ってくる外の空気で、わずかにゆれ、かすかな音をたてていました。

入り口のドアの外に、空が横長くのぞいて見え、はるか遠く、暗い大地の果ての上には、星が見えました。

外の風は、ため息のような音をたて、草がかさこそいっています。湖の岸を洗う小さな波の、とぎれることのない、かすかな音がしていました。

やみをつんざく鋭いさけび声に、ローラは、もう少しできーきー声をあげそうになりました。はぐれた一羽のガンが、仲間を呼んだだけなのでした。仲間のガンたちは、沼地からそれに答え、眠そうなカモが、一声《ひとこえ》くわっと鳴きました。

「母さん、父さん見つけに外へ行かせて。」

と、ローラはささやきました。

「静かにして。」

と、母さんは答えました。

「父さんは見つかりませんよ。それに、あなたに来てもらいたくはないのよ。静かにして、父さんにまかせておきましょう。」

「なにかしたいのよ。なにかしてたほうがいいのよ。」

ローラはいいました。

「それは母さんもそう。」

と、母さんはいいました。

暗い中で、母さんの手は、ローラの頭をやさしくなでつけはじめました。

「太陽と風で、あなたの髪はかわいてるわ、ローラ。」

と、母さんはいいました。

「もっとブラシをかけなきゃだめよ。毎晩ベッドへ入る前に、百回はブラシでなでつけなさい。」

「はい、母さん。」

とローラは、小さな声でいいました。

「父さんと結婚したころ、母さんはきれいな長い髪だったのよ。」

と、母さんはいいました。

「三つあみにした上に、あたしが座《すわ》れたのよ。」

それ以上は、母さんはなにもいいませんでした。銃《じゅう》を発砲《はっぽう》する音がしないか耳をすましながら、母さんは、ローラのぱさぱさの髪を、なでつけつづけていました。

入り口のドアの暗いすみ近くに、光っている大きな星が、ひとつ見えました。時間がたつとともに、星は動いていきました。ゆっくりと、東から西へ動いていました。小さな星たちが、そのまわりを、もっとゆっくりめぐっていました。

ふいに、ローラと母さんは足音を聞き、そしていっぺんに星が消えてしまいました。

父さんが、入り口に立っていました。

ローラはとびあがりましたが、母さんは、いすにぐったりとからだを沈めただけでした。

「起きてたのかい、キャロライン？」

父さんは、いいました。

「ふん、そんな必要はなかったんだ。なにもかも、うまくいった。」

「そうだってどうしてわかるの、父さん？」

ローラはたずねました。

「ビッグ・ジェリーはどう……」

「心配ないよ、ぱたぱたじょうちゃん！」

父さんが、明るく、ローラの言葉をさえぎりました。

「ビッグ・ジェリーはだいじょうぶだ。あの男は、今夜は宿舎《しゅくしゃ》へはやってこない。朝になって、あの男が白い馬に乗ってやってきたとしても驚かないぞ。さあ、ベッドへ行きなさい。夜が明けるまで、できるだけ眠っておこう。」

父さんの大きな笑い声が、鐘《かね》のようにひびきました。

「きょうは仕事中に、眠い連中が何人かいるぞ！」

ローラがカーテンの後ろで服をぬいでいると、父さんが、カーテンのむこう側で、母さんに話しているのが聞こえました。

「なによりいいことは、キャロライン、シルバー湖の宿舎には、もうぜったいに馬どろぼうがいなくなるってことだよ。」

父さんがいったとおり、その朝早く、ローラは、ビッグ・ジェリーが白い馬に乗って小屋のそばを走っていくのを見ました。

売店の前で、ジェリーは、父さんにあいさつをし、父さんは手をふりました。それからビッグ・ジェリーと白馬は、工夫《こうふ》たちがはたらいているほうへむかって、疾走《しっそう》していきました。

シルバー湖の宿舎には、それから二度と、馬どろぼうはあらわれませんでした。

10 ＊ すばらしい午後

毎朝早く、ローラが朝食の皿を洗っていると、工夫《こうふ》たちが宿舎《しゅくしゃ》小屋を出て草ぶき屋根の馬小屋へ馬を連れだしに行くのが、ながめられました。

やがて馬具《ばぐ》のふれあうがちゃがちゃいう音と、しゃべったりさけんだりする人と、馬が仕事に出かけてしまうと、あとには静けさだけが残りました。

来る日も来る日も、同じような日がすぎていきました。

月曜日にはローラは、母さんが洗濯《せんたく》をするのを手伝いました。そして、風と日光の中で早くかわく、清潔《せいけつ》な香《かお》りのする衣類《いるい》を、とりこみました。

火曜日には、洗濯物に霧《きり》をふいて、母さんがアイロンをかけるのを手伝います。

水曜日にはローラがすきな仕事でなくても、つくろい物とぬい物があたえられています。

メアリーは、目が見えなくてもぬえるように、練習をしていました。敏感《びんかん》なメアリーの指は、折りかえしたふちを、じょうずにぬうことができました。そして色のとりあわせさえしてあれば、キルトのパッチワークをぬうこともできました。

お昼には、宿舎は、昼食にもどってきた馬や男たちで、またそうぞうしくなりました。まもなく父さんが売店からもどってきて、みんなで、広い大草原の風が吹きぬける小屋で、食事をします。

大草原は、こげ茶色からあかね色と黄褐色《おうかっしょく》にすべてのものをおだやかにそめて、はるか地平線まで、ゆるやかな起伏《きふく》で続いていました。

風は、夜にはだんだん冷たくなり、野鳥《やちょう》たちは、南の方角へとんでいきました。父さんは冬が来るのもそう遠くはない、といいました。

ローラは、冬のことは考えていませんでした。

ローラは、工夫《こうふ》たちがはたらいている場所や、どうやって鉄道の基礎《きそ》工事をするのか、知りたくてたまりませんでした。毎朝、男たちは出かけていって、お昼に帰ってきて、また夜に帰ってきます。

けれど、ローラに見えるのは、黄褐色に枯れた大草原の西で、立ちのぼる土煙だけでした。

ローラは、工夫たちが鉄道の工事をしているところが、見たくてたまりませんでした。

ドーシアおばさんが、ある日、二頭の牝牛《めうし》を連れて、飯場《はんば》へ引っ越してきました。

おばさんは、いいました。

「ひづめにミルクを乗せて持ってきたわよ、チャールズ。こうでもしなけりゃ、ミルクは手に入らないわ。ここには農夫《のうふ》がひとりもいないんだから。」

牝牛の一頭は、父さんのためのものでした。エレンという名前で、きれいな、明るい赤毛の牝牛でした。

父さんは、ドーシアおばさんの馬車の後ろにむすんであったつなをほどいて、ローラに手渡しました。

「さあ、ローラ。」

と、父さんはいいました。

「きみはもう、これを世話するのにじゅうぶんな年齢《ねんれい》だ。いい草のところへ連れてって、つなぎぐいを、しっかりかたく埋めこむんだよ。」

ローラとレナは、おいしそうな草の場所に、二頭の牝牛をあまりはなさずにつなぎました。

毎朝、毎夕、ふたりはいっしょに、牝牛の世話をしました。

ふたりは、牝牛に水を飲ませに湖へ連れていってから、新しい草地にくいを移します。

それからふたりは、牛乳しぼりをします、牛乳をしぼっているあいだ、ふたりは歌を歌っていました。
レナは、新しい歌をたくさん知っていました。
ローラは、すぐに覚えました。
牛乳が、ぴかぴか光るブリキのバケツの中へ流れこむあいだ、ふたりはいっしょに歌います。

波の上の海原《うなばら》暮らし、
波にもまれる　この暮らし、
新米《しんまい》船乗り　からだがゆれる
ほおにこぼれる　涙《なみだ》のしずく。

ときには、レナは、そうっと歌います。それで、ローラも、そのとおりにします。

おう、農夫《のうふ》と結婚するなんていやなこと、
農夫はいつも　泥《どろ》だらけ、
結婚するなら　鉄道員《てつどういん》

しまのシャツ着た　鉄道員。

ローラは、ワルツの歌がいちばんすきでした。「ほうきの歌」が、大すきでした。「ほうき」という言葉を何度も、おどけるように調子よく歌わなければならないのですけれど。

ほうーきは　いかが、
　ほうき、ほうきはいかが！
ほうき、ほうきはいかが、
　ほうき、ほうきはいかが！
バイエルン産の　このほうき
　バイエルンからやってきた
　　　ほうきはいかが？
うるさく寄ってくる　虫どもも
ひとはらいすりゃ　もういない、
まったく便利《べんり》な　このほうき

手ばなせません　夜《よ》も昼も。

牝牛《めうし》たちは、静かに立って、反《はん》すうしながら、歌をじっと聞いているようでした。まもなくローラとレナは、あたたかくて、あまい香《かお》りのする牛乳の入ったバケツを持って、小屋へむかってもどってくるのでした。

朝なら、工夫《こうふ》たちが宿舎《しゅくしゃ》から出てきて、入り口のそばのベンチの上の洗面器《せんめんき》で顔を洗ったり、髪をとかしたりしています。そして、太陽が、シルバー湖の上にのぼってくるのでした。

夕方なら、空が紅色《べにいろ》や紫色《むらさきいろ》や金色《きんいろ》に燃えて、太陽が沈んでしまうころ。馬や男たちが、大草原につけたほこりっぽい道を、うす黒い列になって、歌いながらやってきます。

そのときには、大いそぎで、レナはドーシアおばさんのいる小屋へ、ローラは母さんのところへと走ります。クリームが浮いてこないうちに牛乳をこしたり、夕食のしたくの手伝いをしなければなりませんから。

レナは、ドーシアおばさんといとこのルイーザを手伝う仕事が多くて、遊ぶ時間はありません。

ローラは、それほど仕事はたいへんではありませんが、それでも、じゅうぶんにいそがしい。それで、ふたりが顔を合わせるのは、牛乳しぼりの時間のほかは、めったにありませんでした。

「もし父さんが、うちの黒い小馬を基礎《きそ》工事ではたらかせてなかったら……」

と、ある夕方、レナはいいました。

「あたしがなにをしたいか、わかる？」

「わかんない。なに？」

ローラは、たずねました。

「うーん、もしぬけだせたら、もし小馬に乗れたら、工夫たちがはたらいているとこ見にいきたい。」

と、レナはいいました。

「見にいきたくなあい？」

「うん、行きたい。」

と、ローラはいいました。

父さんのいいつけにそむくかどうか、決める必要もありません。とにかく、そんなことはできないことなのですから。

ある日、昼食のとき、父さんは紅茶《こうちゃ》茶わんを下へ置き、口ひげをぬぐうと、突然いいました。

「きみは質問が多すぎるよ、ぱたぱたじょうちゃん。日よけぼうをかぶって、二時ごろ売店へやってきなさい。連れてってあげるから、自分の目で見なさい。」

「うあぁ、父さん！」

ローラは、大声でさけびました。

「さあさあ、ローラ、そんなに興奮《こうふん》してはだめよ。」

と母さんが、おだやかにいいました。

ローラには、大声でさけんだりしてはいけないことはわかっています。

ローラは、声を低くしていいました。

「父さん、レナも行っていい？」

「そのことはあとで決めますよ。」

と、母さんはいいました。

父さんが売店へもどっていったあと、母さんは、ローラに真剣《しんけん》に話しました。

自分の娘たちは、いつもレディーらしくふるまってほしい。おだやかに品よく話をして、しとやかにふるまうようにと、母さんはいいました。

ローラたち一家は、プラムクリークにいたほんのわずかなあいだをのぞいて、いつも開けていない、荒れた土地にすんでいました。そして今は、荒っぽい鉄道工事現場《げんば》にいるのでした。

　この地方が、文化的な生活をするまでには、しばらくは時間がかかります。それまでは、母さんは、自分たち身内《みうち》だけとすごしたい、と思っているのでした。母さんは、ローラが宿舎《しゅくしゃ》へ近づいたり、そこの荒っぽい人たちと知りあってほしくないのでした。

　きょう、父さんといっしょに、その人たちのはたらいているところを見るのはいいのですが、おぎょうぎよく、レディーらしくしていなければならないのでした。そしてレディーは、人の注意を引いたり、興味をうながすようなことはぜったいにしてはならないのでした。

「はい！　母さん。」

と、ローラはいいました。

「それからローラ、レナとは行ってほしくないのよ。」

と、母さんはいいました。

「レナは性格がよくて、頭のいい女の子よ。だけど、あの子はそうぞうしいわ。ドーシアは、それを押さえようとはそんなにしていないようだし。荒っぽい人たちがほこりの中ではたらいているところへ行きたいなら、父さんと静かに行って、静かに帰っていらっしゃい。そしてもうそれでおしまいにして、そういうことはいわないことね。」

「はい、母さん。だけど——」

ローラは、いいました。

「だけど、なんですか、ローラ？」

母さんが、たずねました。

「なんでもない。」

と、ローラはいいました。

「どうしてそんなに行きたがるのか、あたしにはわからない。」

とメアリーが、ふしぎそうにいいました。

「ここの中にいるか、湖のそばを少し歩いたりするほうが、ずうっといいわよ。」

「行きたくてしょうがないのよ。鉄道をしいてるところを見たいのよ。」

と、ローラはいいました。

日よけぼうしのひもをむすんでローラは、外へ出ました。そして、ひもはずっとむすんだままにしておこうと、心に決めました。

父さんは、ひとりで売店にいました。

つば広《びろ》のぼうしをかぶった父さんは、ドアに南京錠《なんきんじょう》をかけ、ふたりは大草原を歩いていきました。

一日のうちのその時間は、日影《ひかげ》のないときで、大草原は平らに見えました。が、じっさいは、平らではありません。

ほんの数分、歩いただけで、小屋は、なだらかな丘にかくれてしまいました。草深い大地には、鉄道の基礎《きそ》工事と、その横に、足跡でできたほこりっぽい小道があるだけでした。ゆくての空には、土煙が立ちのぼり、風で吹きながされていました。

父さんはぼうしを手でおさえ、ローラは、ぱたぱたする日よけぼうしをかぶった頭を、さげました。

ふたりは、しばらくのあいだ、てくてく歩いていきました。

まもなくして、父さんは足を止めて、いいました。

「ほうら、ここだよ、おちびちゃん。」

ふたりは、草原の小高いところに立っていました。

目の前には、鉄道の基礎工事が、ぷっつりとぎれたように終わっていました。

その前で、工夫《こうふ》たちと、すきをつけた馬が、西へ向かって地面を掘りおこしています。草の生《は》えている大草原の地面を、はば広く、帯のようにくだきながら。

「すきを使って工事するの?」

ローラは、いいました。

まだだれもたがやしたことがない地方に、鉄道をしくのに、すきを使って工夫が先頭に立っているのが、ローラにはおかしなことに思えたのでした。

「それに、スクレーパー（削土機《さくどき》）。」

と、父さんはいいました。

「ほら、よく見てごらん、ローラ。」

土を掘りおこしているところと基礎工事の終わったあいだを、馬と男たちが、円をえがいてゆっくりまわっています。基礎工事の終わった最後のところを越え、掘りおこして帯のようになっているところを横切って。

二頭ひと組の馬は、はばが広くて深いシャベルを引っぱっています。これが、スクレーパーでした。

ふつうのシャベルは一本の長い柄《え》がついていますが、スクレーパーには、二本の短い柄がついていました。そして半円形の強いはがねが、片側《かたがわ》からもう片方の側へカーブしてついていました。

ひとりの男と二頭の馬が掘りおこした場所へ来ると、べつの男がスクレーパーの柄をつかんで、シャベルのまるい先を、掘りおこしたやわらかい土の中へちょうどいい高さまでさしこみます。

そのあいだに馬は進み、スクレーパーは土でいっぱいになります。すると男は、つかんでいた柄をはなし、土でいっぱいになったスクレーパーを地面と同じ高さにします。それから馬はスクレーパーを引いて、基礎工事の側へあがっていきます。

基礎工事がぷっつり終わっている上へ来ると、馬を御《ぎょ》していた男が、スクレーパーの柄をつかんで、馬がつながれているはがねの内側に、スクレーパーをくるっとかたむけました。スクレーパーの中の土がすっかりなくなると、馬はからになった機械を引いてそこをおり、また、掘りおこした場所へぐるっとまわっていきました。

そこでは、またべつの男が柄をつかんで、シャベルの先をやわらかい土の中に、ちょうどいい高さまでさしこみ、スクレーパーがいっぱいになるまで押さえています。そして馬の後ろからスクレーパーは、ぐるっとまわって、基礎工事がしてある急な傾斜《けいしゃ》をのぼり、ふたたび土がひっくりかえされるのでした。

次から次へと、馬がぐるぐるまわり、あとからあとからスクレーパーが、ひっくり返されていきます。

二頭ひと組の馬は止まることなく続き、スクレーパーが、土をいっぱいにしたりひっくりかえしたりするのを止《や》めることはありません。

やわらかな土が、掘りおこした地面からかきあつめられていくにつれ、スクレーパーは、先のほうの新しく掘りおこした土地へと移っていきます。そして、掘りおこす組は、もどってきて、また地面を掘りおこすのでした。

「みんなが、時計の針《はり》のように動いてる。」

と、父さんはいいました。

「ごらん、ひとりも立ちどまっている者はいないし、いそいでる者もいない。」

「一台のスクレーパーがいっぱいになるときには、もうほかのがそこで待ってるし、スクレーパーを押さえる係は、柄《え》をつかんで、土をすくおうとしてる。スクレーパーが、掘りおこすのを待っているということはぜったいにないし、掘りおこす組は、あるていど進んだところでもどってきて、もう一度掘りおこす。すばらしい仕事ぶりだよ。フレッドはいい監督《かんとく》だ。」

フレッドは、土が山もりになっている上に立って、見張っています。馬とスクレーパーがぐるぐるまわって進み、すきをつけた馬がやってきたり、また先のほうへ出ていったりするのを。

フレッドは、スクレーパーが土をどさっと落として、土がころがりおちるのを見守っています。そして、ひとりひとりの馭者《ぎょしゃ》にうなずいたり、ひとこと話したりしていました。

こうして、基礎《きそ》工事は、地ならしが、まっすぐで平らになっていくのでした。

六組の馬ごとに、ひとりの男が立って、見張っていました。もし、ゆっくり進んでいる馬がいれば、男は馭者《ぎょしゃ》にそういって、早く進ませます。もし早く行ってしまう馬がいれば、馭者にそういって、馬をおさえさせます。

二頭ひと組の馬は、平均《へいきん》したかんかくをおいて、進まなければなりません。掘りおこした土地から基礎工事のところを越え、また掘りおこした土地へもどっていく。こういうことを休むことなく着実に続けているのでした。

三十組の馬と三十台のスクレーパー、四頭びきのすきと馭者、それに何人ものスクレーパー係。それらすべてが、それぞれの持ち場で、よどみなく動き、広びろとした大草原をぐるぐるまわっています。父さんがいっていた、時計のように。

土ぼこりの中で、この新しい鉄道の基礎工事の先頭に立って、監督《かんとく》フレッドが、すべてをさしずしているのでした。

ローラは、いくら見ていても少しもあきないと思いました。けれど、ずっとはなれた西のところに、もっと見るものがあるのでした。

父さんは、いいました。

「さ、行こう、おちびちゃん。どうやって、切りとりと盛土《もりつち》をやるのか見よう。」

ローラは、荷馬車の車輪が通ったあとにそって、父さんと歩いていきました。押しつぶされた草が、折れた干し草のようになって、土ぼこりの中にたおれていました。ずっとはなれた西の、大草原の小高いむこうで、大ぜいの工夫《こうふ》たちが鉄道のべつの基礎工事をしていました。

小高いむこうの、少しくぼんでいるところでは盛土の工事が進み、もっと遠くはなれた高い土地では、切りとりの工事が進んでいました。

「ほらね、ローラ。地面が低いところは盛土をして高くし、地面が高いところは切りとって、基礎を水平にするんだよ。鉄道の土台は、その上を汽車が走るのにできるだけ水平でなければいけないからね。」

「なぜ、父さん？」

ローラは、たずねました。

「なぜ汽車は、大草原の高いとこや低いとこをそのまま越えて走れないの？」

そのあたりには、丘というほどの高さのところはありません。それなのに、土台を水平にするために、少し高いところをすべて切りとり、少しのくぼみに盛土をするのは、むだな重労働《じゅうろうどう》のように、ローラには思えたのです。

「いや、むだではない。あとになってみれば、労力《ろうりょく》が助かるんだ。」

と、父さんはいいました。

「そういうことがわからなければいけないね、ローラ。説明されなくても。」

ローラには、平らな道が、馬には労力がはぶけることはわかります。が、機関車は、つかれることのない鉄の馬のはずです。

「そうだ。だが、機関車は石炭をたくんだよ。」

と、父さんはいいました。

「石炭は炭鉱《たんこう》から掘ってくるんだから、それは重労働だ。あがったりおりたりする基礎《きそ》の土台の上を走るより、平らな上を走るほうが石炭をたく量が少なくてすむ。ほらね、だから今、平らな基礎工事をするのに労力も金もかかるが、あとになれば労力も金も助かる。そうすれば、またほかのなにか作るのにそれを使うことができるんだ。」

「なあに、父さん？　ほかのなにに使うの？」

ローラは、たずねました。

「もっと鉄道を作れる。」

と、父さんはいいました。

「近いうちにローラ、だれもが鉄道に乗って、ほろをかけた馬車はめったにない、という日が来るのはまちがいないよ。」

ローラには、そんなに多くの鉄道が通っている国を想像《そうぞう》することはできませんでしたし、だれもが汽車に乗れるほど金持ちになるとは思えませんでした。

でも、じっさいに想像してみる前に、ふたりは高台へ着いていました。

そこからは、「切りとりと盛土《もりつち》」の工事をしている男たちが見えました。

鉄道が通ることになっている小高いところを、まっすぐに突っきって、すきをつけた組とスクレーパーをつけた組が、はばの広いみぞを切っていました。

前へ後ろへと、すきを引く馬のいくつもの組と、ぐるぐるまわって進むスクレーパーを引っぱる組。すべてが、お互《たが》いに調子よく、止まることなく動いています。

けれど、ここでは、スクレーパーの組が、まるくまわって進んでいるのではありません。細長い輪になって、進んでいました。

その片方のはしでは、切りとり場に入った組はもう一度、外へ出てから、もう片方のはしにある土すて場の上へ行きました。

土すて場は、切りとって「切りどおし」になった、はしにある深いみぞで、「切りどおし」と交差しています。

がっしりした材木が、みぞの両側を支え、その上には平らな足場が作ってありました。

この足場のまん中には、穴がひとつあいています。

みぞの両側には、土を積みあげて、足場と同じ高さの道が作ってありました。切りとり場から、二頭ひと組の馬が土を積んだスクレーパーを引っぱって、次から次へと出てきます。

馬たちは土すて場の上へのぼると、足場へ渡ります。そして、穴の上へ来ると、一頭ずつ穴の両側を歩き、馭者《ぎょしゃ》が、スクレーパーの中の土を穴の中へすてます。しっかりした足どりで馬は急な斜面《しゃめん》をくだり、スクレーパーをふたたびいっぱいにするために、切りとり場へもどっていくのでした。

そのあいだずっと、足場の穴の下では、荷馬車が次から次へと土すて場を通りぬけていきました。スクレーパーが、積んでいる土を落とすときには、土を受けとる一台の荷馬車が、穴の下にいました。

どの馬車も、スクレーパーから五回、土が落とされるまで待っています。土が落とされると動きだし、後ろの馬車が穴の下へ来て、待っています。

次から次へと続く荷馬車は土すて場を出ると、ぐるっと後ろをむいて、切りとり場にむかって続いている鉄道線路の高い土台のはしにあがります。どの馬車も、土台のはしで、積んでいる土をおろし、基礎《きそ》の土台は、どんどんながくなっていきました。

荷馬車には、わくは、ありません。厚い板の台が、何枚か、あるだけです。

土をおろすときには馭者が、その板を一枚ずつひっくりかえしました。それから馭者は馬を先へ進め、盛土《もりつち》のはしをおりて、荷馬車の列へもどり、土すて場でふたたび土を積むのでした。

土ぼこりが、すきやスクレーパーや、土すて場や盛土のはしから、もうもうとまいあがっていました。汗びっしょりの工夫《こうふ》たちや馬を、土煙が、すっぽりとおおっていました。男たちの顔や腕《うで》は、日焼けとほこりで黒くなり、青色や灰色のシャツは、汗とほこりで、よれよれでした。

馬のたてがみやしっぽやからだの毛は、ほこりでまみれ、脇腹《わきばら》には、汗で泥《どろ》がこびりついていました。

人と馬は、落ちついて、確実にはたらいています。切りとり場へ入ったり出たりしている組。そのあいだに、すきが、前へ後ろへと掘りおこします。土すて場の下で土を受けとった組は、盛土のはしへもどり、ふたたび土すて場の下へ。

切りとり場はだんだん深くなり、盛土はだんだん長くなっていきます。

人と馬がともに、流れるように工事を続け、止まることはありません。

「まちがいなんて、一度もしないのね。」

とローラは、驚き感心しました。

「スクレーパーが土を落とすときには、下で荷馬車がかならず受けとるんですものね。」

「それが監督《かんとく》の仕事だよ。」

と、父さんはいいました。

「みんなでひとつの曲を演奏《えんそう》してるように、うまく調子をたもってるんだよ。監督をよぉく見てごらん。そうすれば、どういうふうにやっているか、きみにもわかる。すばらしい腕《うで》まえだ。」

切りとり場の高い上と、盛土《もりつち》のはしに、監督は立っていました。

監督たちは、工夫たちと馬を見張って、全員が同じ調子で動くようにしているのでした。

こっちでは、ひと組を少しゆっくりさせ、あっちでは、ほかの組をいそがせていました。止まっていたり、待っていたりする組は、ひとつもありません。持ち場におくれる組も、ひとつもありません。

監督が、切りとり場の上から大声で呼びかけているのを、ローラは聞きました。

「おーい！　もう少し早く歩け！」

「ほらね。」

と、父さんはいいました。

「仕事が終わる時間に近いもんで、みんな少しのろくなってるんだ。優秀《ゆうしゅう》な監督をごまかすことなんて、できないんだ。」

父さんとローラが、鉄道の基礎《きそ》工事の流れるような作業を見守っているうちに、夕方近くなっていました。

売店と、小屋の家へ帰らなければならない時間でした。

ローラは、最後にながいことじっと見て、それから帰ることにしました。

帰り道で父さんは、線路の土台ができることになっている土の中に打ちこんである、何本かの小さな基礎ぐいに書いてある数字を、しめしました。

測量技師《そくりょうぎし》たちが、これらのくいを打ちこんでおいたのです。この数字は、基礎工事をする人に、低い土地ではどのくらい土を積まなければならないか、高い土地ではどのくらい掘らなければならないかを、あらわしているのでした。測量技師たちは、この土地にまだだれも来ていないときに、すべてをはかって、土台の正確な数字を書いておいたのでした。

まず最初に、だれかが、鉄道をしこうと考えます。それから測量技師たちが、だれもすんでいないところへやってきて、土地に線路をしくために測量をして、しるしをつけます。次に、すき係の男たちが大草原の草地を掘りおこし、スクレーパー組が土をすくいとり、荷馬車を引いた馬がその土を運びます。その人たちみんなが線路をしくためにはたらいていますが、まだそこには線路はありません。

そこにあるのは、大草原の小高い場所を切りとった切りどおしと、とてもせまくて短い土のうねでしかない、線路の土台だけ。それは、はてしなく広がる草の大地を横切り、西の方角をめざしていました。

「基礎《きそ》工事が終わったら、シャベル係が土手用のシャベルを持ってやってくる。そして、手作業で、土台の両側をなめらかにしたり、真上を平らにするんだよ。」

と、父さんがいいました。

「そしたら、次にはレールをしくのね。」

と、ローラはいいました。

「そんなに早く先へとぶな、ぱたぱたじょうちゃん。」

父さんは、ローラを見て笑いました。

「線路のまくら木が船で送られてここへ着いて、それからレールをしく前に、ならべるんだよ。ローマは一日ではできない。鉄道も同じことだ。価値《かち》のあるものはなんでも時間がかかるんだ。」

太陽は、もうずっと低くなり、大草原の小高いところひとつひとつが、東のほうへ影を落としていました。

ほの白い大空から、カモの群れと、ながいくさび型になったガンが、夜をすごすために、シルバー湖へすべるようにまいおりてきます。

土ぼこりのまじっていない、さわやかな風が吹いていていました。

ローラは、日よけぼうしを背中へすべらせ、顔いっぱいに風を受けて、はてしない大草原全体を見渡しました。

今ここには鉄道線路はありませんが、いつの日か、鋼鉄《こうてつ》のながい線路が、盛土《もりつち》の上や切りどおしをぬけて、水平にしかれることになるのです。そして汽車が、ごうごうと音をたてて蒸気と煙をもくもくはきながら速度をあげて通るでしょう。

線路も汽車も今ここにはありませんが、ローラには、まるでここにあるように見えるのでした。

突然《とつぜん》、ローラはたずねました。

「父さん、鉄道線路のいちばん初めのところはできたっていうこと?」

「なんのことをいってるんだい?」

父さんは、たずねました。

「人がまず鉄道のことを考えたから、線路があるんでしょ?」

父さんは、ちょっとのあいだ、考えました。

「そうだよ。そう、人びとがまず考えるところから、なにごとも始まる。もし人びとがひとつのことをじゅうぶんに考えて一生けんめい取りくめば、たいていのことは、風や天候が許すかぎり実現《じつげん》すると思うよ。」

と、父さんはいいました。

「あの家はなあに、父さん？」

ローラは、たずねました。

「どの家？」

父さんが、たずねました。

「あの家、あのほんものの家。」

ローラは、指さしました。

このあいだからローラは、湖の北岸に一軒建っているあの家のことを聞こうと思って、いつでも忘れていました。

「あれは、測量技師《そくりょうぎし》たちの家だよ。」

と、父さんはいいました。

「今もあそこにいるの？」

ローラは、たずねました。

「あの人たちは行ったり来たりしてるからね。」

と、父さんはいいました。

ふたりは、もう売店のすぐそばまで来ていました。

父さんは、売店へむかって歩いていきました。

「さあ、うちへ走っていきなさい、ぱたぱたじょうちゃん。父さんは帳簿《ちょうぼ》をつける仕事があるからね。線路の土台をどうやって作るかもうわかったんだから、メアリーにすっかり話してあげるんだよ。」

「ええ、そうする、父さん！」

ローラは、約束《やくそく》しました。

「見たことをみんな話すわ。どんな小さなことでも、みんな。」

ローラは、一生けんめい、メアリーに説明しました。が、メアリーはこういっただけでした。

「あたしにはほんとにわからないわ、ローラ。このすてきで清潔《せいけつ》な小屋にいるより、荒っぽい人たちがそんな土の中ではたらいてるところをよぉく見たいなんて。あんたがぶらぶらしてるあいだに、あたしはもう一枚、キルトのパッチワークを仕上げてしまったわよ。」

工夫《こうふ》たちと馬の、少しもくるいのない流れるような動きが、ローラの目には、まだ残っているのでした。

その動きのリズムに合わせて、ローラには歌うことさえできそうに思えたのでした。

11 ✣ 給料日《きゅうりょうび》

二週間が、すぎていきました。

今、父さんは毎晩、夕食のあと、売店の後ろにある小さな事務室《じむしつ》で仕事をしていました。父さんは、給料計算書を作っていました。

作業時間記録からひとりひとりが何日はたらいたかをかぞえて、その人の賃金《ちんぎん》を計算します。それから、売店にどれほど借《か》りがあるか計算し、それにまかないつき宿舎《しゅくしゃ》の食事代をくわえます。その合計を賃金《ちんぎん》からさしひいて、ひとりひとり給料計算書を作ります。

給料日に父さんは、ひとりひとりに給料計算書を渡して、お金をはらいました。

今まではいつでも、ローラは、父さんの仕事を手伝ってきました。「大きな森」にすんでいた、ローラが幼かったころ、父さんの銃《じゅう》の弾丸《たま》を作るのを手伝いました。

「インディアン居留地《きょりゅうち》」では、家を仕上げるのを手伝い、「プラムクリーク」では、家畜《かちく》の世話や干し草作りを手伝いました。

けれど、今度は手伝うことはできません。鉄道会社は、事務室ではたらく父さんのほかは、だれも中へ入ってもらいたくないのだと、父さんがいいましたから。

それでも、売店は、ローラたちの小屋の入り口からはっきり見えるところにあるので、父さんのしていることがいつもわかりました。そして、出入りする人がみな、ローラに見えました。

ある朝、売店の入り口へ一台の馬車がいそいでやってきて、りっぱな服を着た男の人がすばやくおり、大いそぎで中へ入りました。

馬車の中には、ふたりの男が待っていて、ドアのあたりを見張ったり、まるでこわがってでもいるように、まわりを見まわしていました。

少したって、最初の男が出てきて、馬車に乗りこみました。ほかのふたりが、ぐるっとあたりを見まわしてから、三人を乗せた馬車は、いそいで立ちさりました。

ローラは、外へ出て売店へむかって走りました。

なにかあったにちがいない、とローラは思いました。胸《むね》が、はげしくどきどきしました。父さんがなにも変わったようすなく外へ出てきたのが見えたときには、ほっと胸をなでおろしました。

「どこへ行くの、ローラ?」

母さんが、後ろから呼びかけたので、ローラは、

「どこにも行かない、母さん。」

と、答えました。

父さんは、小屋へ入ってくると、後ろ手でばたんとドアをしめました。そしてポケットから、ズックの重いふくろを取りだしました。

「これをあずかってもらいたいんだ、キャロライン。」

と、父さんはいいました。

「工夫《こうふ》たちの給料だよ。だれかぬすもうとして事務室へ入ってくるかもしれないからね。」

「あずかっておくわ、チャールズ。」

と母さんはいいました。

母さんは、そのふくろを、洗いたての布でくるんで、もう使いはじめている小麦粉のふくろの中へ深く入れました。

「だれも、ここは探そうとはしないでしょうからね。」

「さっきの人がこれを持ってきたの、父さん?」

ローラは、たずねました。

「そうだよ。あれが会計主任《かいけいしゅにん》だ。」

と、父さんはいいました。

「あの人といっしょにいた人たち、こわがってたわ。」

と、ローラはいいました。

「あぁ、そんなことはないだろう。あの人たちは、金をぬすまれないように会計主任を守ってるんだよ。」

と、父さんはいいました。

「会計主任は給料日《きゅうりょうび》に、飯場《はんば》にいる工夫《こうふ》全員に給料をはらうので、何千ドルもの大金《たいきん》を持ちはこぶから、それをねらおうとする者がいるかもしれない。だがあの人たちは銃《じゅう》を何丁《ちょう》も身につけてるし、馬車の中にもある。あの人たちがこわがる必要はない。」

父さんが売店へもどっていくとき、腰の後ろのポケットからリボルバー（回転式拳銃《かいてんしきけんじゅう》）の柄《え》がのぞいているのを、ローラは見ました。

父さんがこわがっていないのは、わかっています。

ローラは、ドアの上にあるライフル銃《じゅう》と、部屋のすみに立てかけてある散弾銃《さんだんじゅう》をじっと見つめました。

母さんは、この銃を使うことができます。強盗《ごうとう》があのお金を取っていくかと、こわがることはありません。

その夜、ローラは、何回も目をさましました。そしてカーテンのむこうの寝床《ねどこ》で、父さんもまた、何回も寝がえっている音がしていました。

その夜は、いつもよりいっそう暗くて、あやしい音がしているように思えるのでした。それは、あのお金が小麦粉《こむぎこ》のふくろの中に入っているからでした。けれど、あそこを探す者はいないでしょうし、事実、いませんでした。

朝早く、父さんは売店へふくろを持っていきました。

その日は、給料日でした。

朝食のあと、工夫全員が売店のまわりに集まり、ひとりずつ中へ入っていきました。そしてひとりずつ出てくると、何人かずつ集まって、話をしながら立っていました。給料日なので、はたらかなくていいのでした。

夕食のとき父さんは、もう一度、事務室《じむしつ》へもどらなければならない、といいました。

「何人かの者が、なぜ二週間分しかはらわれないのか理解《りかい》できないようなんだ。」

と、父さんはいいました。

「なぜ一か月分ぜんぶはらってもらえないの？」

ローラは、父さんにたずねました。

「うん、いいかい、ローラ。全員の給料計算書を作って会社に伝えるには時間がかかる。それから会計主任《しゅにん》がお金を運んでくることになっている。きょうはらったのは十五日までの給料で、あと二週間たてば、きょうまでの分をはらう。男たちの中には脳《のう》みそがうすいのが何人かいて、二週間待たなければ給料がもらえないことがのみこめないいんだよ。きのうまでの分をきっちりはらってほしいんだよ。」

「そういうことで悩《なや》むことはないわ、チャールズ。」

と母さんはいいました。

「事務の手続きがどういうふうになっているか、その人たちに理解させるのはむりよ。」

「それでその人たち、父さんを責《せ》めてはいないんでしょ、父さん?」

と、メアリーがいいました。

「そこがいちばんやっかいなことなんだよ、メアリー。そこんとこは、それはわからん。」

と父さんは答えました。

「とにかく、事務室で、少し帳簿《ちょうぼ》づけをしなけりゃならない。」

夕食の皿は、すぐに洗いおわりました。

母さんはグレースを寝かせようと、ゆりいすに腰かけ、キャリィは、その横にぴったり寄りそいました。

ローラは、メアリーと入り口にならんですわり、湖の水面がだんだんうす暗くなっていくのを見守っていました。そしてメアリーに、見ているままを、声に出していいました。

「最後の明るさが、なめらかな湖のまん中あたりで、ほの白く光ってる。そのまわりのうす暗い水面には、カモが眠ってて、そのむこうの大地はまっ暗よ。星が、灰色の空にまたたきはじめてる。父さんのランプには、明かりがともってる。その明かりが、暗い売店の奥で、黄色く輝いてる。母さん!」

と、ローラは、大声でさけびました。

「大ぜいの人だかり——見て。」

男たちが、売店のまわりにむらがっていました。

男たちは、なにも話をしていませんし、草地をふむ足音さえもしません。

男たちのうす黒い集団だけが、ずんずん大きくなっていきました。

母さんは、すばやく立ちあがって、ベッドにグレースを寝かせました。それから入り口に来て、ローラとメアリーの頭の上から外を見ました。

母さんは、おだやかに話しました。

「中へ入ってらっしゃい、あなたたち。」

ふたりが、いわれたとおりにすると、母さんは、ほんのわずかなすき間を残して、ドアをしめました。

母さんは、そのすき間から外を見ていました。

メアリーは、キャリィといすに腰かけていましたが、ローラは、母さんの腕《うで》の下からのぞきました。

人だかりは、売店のすぐ近くを、ぐるっとかこんでいました。

ふたりの男が、売店の入り口の段をあがって、ドアをどおんどおんとたたきました。

人だかりは、静まりかえっていました。

あたりをとりまく夕方のうす暗がりが、一瞬《いっしゅん》静まりかえりました。

まもなくふたりの男は、もう一度ドアをどんどんたたき、ひとりが呼びました。

「ドアをあけろ、インガルス！」

ドアがあくと、ランプの光の中に、父さんが立っていました。

父さんが後ろ手でドアをしめると、ふたりの男は、人だかりの中へ後ずさりしました。

父さんは両手をポケットに入れ、入り口の段の上に立ちました。

「やあ、みんな、なんだね？」

と父さんは、おだやかにたずねました。

ひとつの声が、人だかりの中から聞こえました。

「おれたちは給料《きゅうりょう》がほしいんだ。」

ほかの声が、さけびました。

「おれたちの給料全額をな！」

「おまえがあったためてる、二週間分の給料をよこせ！」

「おれたちの給料を取りにきたんだ！」

「今から二週間後に、給料計算書ができたらすぐ、きみたちは受けとれるよ。」

と、父さんはいいました。

何人かの声が、またさけびました。

「おれたちは今、ほしいんだ！」

「ごまかすな！」

「おれたちは、今、持ってくぞ！」

「今ははらえないんだよ、な。」

と、父さんがいいました。

「会計主任《かいけいしゅにん》がまた来るまで、はらう金がないんだよ。」

「店をあけろ！」

とだれかが、言葉を返しました。

すると、人だかりの集団全体が、わめきました。

「そうだ！　それがいい。店をあけろ！　その店をすっかりあけろ！」

「いや、きみたち、それはできない。」

と父さんは、平然《へいぜん》といいました。

「あすの朝ならば、ほしい品物はなんでも渡すよ。つけでね。」

「その店をあけろ。そうでないと、おまえのかわりにあけるぞ！」

と、どなり声がしました。

人だかりから、ぶつぶつ不平をいっている声が、聞こえてきます。

男たちの一団が、父さんにむかって動きだしました。まるで、そういう声に動かされたように。

ローラは、母さんの腕《うで》の下にもぐりこみました。が、母さんの手が、ローラの肩《かた》をつかんで引きもどしました。

「あぁ、行かせて！　あの人たち、父さんにけがさせるわよ！　行かせて、あの人たち、父さんにけがさせる！」

ローラは、ささやき声で、きーきーいいました。

「静かにしてなさい！」

母さんは、ローラが今までに聞いたことのない声で、話しました。

「後ろへさがりなさい、きみたち。あんまり近寄るな。」

と、父さんがいいました。

ローラは、父さんの冷静《れいせい》な声を聞きながら、ふるえて立っていました。

そのとき、人だかりの後ろから、ほかの声が聞こえてきました。

その声は、低くて力強く、大声ではありませんが、はっきり聞こえました。

「なにが起こったんだ、おまえたち?」

暗やみでローラには赤いシャツは見えませんでしたが、あんなに背の高いのは、ビッグ・ジェリーしかいません。人だかりのぼんやりした影《かげ》の上に、その男は、頭と肩を出して立っていました。後ろの暗やみに、ほの白く見えるのは、あの白い馬にちがいありません。

いくつもの声が入りみだれて、ビッグ・ジェリーに答えると、ジェリーは笑いました。

その笑い声は、ろうろうとひびきわたりました。

「ばか者ども!」

ビッグ・ジェリーは、笑いました。

「なにをやきもきしてやがるんだ? 店の商品がほしいんだな? よかろう、あす、おれたちがぜーんぶいただきよ。それまで、ここにあるはずだ。おれたちのすることを、だれも止められやしねえ。」

ローラは、下品《げひん》で、らんぼうな言葉を聞いていました。

ビッグ・ジェリーが、使っているのです。

ジェリーは、きたない言葉や、ローラがまだ一度も聞いたことがない言葉をまぜて、話していました。

もう、ローラには、その言葉がほとんど聞こえなくなってしまいました。すっかり、がっかりしてしまったからです。それは、ビッグ・ジェリーが父さんとは反対の立場になったとき、まるでなにもかも、皿を落としたようにくだけちってしまった感じなのでした。

人だかりは、今は、ビッグ・ジェリーをぐるっととりかこんでいました。ジェリーは、何人かの男の名前を呼んで、酒を飲んだりトランプをしたりすることを話していました。

人だかりの中の何人かの男は、ジェリーと、宿舎《しゅくしゃ》へむかっていきました。

残りの男たちは、少人数の組になって、暗やみに散っていきました。

母さんは、ドアをしめました。

「寝《ね》る時間よ、あなたたち。」

と母さんはいいました。

ローラは、母さんにいわれたとおり、ふるえながらベッドへ行きました。

父さんは、帰ってきません。

ときどき宿舎から、大きな荒っぽい声がどおっとあがったり、たまには歌ったりしているのが聞こえました。

父さんが帰ってくるまでは眠れない、とローラには、わかっていました。

しばらくたって、ローラは、突然《とつぜん》、目があきました。

朝でした。

シルバー湖のむこうの空は、金色に燃えて、赤い雲がひとすじたなびいています。

湖はバラ色にそまり、野鳥《やちょう》たちがさわがしくとびたっていました。

宿舎も、そうぞうしい。まかない小屋のまわりに男たちが集まって、うろうろしたり、興奮《こうふん》して話したりしていました。

母さんとローラは外に出て、小屋の角に立って、見守っていました。

ふたりには、大声が聞こえ、ビッグ・ジェリーが自分の白馬にとびのるのが見えました。

「行くぞ！　おまえたち！」

とジェリーは、さけびました。

「おたのしみに、出発だ！」

白い馬は後ろ足で立ちあがってむきを変え、もう一度、後ろ足で立ちました。ビッグ・ジェリーが、ひと声おたけびをあげると、白い馬は突っ走り、大草原を西へむかって遠ざかっていきました。

男たちは馬小屋へかけだし、あっという間に、ひとりまたひとりと自分の馬に乗って、ジェリーのあとを追いました。人だかり全体が馬に乗り、川の流れのように走りさり、そして見えなくなってしまいました。

すばらしくさわやかな静けさが宿舎《しゅくしゃ》をおおい、その静けさは、ローラと母さんの上にもやってきました。

「やれやれ!」

母さんは、いいました。

ふたりには、父さんが売店を出て、まかない小屋へむかって歩いていくのが見えました。監督《かんとく》のフレッドが出てきて、父さんと出会いました。ふたりは、ちょっとのあいだ話しました。それからフレッドは、馬小屋へ行って自分の馬に乗ると、西へ疾走《しっそう》していきました。

父さんは、くっくっと笑っていました。

なにがおかしいのか、わからない、と母さんはいいました。

「ビッグ・ジェリーだよ!」

父さんは、大声で笑いだしました。

「まったく。もしあの男が、きまぐれのいたずらをしにみんなをどこかへ連れださなかったら!」

「どこへですか?」

母さんは、きびしい語調《ごちょう》でたずねました。

父さんは、笑うのを止《や》めて、まじめになりました。

「スティビンズの飯場《はんば》で暴動《ぼうどう》が起こってる。どの飯場からもみんな、むらがり集まってるんだ、きみは正しいよ、キャロライン、そんな笑ってるようなことじゃない。」

一日じゅう、宿舎は静かでした。

ローラとメアリーは、散歩《さんぽ》には行きませんでした。スティビンズの飯場でなにが起こっているかわからないし、いきりたった男たちが、いつ帰ってくるか、わからないからです。

一日じゅう母さんの目は心配そうで、くちびるをかたくとじていました。そして自分でも気づかないで、ときどき、ため息をついていました。

暗くなってから、工夫《こうふ》たちは、もどってきました。出かけていったときよりずっと静かに、馬に乗って、もどってきました。

男たちは飯場《はんば》小屋で夕食をすますと、宿舎《しゅくしゃ》のベッドへ行きました。父さんがおそくなって売店からもどってきたとき、ローラとメアリーは、まだ目をさましていました。

ふたりは、寝床《ねどこ》で静かにからだを横たえ、父さんと母さんがランプの明かりのついているカーテンのむこうで話しているのを、聞いていました。

「もうなにも心配することはないよ、キャロライン。」

と、父さんはいいました。

「みんなはつかれきって、なにもかもおさまった。」

父さんはあくびをしてから、ブーツをぬぐのに腰をおろしました。

「あの人たちなにをしたの、チャールズ？　だれも、けがはしなかったの？」

母さんが、たずねました。

「彼らは会計主任《しゅにん》をつるしあげた。」

と、父さんはいいました。

「それに、ひとりの男が、ひどいけがだ。材木用の荷馬車に乗って、医者《いしゃ》にかかるために東部へ帰っていった。そんなにやきもき気をもむことはないよ、キャロライン。これだけのことで片づいたんだから、わたしたちはいい星のめぐりあわせだったと感謝《かんしゃ》したほうがいい。もう終わったんだ。」

「やきもき気をもんだりはしませんよ。」

と、母さんはいいました。

母さんの声は、ふるえていました。

「おいで。」

と、父さんはいいました。

ローラには、今、母さんが父さんのひざに腰をおろしたのだとわかりました。

「そうだよ、きみがそんなにならないのは、わかっている。」

と父さんは、母さんにいいました。

「心配するな、キャロライン。ここの基礎《きそ》工事はもうすぐ終わって、宿舎はしめて、近いうちに移ることになる。来年の夏には、ぼくたちは自分の農地《のうち》に落ちつくことになるんだよ。」

「いつ、見つけるつもり？」

と、母さんがいいました。

「宿舎をしめたら、すぐだ。それまでは、一時《いっとき》も売店からはなれるわけにはいかない。」

と、父さんはいいました。

「それはわかってるだろ。」

「ええ、わかってるわ、チャールズ。さっきの人たちのこと——会計主任《しゅにん》を殺した人たちのこと、どうしたんですか?」

「殺しはしないよ。」

と、父さんはいいました。

「こういうことなんだ。スティビンズの飯場《はんば》はここと同じでね、事務室が売店の後ろにあるさしかけ小屋なんだよ。売店に通じるドアがひとつあるだけの、それだけの小屋だ。会計主任は金を持って事務室にこもり、ドアにはかぎをかけておいた。ドアの横にある小さな窓口《まどぐち》から、工夫《こうふ》たちに金を支払った。

スティビンズでは三百五十人の男たちが賃金を受けとりにくる。そしてここで要求《ようきゅう》したように、今、金額を支払えと要求した。十五日分しか受けとれないとわかると、荒っぽい行動にでた。ほとんどの男が銃《じゅう》を持っていて、彼らは全額《ぜんがく》を支払わないとここで銃をうちまくると、売店の中でおどしたんだ。

この混乱《こんらん》の中で、二、三人の男が口げんかをして、ひとりの男がもうひとりの頭を、はかりのおもりでぶった。ぶたれた男がなぐられた牛みたいにぐったりたおれたんで、外の空気にあてようと引きずりだしたんだが、気を失ったままなんだよ。

それで集まっていた男たちがロープを持って、ぶった男のあとを追いかけた。沼地《ぬまち》に入るまではたやすくついていけた。それからは背の高い草の中で見失ってしまった。自分たちの頭より高いアシの中をあちこち探しまわるうちに、その男の足跡《あしあと》をめちゃめちゃにふみつけてしまったんだと思うよ。

彼らは昼すぎまで、つかまえようと探したんだが、運よく男は見つからなかった。売店へもどってくると、ドアにはかぎがかかっていた。中へ入ることはできない。けがをした男は、だれかが馬車に乗せて、医者《いしゃ》を探しに東部へむかっていた。

そのころには、ほかの飯場からも大ぜいがそこへ集まってきていた。彼らはまかない小屋のものを手あたりしだいに食べ、ほとんどの者が酒も飲んでいた。彼らは会計主任にドアをあけて金をはらえとさけびながら、ドアをどおんどおんとたたきつづけた、だが、返事はない。

千人にも近いよっぱらいの群れというものは、手に負えたもんじゃない。だれかが、さっきのロープを目にとめて、さけんだ。

『会計主任をしばり首にしろ！』

群衆《ぐんしゅう》全体がそれを受けて、ざわめきつづけた。

『しばり首だ！　しばり首だ！』

ふたりの男がさしかけ小屋の屋根にのぼって、屋根板をやぶって穴をあけた。ふたりがロープの一方のはじを屋根の角から下へたらすと、群衆《ぐんしゅう》はそれをつかんだ。ふたりの男は会計主任《かいけいしゅにん》の上にとびおり、輪になっているロープを首にかけた。

「止《や》めて、チャールズ。子どもたちが目をさましてるわ。」

と、母さんがいいました。

「ふうん。これで終わりだ、終わったんだよ。」

と、父さんはいいました。

「一回か二回、引っぱりあげて終わりさ。会計主任が降参《こうさん》したんだ。」

「しばり首にはしなかったのね？」

「そんなひどいことをする必要はなかったのさ。何人かの男が馬のくびきで売店のドアをやぶったので、店の責任者《せきにんしゃ》が、売店をあけたんだよ。事務室にいた者のひとりがロープを切って会計主任をおろした。それから支払い窓口を開いて、会計主任は、工夫《こうふ》たちがそれぞれ自分はこれだけ支払われるべきだと主張《しゅちょう》する額《がく》をぜんぶ支払った。ほかの飯場から集まってきていた大ぜいの工夫たちにも支払われてしまった。給料計算書《きゅうりょうけいさんしょ》など、いっさいなしでだ。」

「ひどーい！」

ローラは、大声でいいました。

父さんが、カーテンを引きあけました。

「どうしてその人、そんなことしたの？　あたしならならしない！　あたしならならしない！」

と、ローラは、父さんと母さんが言葉を発するまで、いいつづけました。

ローラはベッドの中で身を起こしてひざまずき、こぶしをかたくにぎっていました。

「なにをしないんだ？」

と、父さんがいいました。

「支払い！　あたしはそんなことしない！　父さんだってしないわよ！」

「その乱暴者《らんぼうもの》の集団は、ここより大ぜいだったんだよ。それに会計主任には、ビッグ・ジェリーのように彼を助ける者もいなかった。」

と、父さんはいいました。

「でも支払わない、父さんなら。」

と、ローラはいいました。

「しーぃ！」

母さんが、ふたりを静かにさせました。

「グレースを起こしてしまいますよ。あたしは、会計主任が賢明《けんめい》だったと思いますよ。死んだライオンより生きてる犬のほうがいい、っていうでしょ。」

「あぁ、いやだ、母さん！　そんなこと本気じゃないでしょ！」

ローラは、ささやくようにいいました。

「とにかく、〝思慮分別《しりょふんべつ》は、武勇《ぶゆう》の才能《さいのう》にまさる〟のよ。あなたたち、おやすみなさい。」

と母さんは、つぶやくようにいいました。

「お願い、母さん。」

とメアリーが、小さな声でいいました。

「どうやって支払うことができたの？　どこからお金を工面《くめん》したの、もう支払ってしまった後だったんでしょ？」

「それはそうだわ。どこから工面したんですか？」

母さんは、たずねました。

「売店からだよ。あそこは大きな売店でね。工夫《こうふ》たちは支払われた金はすぐに使ってしまうので、そのほとんどの金がもう売店にあったんだよ。」

と、父さんはいいました。

「さあ、もう母さんに心配かけないで、きみたち、眠りなさい。」

父さんは、カーテンをすっかりしめました。

上《うわ》がけのキルトの下で、メアリーとローラは、母さんがランプを吹きけすまで、ひそひそ話をしていました。

メアリーは、プラムクリークへ帰りたい、といいました。

ローラは、それには答えませんでした。この小屋のまわりをとりまく、すばらしい未開の大草原を感じるのが、ローラはすきでした。

ローラの胸は、どきどきとはげしく高鳴《たかな》っていました。そして頭の中でもう一度、聞くことができるのでした。人だかりからわきおこる、狂暴《きょうぼう》で荒あらしいうなり声と、父さんが冷静に、「あんまり近寄るな」という声を。それからまた、思いだすのでした。汗びっしょりの男たちと馬が、鉄道を建設《けんせつ》するために、歌の流れる節《ふし》のように、土煙の中で力強く動いていたのを。

ローラは、もうけっして、プラムクリークへは帰りたくありませんでした。

12 ＊ シルバー湖を渡る野鳥《やちょう》たち

だんだん寒くなってくると、空は一面に、鳥の翼《つばさ》ばかりになりました。大きな鳥も、とんでいました。

東から西へ、北から南へと、見渡すかぎり青い空高く、鳥、鳥、鳥が翼をばたばたさせて渡っていきます。

夕方になると、鳥たちは、休むためにまるで空中に長い坂でもあるかのように、シルバー湖の水面へすべりおりてきました。

大きな、灰色のガン。それより少し小さな白《はく》ガンは、水辺の雪のように見えます。カモは、いろいろな種類がいました。羽が紫《むらさきいろ》色と緑《みどりいろ》色に光る、大きなマガモ。アメリカホシハジロ、スズカモ、オオホシハジロ、アメリカコガモ。

父さんが知らない名前の、たくさんの鳥。

それから、サギ、ペリカン、ツル。

小型のクイナやオビハシカイツブリは、小さなからだが、まるで水面に黒こしょうを、びっしりまいたよう。

ぱーん、と銃《じゅう》の音がすると、オビハシカイツブリは目にもとまらない速さで、首をつっこんで消えてしまいます。そしてながいあいだ、そのまま水にもぐっています。

日が沈むころには、大きな湖全体が、あらゆる種類の鳥で埋めつくされます。

鳥たちは、北から南へのながい旅のとちゅう、夜の眠りにつく前に、それぞれの鳥の声でしゃべっていました。

冬が、鳥たちを追いたてていました。冬は、北からせまってきていました。鳥たちはそれを知っていましたから、旅のとちゅうで休めるように、早めに出発していました。

鳥たちは、一晩じゅうやさしく支えてくれる水の上で、心地よく休みました。

夜が明けると、休息《きゅうそく》して力強くなった翼で、ふたたび空高く、すーいすーいとのぼっていくのでした。

ある日、父さんは、大きな真っ白な鳥を持って、狩《か》りから帰ってきました。

「かわいそうなことをしてしまったよ、キャロライン。」

と父さんは、反省《はんせい》するようすでいいました。

「知ってたら、こんなことはしなかった。白鳥をうってしまった。殺すには美しすぎるとは思った。だが、白鳥だとは思わなかった。今までとんでるところを一度も見なかったんだよ。」

「もう、どうにもいたしかたないわ、チャールズ。」

と母さんは、自分の考えをいいました。

みんなは、もうとべなくなってしまった、雪のように白い美しい鳥を、悲しそうに見ながら立っていました。

「さ、あたしが羽をむしりますから、あなた皮をとってちょうだい。皮をつけたまま、この羽毛《うもう》を保存《ほぞん》しておきましょう。」

と、母さんがいいました。

「あたしより大きいわよ。」

と、キャリイがいいました。

父さんが、この大きな白鳥を、はかってみました。かろやかな白い翼《つばさ》の先から先まで、八フィートもありました。

またほかの日に、父さんは、ペリカンを持ってきて、母さんに見せました。

父さんが、ペリカンのながいくちばしをあけると、くちばしの下のふくろから、死んだ魚がこぼれおちました。

母さんは、エプロンをつかんで顔に押しあて、キャリイとグレースは、鼻をつまみました。

「外に出して、チャールズ、早く！」

と母さんは、エプロンをあてたままいいました。

何匹かの魚は新しい魚でしたが、何匹かは、ずっとずっと前に死んでしまった魚でした。ペリカンは、食用にはなりません。羽さえも、くさった魚の強い匂《にお》いがしみついているので、母さんは、まくら用にも保存してはおきませんでした。

父さんは、食料《しょくりょう》になるカモやガンは、どの種類もうちました。が、それ以外ではタカのほかの鳥はうちませんでした。タカは、ほかの鳥を殺すので、ときどきうちました。

毎日、ローラと母さんは、父さんが食用にしとめたカモやガンに熱湯《ねっとう》をかけて、羽をむしりました。

「もうすぐ、もう一枚、羽ぶとんを作るのにじゅうぶんだわ。」

と、母さんはいいました。

「この冬には、あなたとメアリーは羽ぶとんで眠れるわ。」

そのすばらしい秋日和《あきびより》の日び、空は、翼でいっぱいでした。

シルバー湖の青い水面の上を、低くはばたいていく翼。その上のずっと高い青空へ、高くはばたいていく翼《つばさ》。ガン、白《はく》ガン、カモ、ペリカン、ツル、サギ、白鳥、カモメ。

鳥たちは、それぞれの翼にのって、南の緑の野原へ遠く運ばれていくのでした。

この野鳥たちや、すばらしい秋日和《あきびより》や、朝の霜《しも》の強い香《かお》りが、ローラをどこかへ行かせたい思いにさせるのでした。どこへ行きたいのか、自分でもわかりません。ただ、どこかへ行きたいだけなのです。

「西部へ行きましょうよ。」

とローラは、ある晩、夕食のあとでいいました。

「父さん、ヘンリーおじさんが行くとき、あたしたちも西部へ行かないの？」

ヘンリーおじさんとルイーザとチャーリーは、西部へ行くためのお金を、はたらいてじゅうぶん受けとっていました。

三人は農場《のうじょう》を売るために「大きな森」へもどって、春には、ポリーおばさんもいっしょに、西部のモンタナ州へ馬車でむかうことになっていました。

「どうしてあたしたち、行かないの？」

ローラは、いいました。

「父さんがはたらいたお金あるじゃない、父さん。三百ドルも。それにうちには二頭の馬と馬車がある。あぁ、父さん、もっと西部へ行きましょうよ！」

「まあ、ローラ！」

母さんが、いいました。

「いったいなにを――」

それ以上、母さんは言葉を続けることができませんでした。

「わかっているよ、ね、おちびちゃん。」

父さんの声には、とても思いやりがありました。

「きみや父さんは、鳥みたいにとんでいきたいんだ。だが、ずうっと前に、きみたち娘《むすめ》にはかならず学校へ行かせるって、母さんと約束《やくそく》したんだよ。西部へ行けば学校へは行けなくなる。この町ができれば、ここには学校ができることになる。父さんは農地《のうち》を手に入れるつもりだから、そしたらきみたちは学校へ行くんだよ。」

ローラは、母さんをじっと見つめ、それから父さんをもう一度、見ました。そして、自分がなにをしなければならないか、わかりました。

父さんは農地を手に入れて落ちつき、ローラは学校へ行くことになるのです。

「いつかは、わたしに感謝《かんしゃ》するでしょうよ、ローラ。あなたもね、チャールズ。」

と母さんが、やさしくいいました。

「そうだ、きみのいうとおりだ、キャロライン。ぼくは満足《まんぞく》してるよ。」

と、父さんはいいました。

それはほんとうのことです。が、父さんは、もっと西へ行きたいのでした。

ローラは、洗《あら》いおけにむきなおり、夕食の皿を洗いつづけました。

「それから、もうひとつ、ローラ。」

と、父さんはいいました。

「母さんが教師だったことは知ってるね。母さんのお母さんも、前にはそうだった。母さんは心の中で、娘《むすめ》のひとりは学校で教える先生になってほしいと思っているんだよ。それはきみなんだと思うよ。だから、学校へは行かなければならないんだよ、ね。」

ローラの心臓《しんぞう》は突きあげられ、それから、下へ下へと落ちていくような感じでした。

ローラは、なにもいえませんでした。父さんも母さんも、それにメアリーも、メアリーが先生になるのだと考えていたのは、わかっていました。今、メアリーには、教えることはできなくなってしまいました。

そして——、

「あぁ、あたしはだめ！　あたしはだめ！」

ローラは、心の中でいいました。

「なりたくない！　あたしにはなれない。」

それからローラは、自分にいいきかせました。

「ならなければいけないんだわ。」

母さんをがっかりさせることは、できません。

父さんがいったように、しなければなりません。おとなになったら、教師になるのでした。それにローラには、はたらいて収入《しゅうにゅう》になる道は、ほかにはなにもありませんでした。

13 ✢ 飯場《はんば》のとりこわし

どこまでも続く広大な大地は、今は、日の光が弱くなった空の下で、おだやかな色に色づき、静かに小さくゆれていました。

草は金色の茎《くき》になり、あわい黄色に、褐色《かっしょく》に、茶色に、そしてあたたかみのある茶色がかった灰色に、大草原全体をおおっていました。

湿地《しっち》だけが、ほかより緑がかって、沈んだ色でした。

鳥の数は少なくなり、あわただしくとんでいました。

ときどき、日の沈みかけたシルバー湖の上空を、ながい列になった群《む》れが、心配《しんぱい》そうに鳴きながらとんでいました。水面におりてえさを食べたり休んだりしたいと思っても、先頭を行くつかれた鳥が後ろにさがり、ほかの鳥が先頭になって、南をめざしてとんでいくのでした。冬の寒さがすぐ後ろにせまっているので、休んでいるひまもないのでした。

霜《しも》のおりた朝や、ひんやりする夕方、ローラとレナは牛乳しぼりに行くとき、ショールを頭からすっぽりかぶり、あごの下でピンで止めました。はだしの足は冷たくなり、風が鼻をつくように吹きましたが、あたたかな牝牛《めうし》の横にしゃがむと、ショールが心地よく足もすっぽりと包みこみました。
ふたりは、牛乳をしぼっているあいだ、歌いました。

どこへ行くんだい、きれいな娘《むすめ》さん?
牛乳しぼりに　行くとこよ。
いっしょに行ってもいいですか、
きれいな娘さん?
ええ、どうぞ、
いらっしゃりたければ、さあどうぞ。
どんな財産《ざいさん》お持ちかね、
きれいな娘さん?
わたしのきりょうが　財産よ。
それじゃあ結婚はできないな、
きれいな娘さん。

だあれも、あなたにはたのみません。


「ねえ、あたしたち、とうぶん会えなくなると思う。」

ある夕方、レナはいいました。

シルバー湖のほとりの、鉄道の基礎《きそ》工事は、ほとんど終わりに近づいていました。

次の日の朝早く、レナとジーンとドーシアおばさんは、出発することになっていました。

会社の売店から、大きな荷馬車、三台分の商品を持っていくつもりなので、三人は日の出る前に出ていくことになっていました。

会社の人につかまるのを気にして、どこへ行くかは、だれにも知らせていませんでした。

「あたしたち、黒い小馬にもう一度、乗る時間がほしかった。」

と、ローラはいいました。

「うへっ！」

レナは、ひどい言葉を、はっきりといいはなちました。

「あたしは、この夏が終わって喜んでる！　家事なんて、だいっきらい。」

そしてレナは牛乳おけをふり、節《ふし》をつけていいました。

「もう、料理はいや、もう、皿洗いはいや、もう、洗濯《せんたく》はいや、ごしごし洗うそうじも、もういやだ！　わあい！」

　それから、レナはいいました。

「じゃあ、さようなら。あんたたちは、ずうっと一生、ここにいることになりそうだね。」

「そうだと思う。」

とローラは、みじめな思いでいいました。

　レナが西部のずっと奥まで行くことは、確かです。たぶん、オレゴン州までも行くのでしょう。

「じゃあね、さようなら。」

　次の日の朝、ローラはひとりで、一頭になってしまった牝牛《めうし》の牛乳をしぼりました。

　ドーシアおばさんは、えさ小屋からカラス麦を、荷馬車に山のように積んで、出てしまっていました。

　レナは売店から商品を荷馬車に積み、ジーンは別の荷馬車に、スクレーパーとすきをいっぱいに積んで出ていったのでした。

　ハイおじさんは、会社との話が解決《かいけつ》したらすぐに、あとを追うことになっていました。

「あの商品をぜんぶつけにすると、ハイの今度の借金《しゃっきん》は相当《そうとう》なものになると思うよ。」

と、父さんはいいました。

「止めるべきだったんじゃないの、チャールズ？」

母さんは、心配しました。

「それは、ぼくがやることじゃない。」

と、父さんはいいました。

「ぼくに命令されてることは、請負人《うけおいにん》が望むものはなんでも持っていかせて、それをつけにしておくことだ。あぁ、ね、キャロライン！　これはぬすみではないんだよ。ハイは、ここ とスーでの飯場《はんば》の仕事で受けとる分以上のものは、持っていってはいない。会社がスーではハイをごまかしたから、ここでやりかえした。それだけのことだよ。」

「そうお。」

母さんは、ため息をつきました。

「ここの宿舎《しゅくしゃ》がなくなったら、あたしたちはまた落ちつけるからうれしいわ。」

毎日、飯場は、最後の給料《きゅうりょう》を受けとって去っていく人たちで、ごったがえしていました。

馬車が、あとからあとから東をめざして去っていきます。ひと晩《ばん》ごとに、飯場は人が少なくなっていきました。

ある日、ヘンリーおじさんとルイーザとチャーリーが、農場《のうじょう》を売るために、ウィスコンシン州へ帰る、ながい旅に出発しました。

まかない小屋や宿舎には人影《ひとかげ》はなく、売店には商品がなにもなく、からっぽでした。

父さんだけが、会社の人が帳簿《ちょうぼ》を調べにくるのを待っていました。

「冬をすごすのに、東部のどこかへ行かなければならないな。」

と父さんは、母さんにいいました。

「この小屋じゃ、氷点下の冬をしのぐにはあまりにもうすっぺらだ。たとえ会社がここにいさせてくれて、石炭があったとしてもだよ。」

「まあ、チャールズ。まだ農地を見つけてないのよ。それなのに春まで暮らすのに、あなたがはたらいたお金を使わなければならないなんて。」

と、母さんがいいました。

「わかっているよ。だが、ほかになにができる?」

と、父さんはいいました。

「出発する前にかならず農地を見つけて、来年の春には申請《しんせい》する。夏には仕事を見つけるから、生活費と小屋を建てる材木代は手に入るはずだよ。芝土《しばつち》の小屋を造ることもできるが、春までここでずっと暮らしていたら出費《しゅっぴ》が多すぎる。石炭もいるしね。冬のあいだは、東部へ行ったほうがいい。」

前へむかって進んでいくのは、とてもむずかしいことでした。

ローラは、元気を出そうとしましたが、元気は出ませんでした。

また、東部へもどりたくはありません。東部へ行くために、シルバー湖をはなれるなんて、いやでした。みんなで、はるかシルバー湖までやってきたのですから、ここにふみとどまっていたい。東部へあともどりするのは、いやでした。けれども、もしそうしなければならないのだったら、そうするだけです。

来年の春に、また出発すればいいんです。ふまんをいうのは、いいことではありません。

「あまり元気がないんじゃない、ローラ？」

母さんが、聞きました。

「ううん、そんなことないわよ、母さん！」

と、ローラは答えました。

けれど、とても重苦しくて暗い気分なので元気になろうとしても、みじめな思いになるばかりでした。

会社の人が父さんの帳簿《ちょうぼ》を調べにきてしまったし、東部へむかう最後の馬車も、通りすぎていきました。

湖にも、鳥の姿は、ほとんどありません。空にも、一列になっていそいでとんでいく渡り鳥のほかは、なにも見あたりません。

母さんとローラは、馬車のほろをつくろい、長旅のための、パンを焼きました。

その夕方、父さんは口笛《くちぶえ》を吹きながら売店からもどってくると、そよ風が吹きこむように、小屋の中へ入ってきました。

「冬のあいだ、ずっとここにいるのはどうだい、キャロライン？　測量技師《そくりょうぎし》たちの家にだよ！」

と父さんは、大声でいいました。

「えっ、父さん！　ほんと？」

ローラは、さけびました。

「そうなんだよ！」

と、父さんはいいました。

「母さんがそうしたければだけどね。あの家はどんな雨風《あめかぜ》にもたえられる、いい家だよ、キャロライン。測量技師長がたった今、売店でいうには、冬のあいだずっとここにいなければならないと思って、石炭や食料《しょくりょう》のたくわえをじゅうぶんにしたそうだ。だがもしぼくがあそこにいて、会社の工具類《こうぐるい》を春まで責任をもってあずかるなら、自分たちは冬のあいだはここから出ていくというんだ。会社の人も、同意《どうい》した。」

「あそこには小麦粉《こむぎこ》や豆や塩づけ肉や、ジャガイモも、それに何種類かのかんづめまでもあるって、いったよ。それに、石炭。ぼくたちはこの冬ここにいるだけで、なんにも金をはらわずに使えるんだよ。牝牛《めうし》と二頭の馬は、あそこの馬小屋が使える。どうするかは、あすの朝早くに返事をするといっておいた。どうするかい、キャロライン？」

みんなは、母さんをじっと見つめて、待っていました。

ローラは、興奮《こうふん》して胸がどきどきして、じっとしているのがやっとでした。

シルバー湖のそばにいられるなんて！　けっきょくは、東部へ行かなくていいなんて！

母さんは、がっかりしたようでした。母さんは、入植者《にゅうしょくしゃ》たちが安住《あんじゅう》している土地へもどっていきたがっているのですから。

ところが、母さんはいいました。

「神のご加護《かご》のようだわ、チャールズ。石炭があるのね？」

「なかったら、ここにいようとは思わないよ。」

と、父さんはいいました。

「石炭はあるんだ。」

「さ、夕食がテーブルの上よ。」

と、母さんがいいました。

「手を洗って、冷たくならないうちに食べてちょうだい。幸運《こううん》がめぐってきたようだわ、チャールズ。」

夕食のとき、みんなは、ほかの話はなにもしませんでした。

すみ心地のいい家で暮らしたら、どんなにたのしいことでしょう。

この小屋は、ドアをしめてストーブに火をたいても、すき間から冷たい風が吹きこんできました。

「お金持ちのような感じる——」

ローラが、いいはじめました。

「お金持ちのような感じが……」

と母さんが、言葉をなおしました。

「お金持ちのような感じがしない、母さん、冬じゅうの食料がもうすっかりたくわえてあるなんて？」

と、ローラはいいました。

「春まで、一ペニーも使わなくていいんだ。」

と、父さんがいいました。

「そうね、ローラ、ほんとね。」

と母さんは、ほほえみました。

「あなたのいうとおりよ、チャールズ、もちろん、ここにいるべきだわ。」

「うーん、わからないんだがな、キャロライン。もしかすると、止《や》めたほうがいいかもしれない。ぼくが知るかぎりでは、ブルッキンズより近くには隣人《りんじん》はいない。そこまで六十マイルある。もし、なにかが起こったら――」

ドアをたたく音に、みんなは、はっとしました。

父さんが、

「どうぞ！」

と答えると、からだの大きな男の人が、ドアをあけました。

その人は、厚いコートとマフラーにくるまっていました。短いあごひげは黒く、ほおは赤くて、目は、ローラがインディアン居留地《きょりゅうち》で見た忘れることのできないインディアンの赤ちゃんのように、真っ黒でした。

「やあ、ボースト！　もっと火のそばへ来いよ。今夜は冷える。わたしの妻《つま》と娘《むすめ》たちだ。ボーストさんはここで農地《のうち》の申請《しんせい》をすませて、今まで基礎《きそ》工事の現場ではたらいていたんだ。」

母さんが、火のそばのいすをすすめると、ボーストさんは手をかざして、あたためました。片方の手には、ほうたいがまいてありました。

「手をけがされたんですか?」

母さんが、やさしくたずねました。

「くじいただけでね。」

と、ボーストさんはいいました。

「だがあっためると、いい具合ですよ。」

そして父さんのほうをむいて、話しつづけました。

「助けてもらいたいことがあるんだよ、インガルス。ピートにおれの馬を売ったこと覚えてるだろ? やつは手付《てつ》け金《きん》をはらって、残りは次の給料日《きゅうりょうび》にはらうっていったんだ。ところが、はらわずにのばしてて、まったくいまいましい、馬といっしょににげちまった。あとを追いかけてつかまえても、やつは息子《むすこ》もいっしょで、力づくで来る。ふたりの荒くれを相手にいさかいは起こしたくないし、こっちは片手は使えない。」

「まだこのあたりには、じゅうぶん助け手があるぞ。」

と、父さんはいいました。

「そういうことをいってるんじゃないんだ。」

と、ボーストさんはいいました。

「力ずくのけんかは、したくない。」

「じゃ、ぼくがなにをすればいいんだ？」

父さんは、たずねました。

「考えたんだ。ここには法律《ほうりつ》てものがない。借金《しゃっきん》をとりたてる方法もないし、役人もいない。役所さえもない。だが、たぶんピートはそんなことは知らんのだ。」

「ははあ！　ぼくに令状《れいじょう》を作ってほしいんだな？」

と、父さんはいいました。

「保安官《ほあんかん》のように令状を突きつけてやる、ていう男を見つけたんだ。」

と、ボーストさんはいいました。

そして、その目は、父さんの目のようにきらきらっと光りましたが、まったく同じというわけではありません。

ボーストさんの目は、小さくて、黒く光ります。

父さんの目は、大きくて、青く光ります。

父さんは、ひざをたたいて、大笑いしました。

「こっけいなことだ！　ちょうどいいことに法律用紙《ほうりつようし》が何枚か残ってるよ。令状を作ってあげるよ、ボースト！　その保安官を連れてこい。」

ボーストさんは、大いそぎで、出ていきました。

そのあいだに、母さんとローラは、テーブルの上をいそいで片づけました。

父さんは、じゅうぶん心の準備をしてから、両脇《りょうわき》に赤い線のある用紙に、書きこみました。

「ほうら！」

と父さんは、書きおわると、いいました。

「重要な令状に見えるな。あぁ、ちょうどまにあったようだ。」

ボーストさんが、ドアをたたいていました。もうひとりの男の人が、ボーストさんといっしょに立っていました。

その人は、厚いオーバーコートを着て、ぼうしをまぶかにかぶり、首にはぐるっとマフラーをまきつけていました。

「これはこれは保安官！」

父さんは、その人にいいました。

「この令状で、馬ないしその代金を、生死のいかんをとわず、訴訟費用《そしょうひよう》とともに取りたてること！」

三人は、笑って笑って、小屋がわれるほど笑いました。

父さんは、ぼうしとマフラーで顔をかくしているその人を、じっと見つめました。

「寒い夜で幸《さいわ》いでしたな、保安官《ほあんかん》！」

と、父さんはいいました。

ふたりの後ろでドアがしまると、父さんは笑うのを止《や》めて、母さんにいいました。

「あれは測量技師長《そくりょうぎしちょう》だったよ。そうでなかったら、ぼうしを食べてもいい！」

父さんは、ももをぴしゃっとたたいて、また笑いころげました。

その夜、ローラは、ボーストさんと父さんの声で目がさめました。

ドアのところで、ボーストさんが話していました。

「明かりが見えたもんで、うまくいったことを話そうと思って寄ったんだよ。ピートはとてもおびえて、金も馬も返してよこしたんだ。あのぺてん師、法律《ほうりつ》を持ちだされると、こわがることがあるんだな。これを取ってくれ、インガルス。測量技師は、なんにも受けとらないんだ。お礼をもらうよりもっとずっとおもしろかったって、いうんだよ。」

「技師長の分は、きみが取っておけよ。」

と、父さんはいいました。

「ぼくは自分の分を受けとる。この法廷《ほうてい》の威厳《いげん》は、守らなければならない！」

ボーストさんが笑うと、ローラもメアリーもキャリイも、そして母さんも笑いだしてしまいました。笑うのを、こらえきれなかったのです。

父さんの笑い声は、大きな鐘《かね》が鳴っているようで、人をあたたかな幸せな気分にします。

ボーストさんの笑い声は、おかしくて、だれでも笑ってしまうのでした。

「しー。グレースが目をさましてしまうわ。」

と、母さんがいいました。

「なにがおかしいの？」

キャリィが、聞きました。

キャリィは眠っていましたが、ボーストさんの笑い声だけを、聞いたのでした。

「あんたは、なんで笑ってるの？」

メアリーが、聞きました。

「ボーストさんの笑い声がおかしかったの。」

と、キャリィはいいました。

朝になると、ボーストさんが、朝食のためにやってきました。飯場《はんば》がなくなってしまって、ほかに食べるところはありません。

測量技師たちは、その朝、それぞれの馬車で東部へむけて出発し、最後の馭者《ぎょしゃ》も通りすぎていきました。

ボーストさんは、ここから出ていく最後の人でした。二頭の馬を御《ぎょ》していけるように、手が少しでもよくなるのを待っていたのでした。夜に冷えこんだもので、その朝、ボーストさんの手の具合はあまりよくありませんでしたが、とにかく東部へ出発しなければならないのでした。

ボーストさんは結婚《けっこん》するので、アイオワ州へ行くことになっていました。

「あんたがたがこの冬をここですごすことになるんなら、はっきりはわからないが、おれもエリィを連れてもどってきて、ここにいるかもしれないよ。真冬《まふゆ》になる前に、来られたらの話だけどね。」

と、ボーストさんはいいました。

「そうなればうれしいよ、ボースト。」

と、父さんがいいました。

母さんは、いいました。

「ほんとに、そうですよ。」

それから、みんなは、ボーストさんの荷馬車が遠ざかっていくのを見守っていました。東部へむかう道を走る、がたがたという音は、だんだんかすかになっていきました。

大草原全体に、今はもう、なにもありません。

寒空には、鳥のひとつの群れさえも見あたりませんでした。

ボーストさんの荷馬車が見えなくなると、すぐに父さんは、馬と荷馬車を小屋の入り口へ連れてきました。

「さあ、キャロライン！」

と、父さんは呼びました。

「飯場《はんば》には、ぼくたちのほかはだれひとりいなくなったよ。きょうは引っ越しの日だ！」

14 ✣ 測量技師《そくりょうぎし》の家

測量技師の家は、湖の北岸に建っていて、この小屋から半マイルしかはなれていないので、なにも荷作りする必要はありませんでした。

ローラは、早く見たくて待ちきれないほどでした。荷馬車に、なにもかもきちんと積むのを手伝い、メアリーとキャリィと母さんとグレースが乗ってしまうと、ローラは父さんにいいました。

「お願い、先に走っていかせて?」

「走っていってもいいですか、でしょ。ローラ。まったくあきれた。チャールズ、あなたまさかそんなこと――」

と、母さんがいいました。

「だいじょうぶだ。」

と、父さんはいいました。

「馬車から、走ってく道がずうっと見える。岸にそって行くんだぞ、ぱたぱたじょうちゃん。心配するな、キャロライン。子羊《こひつじ》がしっぽをふたふりする間に着いちまうんだから。」

ローラは、走りだしました。真正面から吹きつける風を、まともに受けながら。

ショールが、風でぱたぱたとあおられ、冷たさがからだを突きぬけます。風で、からだの血が凍るような感じになり、それからまたあたたかくなって、力強く、脈《みゃく》うちはじめます。心臓《しんぞう》は、はげしく高鳴っています。

ローラは、飯場《はんば》があった場所の、いためつけられた土地を通りすぎました。そこの大地は、足の下でかたく感じられ、枯《か》れ草《くさ》でざらざらしていました。

この近くには、もうだれもいません。今では、だれもが去っていってしまったのでした。広大な大草原全体と、広びろした空と、風が、澄みわたり自由に開放《かいほう》されていました。馬車さえも、今ではずっと後ろにはなれていました。でも、近づいてやってきます。

ローラがふりかえると、父さんが手をふっていました。

走るのを止《や》めるとローラには、草を吹きわたる風と、湖の岸にひたひた打ちよせるさざ波の音が聞こえました。

ローラは、岸辺にそって、丈《たけ》の短いかわいた草の上をスキップしながらぴょんぴょんはねていきました。

もしさけびたければ、さけぶこともできました。そこには、だあれもいません。ローラは、さけびました。

「ここはあたしたちのもの！　みーんなあたしたちのもの！」

さけび声は、のどから出るときは大きな声に思えるのに、大気の中では、細い声になってしまうのでした。たぶん、風が吹きとばしてしまうのでしょう。それとも、だれもいない大地と空の静けさが、その平安をかきみだされないようにしているのかもしれません。

草の中には、測量技師《そくりょうぎし》たちのブーツがふんでつけた小道が、ありました。それはローラの足に、なめらかでやわらかな感じでした。

ショールをかぶった頭をさげて風にむかい、ローラは、いそぎ足で小道を歩いていきました。

測量技師たちの家を自分だけで見るのは、わくわくするおもしろいことでした。

突然《とつぜん》、ローラの目の前に、その家は建っていました。

大きな家で二階建てで、小屋ではありません。ガラス窓もあります。少しずつ重ねて打ちつけてある羽目板《はめいた》は、黄色だったのが雨風《あめかぜ》で灰色になっていますが、どのすき間にも、父さんがいったようにあて木がしてありました。

ドアには、陶《とう》のノブがついていました。ここはうら口で、さしかけになっているところ

のドアでした。

ローラは、ドアを少しあけて、中をのぞきました。それから、板の床《ゆか》にこすれてできているカーブの線にそって、ドアをぐっと押しあけ、中へ入りました。

この家の床は、板張りでした。はだしの足には、小屋の土の床のように心地よくはありませんが、掃除《そうじ》をするには、楽《らく》です。

この大きな、だれもいない家は、じっと耳をすまして待ちかまえているような感じでした。ローラがそこにいるのを知っているのに、どうしたらいいのかまよっているようでした。

風が板壁にあたって、さびしい音をたてましたが、それは家の外壁の音でした。

ローラは、つま先立ちで、さしかけを横切り、その先のドアをあけました。

ローラは、そこの表側《おもてがわ》の広い部屋をじっと見つめました。

部屋の中の板壁はまだ黄色で、西の窓から日光が、床に黄色く、ななめにさしこんでいました。正面のドアの横にある東の窓からは、青白い光がさしていました。

測量技師《そくりょうぎし》たちは、ストーブを置いていってくれたのです！

それは、母さんがプラムクリークのそばの家から持ってきたのより大きい。上には六このふたがあり、オーブンのとびらもふたつで、煙突《えんとつ》もついていて、使える用意がすっかりできていました。

むこう側の壁に、かんかくをおいて、三つのドアがありました。どのドアも、しまっていました。

ローラは、つま先立ちで床を横切り、ひとつのドアを、そうっとあけました。

そこは、ベッドの台がひとつ置いてある、小さな部屋でした。この部屋にも、窓がありました。

そっと、ローラは、まん中のドアをあけて、驚きました。ちょうどドアと同じはばの階《かい》段《だん》が、目の前にあります。上を見あげると、頭の上の高いところに、傾斜《けいしゃ》している屋根の内側が見えました。

ローラが、四、五段のぼると、階段の両側に大きな屋根裏部屋が広がっていました。下の大きな部屋の、倍《ばい》の広さはあります。屋根の下のがらんとした場所全体に、切妻《きりづま》のそれぞれの窓から光が入ってきて明るい。

これで、三つの部屋。

でもまだ、もうひとつのドアが残っています。こんなに広い場所が必要なのだから、大ぜいの測量技師がいたはずだと、ローラは思いました。

今までにローラがすんだ家とは、くらべものにならないほど、大きな家です。

ローラは、三番めのドアをあけました。

興奮《こうふん》してローラが、思わず大きな声を出してしまったので、じっと耳をすましていた家は、びっくりしました。

ローラの目の前にあるのは、まるで、ちょっとした店でした。

小さな部屋の壁には、上までずっとたながあって、皿やフライパンや、なべや、箱や、かんが乗っています。たなの下には、たるや箱がおいてありました。

ローラが最初に見た、たるには、小麦粉《こむぎこ》がふちまでほとんどいっぱい入っていました。

二番めのたるには、ヒキワリトウモロコシ。

三番めのたるは、きっちりふたがしてあってブタの白い脂身《あぶらみ》が、茶色の塩水《しおみず》につけて、いっぱい入っていました。ローラは、一度にこんなにたくさんの塩づけブタ肉を見たのは、初めてでした。

四角いソーダクラッカーがいっぱい入っている、木のたる。塩づけにした魚のぶ厚い切り身がいっぱい入っている、箱。

干しリンゴが入った大きな箱や、ジャガイモがいっぱい入ったふたつのふくろ。そのほかに、豆がほとんどいっぱいにつまっている、大きなふくろもありました。

みんなを乗せた馬車が、入り口に着きました。

ローラは、さけびながら走りでました。

「ほら、母さん、早く来て、見て！　すごくいろんなものがあるのよ――それに大きな屋根裏部屋よ、メアリー！　それにストーブ、それにクラッカー、ソーダクラッカー！」

母さんは、なにもかもよく見て、喜びました。

「とってもいいわ、ほんとに。」

と、母さんはいいました。

「それに、とても清潔《せいけつ》。わたしたち、すぐに落ちつけるわ。ほうきを持ってきてね、キャリィ。」

父さんが、ストーブをとりつける必要はありません。母さんが使っていた料理用のストーブは、うら口の、石炭が置いてある、さしかけにしまいました。

父さんが火をおこしているあいだに、みんなで、表側の大きな部屋に、テーブルといすをならべました。

母さんは、メアリーのゆりいすを、とびらをあけたオーブンのそばに置きました。じょうとうなストーブは、もう部屋をあたためはじめていました。

母さんとローラとキャリィがいそがしくしているあいだ、メアリーは、じゃまにならないように、あたたかなすみでグレースをひざに乗せて、あやしていました。

母さんは、寝室《しんしつ》にあるベッドのわく台の上に、大きなベッドを作りました。そして壁にあるかけくぎに、母さんと父さんの衣類《いるい》をかけて、一枚のシーツできっちりと、おおいました。

二階の、大きくて天井《てんじょう》の低い屋根裏部屋では、ローラとキャリィが、ふたつのベッドを作りました。

ひとつはキャリィのために、もうひとつはローラとメアリーのために。それからふたりは、自分たちの衣類とそれぞれの箱を、二階へ運びました。ふたりは、窓のそばの壁に服をかけ、その下に箱を置きました。

なにもかもきちんと片づいたので、ふたりは夕食を作っている母さんの手伝いに、下へおりました。

父さんが、大きくて底の浅い荷作り用の箱を持って、入ってきました。

「なにに使うの、チャールズ？」

母さんがたずねると、父さんは、いいました。

「これは、グレースを寝かせて移動できるベッドだよ！」

「たったひとつ、たりないものがそれだったのよ！」

母さんは、大きな声をあげました。

「両側がこれくらいの高さがあれば、グレースをしっかりふとんにくるんでおける。」

と、父さんはいいました。

「それに、昼間わたしたちのベッドの下に入れておける高さですものね。トランデル・ベッド（訳者註《やくしゃちゅう》・脚輪《あしわ》がついている低いベッドで、使っていないときにはほかのベッドの下に入れておくことができる）のように。」

と、母さんがいいました。

ローラとキャリイが、その箱の中に、グレースの小さなベッドを作りました。そして大きなベッドの下にすべりこませてみて、また、引っぱりだしました。グレースが、夜、眠るために。

これで、引っ越しは完了《かんりょう》しました。

夕食は、ごちそうでした。

測量技師《そくりょうぎし》たちが使っていた、きれいな食器が、テーブルをはなやかにしました。技師たちが置いていった、少し酸味《さんみ》のあるキュウリのピックルスが、あたためたカモの丸焼きとフライドポテトをひと味ちがったものにしました。

みんなが食べおわると母さんが食料室へ入っていき、なにか持ってきて――、

「さあ。なにか、あててごらんなさい？」

と、いいました。

母さんは、ひとりひとりの前に、小さな皿に入ったかんづめのモモと、二枚のソーダクラッカーを置いたんです！

「きょうはごちそうですよ。また新しい家にすむことになったお祝《いわ》いにね。」

と、母さんはいいました。

こんなに広くてすばらしい場所で、食事をするのは、なんてすてきでしょう。板張りの床、外の夜の暗やみを背に、ぴかぴか輝いているガラス窓。ゆっくりゆっくり、みんなは、なめらかで冷たいモモと、あまい金色のシロップを食べて、ていねいにスプーンをなめました。

そのあとは、皿を手早く片づけて、便利《べんり》な食料室で洗いました。テーブルの両そでをおろして、赤と白の格子《こうし》じまのテーブルクロースをかけ、まん中に明るく輝くランプを置きました。

母さんが、グレースを抱いて、ゆりいすに腰《こし》かけると、父さんがいいました。

「これは、音楽という気分だねぇ。バイオリンケースを持ってきてくれ、ローラ！」

父さんは、弦《げん》をしめて調子をととのえ、弓《ゆみ》にロジンをぬりました。父さんがバイオリンを弾《ひ》く冬の夜が、またやってきたのです。

父さんは満足そうに、みんなをぐるっと見まわし、そして心地よく家族を守ってくれるじょうとうな壁をながめました。

「なにか、カーテンにするものを用意しなければならないわ。」

と、母さんがいいました。

父さんは、弓をバイオリンの上に乗せたまま、いいました。

「考えてもごらんよ、キャロライン、いちばん近い東のとなりが六十マイルはなれてて、いちばん近い西が四十マイルあるんだよ？　冬にとざされてしまったら、もっと遠くなるだろう。わたしたちだけの暮らしになるんだよ！　きょう、たったひと群《む》れ、ガンが空高くいそいでとんでいくのを見た。どの湖にもおりないんだよ。どこにも！　南へいそいでいるんだよ。あれが、今年の最後の群れだ。ガンさえも、わたしたちを置いてってしまった。」

弓が弦にふれ、父さんは、弾きはじめました。

静かに、ローラは歌いはじめました。

　風が吹きすさぶ　ある夜、
　風は荒れ野を　吹きまくり、

わかきメアリー　子どもを抱いて、
父の家の戸口へ　さまよいくる、
ああ、お父さん、どうぞ中へ入れて！
哀《あわ》れんでください　お願いします
　この子は
　　わたしの腕《うで》の中で死んでしまいます
荒れ野を吹きまくる　風の中で。

けれど　さけび声は父の耳には聞こえず
その声も戸をたたく音も　とどかず
ただ　番犬がほえている
そして　村の教会の鐘《かね》が鳴り
風は吹きまくり——

父さんは、バイオリンを弾《ひ》くのを止《や》めました。
「こんな歌は似合わない！」と父さんは、大きな声でいいました。

「なにをぼくは考えてるんだ！　さあ、なにかもっといいのを弾《ひ》くぞ。」
陽気にバイオリンが歌い、父さんもいっしょに歌います。
ローラとメアリーとキャリィも、声をはりあげて歌いました。

あちこちまわって　旅をした
何度か苦労も　したもんだ
だがどこの国でも　いいことあった
おれのカヌーを　あやつって。

おれは　多くは望まない。
期日に借金《しゃっきん》　返せれば。
つらい浮世《うきよ》の大海原《おおうなばら》を
おれは　すいすいこいでいく
おれのカヌーを　あやつって。
隣人《りんじん》を　自分のごとく愛しなさい

世間を旅していくときに
涙《なみだ》やしかめっつらは　禁物《きんもつ》だ
あんたのカヌーで　渡ってけ！

「この冬は、この歌のようにやっていこう。今までも、なんどもそうやってきたんだから。そうじゃないか、キャロライン？」

と、父さんはいいました。

「そうですよ、チャールズ。」

と、母さんはうなずきました。

「それにこんなに居心地《いごこち》がよくて、じゅうぶんなたくわえがあることなんてなかったわ。」

「なにもかも、気持ちがいい。」

と父さんは、バイオリンの調子を合わせながらいいました。

「馬小屋の片すみにカラス麦のふくろを積みあげて、牛と馬の小さな場所を作ったよ。あいつたちはじゅうぶん食べられるし、あたたかくて気持ちがいい。そうだよ、なにもかもあって、ありがたいかぎりだ。」

それから父さんは、またバイオリンを弾《ひ》きました。次から次へと、弾きました。

ジグ（訳者註《やくしゃちゅう》・速い速度の軽快《けいかい》なダンスで、八分の六拍子《びょうし》。十六世紀から十七世紀に、イギリスで流行した）、リール（スコットランドやアイルランドの活発なダンスで、四分の四拍子。二組か、それ以上のカップルでおどる）、ホーンパイプ（イギリスの船乗りのあいだでおどる活発なダンス）、それからマーチ（行進曲）。

母さんが、グレースを小さなトランデルベッドに寝かせて、ドアをしめました。それから母さんは、なにもせず、ゆりいすだけをゆすって、音楽に聞きいっていました。

母さんとメアリーとローラとキャリィは、からだじゅうで音楽を聞いていました。だれも、眠る時間だと告《つ》げる人はいません。だって、ローラたち一家しかいない大草原の新しい家で、最初にすごす夜なのですから。

やっと、父さんは、バイオリンと弓《ゆみ》をケースの中に入れました。ふたをしめようとしたとき、窓の外の暗やみから、悲しげなさびしい、ながく尾を引く遠ぼえが聞こえてきました。それは、とても近くから聞こえてきました。

ローラは、すっくと、立ちあがってしまいました。

母さんは、グレースが泣きだしたのをなだめようとして、寝室へ走りました。

キャリィは、目を大きく見開いたまま、凍りつくようにすわっています。

「あれは――あれはただのオオカミよ、キャリィ。」

と、ローラはいいました。

「これは、これは！」

と、父さんがいいました。

「まるで今までに、オオカミの声を聞いたことがないっていうみたいじゃないか。そうだよ、キャロライン、馬小屋の戸はしっかりしめてあるよ。」

15 ✣ 最後のひとりも行ってしまう

次の日の朝。太陽はてっていましたが、風はもっと冷たくなり、あらしが来そうな感じでした。

父さんは、外まわりの仕事をしてくると、ストーブのそばで手をあたためています。母さんとローラが、テーブルに朝食の用意をしていると、馬車のがたがたいう音が聞こえました。

馬車は、おもてのドアの前で止まりました。乗ってきた人が大声で呼んで、父さんは、外へ出ていきました。

窓越しにローラには、ふたりが、冷たい風の中で話しているのが見えました。

すぐに父さんはもどってきて、大いそぎでオーバーコートを着て手ぶくろをはめながら、いいました。

「きのうの夜は気づかなかったが、一軒、近所があったんだよ。年寄りで病気で、たったひとりなんだ。今、そこへ行ってくる。帰ってきてから、すっかり話すよ。」

その知らない人の馬車に乗って、父さんは出かけていきました。かなりたってから、父さんは、歩いて帰ってきました。

「ぶるぶるっ！　寒くなってきた。」

と父さんはいいながらコートと手ぶくろをいすの上に落とし、マフラーは取らずに、ストーブにかがみこみました。

「うーん、いいことをしてきたよ。」

「さっきの男は、工事現場《げんば》ではたらいていた連中《れんちゅう》の最後のひとりなんだよ。ジム川からここまで来るあいだずっと、人っ子ひとり会わなかったそうだ。だれもかれも、引きあげていってしまったからね。それがきのうの夜、暗やみの中に、基礎《きそ》工事現場から北へ約二マイルのところに小さな明かりを見つけたんだ。それであの男は、ひと晩とめてもらえるかもしれないと思って馬車を走らせた。

それがなあ、キャロライン、開拓農地《かいたくのうち》の仮《かり》ずまいの小屋で、老人《ろうじん》がひとりっきりですんでいたんだ。名前はウッドワースというんだ。肺結核《はいけっかく》にかかってて、大草原の大気療法《たいきりょうほう》をやりにきていたんだよ。夏をずうっと自分の農地で暮らして、冬もとどまるつもりでいたんだよ。

だが、老人のからだがあんまり弱ってるもので、あの男がなんとか連れだそうとしてみたんだ。これが最後のチャンスだと話したんだが、ウッドワースは、がんとして動かない。それで、けさ、うちの煙を見て、老人を説得《せっとく》するのを手伝ってもらえる人がいないか、立ちよったんだよ。

キャロライン、老人は骨《ほね》と皮《かわ》だったよ。だけれど、その大気療法をするのだといってきかないんだよ。医者《いしゃ》がすすめて、なおる確率《かくりつ》が非常に高い唯一《ゆいいつ》の療法だというんだよ。」

「世界じゅうから、その療法をやりにくる人たちがいるわ。」

と、母さんがいいました。

「そうだよ、知ってるよ、キャロライン。たしかに、ここの大草原の大気は、肺結核をなおすただひとつの療法かもしれない。だがね、あの老人を見ればわかることだよ、キャロライン。となりから十五マイルはなれた小屋に、たったひとりでいるなんていうからだじゃない。あの人は自分の家族といっしょにいることが、いちばんいいんだ。

とにかく、あの男とぼくが老人をすっかりくるんで、身のまわりのものといっしょに馬車に乗せたよ。老人を持ちあげると、そこのキャリイを持ちあげるのと同じくらい軽かった。しまいには、うちへ帰るのを喜んでたよ。東部で家族といっしょに暮らせば、今よりずっとよくなるよ。」

「この寒さで、馬車に乗っていったら、凍《こご》え死ぬかもしれないわ。」

と母さんは、火に石炭をつぎたしながらいいました。

「じょうとうのオーバーコートを、あたたかそうに着てたよ。ぼくたちふたりで何枚かの毛布で脇《わき》から包みこみ、足もとには、あたためたカラス麦のふくろを置いた。あれで、だいじょうぶだ。工事現場《げんば》ではたらいてたあの男は、じつにいいやつだ。」

工事現場ではたらいていた人といっしょに行ってしまった老人のことを考えて、ローラは、この地方が、なんと殺風景《さっぷうけい》になってしまったかとつくづく思いました。

ふたりがビッグスー川まで行くには、二日かかります。ビッグスー川とジム川のあいだには、測量技師《そくりょうぎし》のこの家にいるローラたち一家をのぞいて、だあれもいないのでした。

「父さん、けさオオカミの足跡《あしあと》、見なかった？」

ローラは、たずねました。

「見たよ、馬小屋のまわりにたくさんあった。」

と、父さんはいいました。

「大きなのもあった。あれは、バッファローオオカミのはずだ。だが、中へは入れなかったんだよ。鳥たちはみんな南へ行ってしまったし、ブロングホーン（訳者註《やくしゃちゅう》・アメリカ西部に生息《せいそく》している。角が枝わかれしていて、毎年その鞘《さや》がぬけかわる）も基礎《きそ》工事ではたらいてる人たちをこわがって遠くへ行ってしまった。だからオオカミも移動しなきゃならないんだよ。なにも食べるものがないところには、オオカミはいるわけにはいかない。」

朝食のあと、父さんは馬小屋へ行きました。

ローラも、家事をすますとすぐ、ショールをかぶって、馬小屋へ行きました。オオカミの足跡が、見たかったのです。

こんなに大きくて深い足跡を、ローラは、見たことがありません。こういうオオカミは、とても大きくて、からだが重いにちがいありません。

「バッファローオオカミは、大草原にいるオオカミの中でいちばん大きくて、非常にどうもうなんだよ。」

と、父さんはいいました。

「銃《じゅう》を持たずに会うのは、まっぴらごめんだよ。」

父さんは、馬小屋の羽目板《はめいた》がくぎでしっかり打ちつけられているか、全体《ぜんたい》をていねいに調べました。そしてもっとくぎを打ちつけて壁をしっかりさせ、入り口の戸には、もうひとつかんぬきをつけました。

「もしひとつがこわれても、もうひとつが支えるからね。」

と、父さんはいいました。

ローラがくぎを手渡し、父さんがハンマーで打ちつけているあいだに、雪が降りはじめました。

風が、肌《はだ》をさすように吹きましたが、ふぶきにはなっていませんでした。それでも、とても寒くて、話をすることもできません。

あたたかな家の中で、夕食のとき、父さんはいいました。

「この冬は、そうきびしくなるとは思わないよ。雪あらしも、ミネソタの西をすぎるとだいぶ力が弱くなるらしい。ここはそれよりもはるか西だ。経度《けいど》で三度、西は、緯度《いど》で一度、南と同じだそうだからね。」

夕食のあと、みんなは、あたたかなストーブのまわりに集まりました。

母さんは、グレースをひざの上に抱いてゆりいすに腰かけ、静かに前後にゆすっています。

ローラは、バイオリンのケースを、父さんのところへ持ってきました。

さあ、幸せな冬の夜の始まりです。

幸《さいわ》いあれ　コロンビア、幸せの国！
（ここは父さんが、バイオリンを弾きながら歌いました）

幸いあれ、なんじら、天の軍団！
かたく、手をとり団結《だんけつ》し、
自由の旗《はた》のもと、つどいつつ、
わがはらからが　手をとれば
平和と安らぎ　われらにあり。

父さんは、メアリーにじっと目をそそぎました。

メアリーは美しいけれどなにも見えない目を開いて、両手をひざの上に重ね、オーブンのそばのゆりいすに静かに腰かけていました。

「きみのためになにを弾こうか、メアリー？」

「あたし、『ハイランドのメアリー』が聞きたいわ、父さん。」

静かに、父さんは、その一節を弾きました。

「さあ、メアリー！　いっしょに歌って！」

と父さんはいって、ふたりでいっしょに歌いました。

なんとかぐわしく、緑の葉は　もえいで、

なんと豊《ゆた》かに　サンザシの花開く、
その香《かお》り豊かな　木かげで
わが胸に　かのおとめ抱《いだ》きぬ。

金色《こんじき》の時は　天使の翼《つばさ》に乗り
いとしきおとめと　とびさりぬ
わが光　わが命　いとしきおとめよ
わがなつかしき
　ハイランド　メアリー！

「きれいな歌だわ。」

とメアリーは、バイオリンの最後の音が消えていったとき、いいました。

「きれいな歌だけど、悲しいわ。」

と、ローラはいいました。

「あたしは『ライ麦畑で』がすき。」

「さ、弾くよ。だけど、ひとりじゃ歌わないよ。弾いたり歌ったり、ぜんぶ父さんにやらせるのは公平じゃないぞ。」

と、父さんはいいました。

それで、みんないっしょにたのしく、この元気のいい歌を歌いました。

ローラは立ちあがって、スカートをくるぶしの上まで持ちあげ、クリークを渡っている身ぶりをして、笑いながら肩越《かたご》しにみんなをふりかえって歌いました。

この小娘《こむすめ》に　いい若者がいるなんて、
だあれも　そうは思わない、
ところが　みんな若者は
　あたしにほほえむの
ライ麦畑を　通るとき。

それからバイオリンは、速い陽気なメロディーになり、父さんは歌います。

おれは騎馬水兵《きばすいへい》の隊長《たいちょう》　ジンクスだ！

おれの馬には

トウモロコシと大豆《だいず》を　やる、
だから　金《かね》は　いつもない
わかい娘《むすめ》たちの　きげんもとるさ、
おれは　騎馬水兵《きばすいへい》の隊長《たいちょう》　ジンクスだ、
おれは　軍隊の　隊長だ！

父さんが、ローラにうなずきました。
ローラは、バイオリンと歌いだしました。

わたしはマジソン広場の　ジンクス夫人、
すてきなドレスに　髪《かみ》にはカール、
亭主《ていしゅ》の隊長　やぶれかぶれ
とうとう軍隊　追いだされた！

「ローラ！」
母さんが、いいました。

「チャールズ、それが娘が歌うのにいい歌だと思ってるの?」

「なかなかじょうずだよ。」

と、父さんはいいました。

「さあ、キャリィ、今度はきみの番だ。ここへ出てきて、ローラといっしょにやってごらん。」

ふたりに手を取らせて、父さんは、ポルカのステップのふみかたを教えました。

父さんはバイオリンを弾いて、ふたりがおどっているあいだ、歌いました。

最初はかかとで　それからつま先、
それがステップの　とりかたよ、
最初はかかとで　それからつま先、
それがステップの　とりかたよ、
最初は——かかとで——
それから——つま先——

だんだん速く、父さんはバイオリンを弾き、ふたりも速くおどりました。足を高く高くあげ、後ろへ前へ、そしてくるっとまわって。

ふたりは息がきれて、からだが熱くなるまで、笑いながらおどりました。

「さ、それじゃ、ワルツをちょっとやってみよう。」

と、父さんはいいました。

なめらかに、すべるような調《しら》べが流れました。

「さあ、音楽の流れに乗って。」

と父さんは、ふたりにやさしく歌いかけます。

「さあ音楽の流れに乗って、すべるようになめらかに、まわって。」

ローラとキャリィは、部屋のむこうまでおどっていき、部屋をまわって、ワルツをおどりました。

そのあいだグレースは、母さんのひざの上に立ちあがって、目をまるくして見つめています。

メアリーは、静かに、音楽とおどるステップの音に、耳をかたむけていました。

「じょうずだよ、きみたち。」

と、父さんがいいました。

「この冬は、もっともっとダンスをすることになるよ。きみたちはもう大きいんだから、ダンスのやりかたを知っておかなきゃならない。ふたりとも、ダンスの名人になるよ。」

「あぁ、父さん、止《や》めないでよ！」

ローラが、さけびました。

「寝《ね》る時間はとっくにすぎてるよ。」

と、父さんはいいました。

「それに春までに、こういうたのしい夜はたくさんあるんだよ。」

ローラが、二階へあがる階段《かいだん》のドアをあけると、ひどく冷たい空気がおりてきました。

明かりをつけたカンテラを持って、ローラは階段をいそいであがり、その後ろに、メアリーとキャリイが続きました。

下の部屋からあがってきているストーブの煙突《えんとつ》のまわりは、少しあたたかい。

三人は、煙突の近くで服をぬぎ、フランネルの下着の上に、ふるえる指でねまきを引っぱって着ました。

おしゃべりをしながら三人は、冷たいベッドにもぐりこみ、ローラが、明かりを吹きけしました。

暗い中で、ローラとメアリーが身を寄せあっていると、だんだん毛布があたたまって、からだの冷たさがうすれていきました。

暗く寒い夜の、家のまわりは、高い高い空と、はてしない世界。そこにあるのは、さびしい風の音だけ。

「メアリー。」

と、ローラはささやきました。

「オオカミたちは行っちゃったみたいよ。遠ぼえ、聞かなかったもの、そうじゃない？」

「そうだといい……」

とメアリーは、眠そうに答えました。

16 ✢ 冬の日び

ますます、寒くなってきました。

シルバー湖は、凍《こお》ってしまいました。雪が降りましたが、風が氷の上の雪を、丈《たけ》の高い草が生《は》えているぬかるみへ吹きよせ、岸辺にも波のようになって吹きはらわれていました。

真っ白な大草原全体には、風にまう雪のほかは動くものはなく、静まりかえった中に、風の音だけが聞こえていました。

居心地《いごこち》のいい家で、ローラとキャリィは、母さんを手伝って家事《かじ》をしました。グレースは、大きな家の中をちょこちょこ走りまわって、遊んでいました。つかれるとグレースは、メアリーのあたたかいひざの上に、よじのぼります。

するとメアリーは、物語を聞かせるのでした。物語を聞きながらグレースは、眠ってしまいます。すると母さんが、ストーブのそばに持ってきたトランデルベッドに、グレースを寝かせます。

そしてみんなは、あみ物をしたりぬい物をしたり、かぎ針《ばり》あみをしたりして、くつろいだ午後をすごすのでした。

父さんは、外まわりの仕事がすむと、湿地ぞいにしかけておいたわなの道へ行きました。それから家のさしかけで、キツネやコヨーテやニオイネズミの皮をはぎ、毛皮をかわかすために板にはりつけました。

大草原はいっそう荒れはて、風がとても冷たいので、メアリーは、外へ出ようとはしませんでした。

あたたかい家の中で、メアリーは、ぬい物をするのが大すきでした。ローラが糸を通してあげた針で、細かい目を、ぬっていました。

日暮れのうす明かりの中でも、メアリーはぬい物を続けていました。

メアリーは、ローラに話すのでした。

「あんたが見えないときでも、あたしにはぬえるのよ。だって指でわかるんですもの。」

「いつでも、あたしよりずっときれいにぬってるわ。」

とローラは、メアリーに話します。

「前も、いつだってそうだったわよ。」

ローラは、ゆりいすに腰かけてぬい物をしたり、おしゃべりをしたりする、くつろいだ午後の時間がすきでした。が、メアリーのように心からたのしんでいるわけではありませんでした。

ときどき、ローラは、心が落ちつかなくなるのでした。そんなときローラは、窓から窓へと歩いて、雪がくるくるまっているのを見たり、風の音に耳をかたむけたりします。

すると母さんは、やさしくいいます。

「あなたがなにを思ってるのか、あたしにはわからないわ、ローラ。」

日がてっていれば、どんなに寒くても、ローラは、外へ出ずにはいられません。母さんが行っていいというと、ローラとキャリィはコートとフードに身を包み、くつをはき手ぶくろをはめ、マフラーをして、シルバー湖へ氷すべりに行きました。

ふたりは互《たが》いに手をにぎりあって、ちょっと走って、それから黒ずんだなめらかな氷の上を、すうーとすべります。初めに片足、それからもう片足。

ちょっと走って、すうー。ふたりは、前に後ろにすべっているうちに、息がはあはあいってからだがあたたかくなり、笑いだしてしまうのでした。

きびしい寒さでも、きらきら輝く外へ出られるこういう日は、たのしい日びでした。すべったあと、あたたかくて、がっちりしている家の中へ入って、夕食をとるのも、夜の音楽も、うれしい。歌ってダンスをしているあいだ、いちばん陽気に笑ってはしゃぐのは、ローラでした。

あるふぶきの日、父さんは、はばの広い四角の板をストーブのそばへ持ってきました。

そして、えんぴつでわくどりをしてから、内側を小さなます目に区切りました。

「いったいなにを作ってるの、父さん？」

ローラがたずねると、父さんは答えました。

「ま、見ててごらん。」

父さんは、火かき棒《ぼう》をストーブで赤く熱《ね》っして、注意深く小さなます目を、ひとつおきに黒くこがしました。

「知りたくて知りたくて、死んじゃいそうよ、父さん。」

と、ローラはいいました。

「とても健康《けんこう》そうに見えるよ。」

と、父さんはいいました。

ローラをじらしながら父さんは、二十四この小さな四角い木片を、ナイフでけずって作りました。その半分をストーブの熱い上に置いて、両面が黒くなるまでこがしました。

それから、父さんは、さっきのはばの広い板のます目に、二十四この四角い木片をぜんぶならべました。そして、ひざの上に、この板を置きました。

「さあ、ローラ！」

と、父さんはいいました。

「さあ、たって、なあに？」

と、ローラはいいました。

「これがチェッカー（訳者註《やくしゃちゅう》・六十四のます目のある盤《ばん》で、それぞれが十二の駒《こま》を持って遊ぶ、日本の将棋《しょうぎ》に似たゲーム）の駒で、この板がチェッカー盤だよ。いすを引っぱってきなさい。どうやってやるのか、教えてあげる。」

ローラは、やりかたがとてもよくわかったので、ふぶきが止《や》む前に、父さんを一回、負かしました。けれど、そのあとは、ふたりはゲームにのめりこんでしまうようなやりかたはしませんでした。

母さんが、このゲームをするのはあまり気がすすまなかったし、キャリイも、いやだったのです。

それで、いつも一勝負《ひとしょうぶ》が終わると、父さんは盤を片づけてしまうのでした。

「チェッカーは、自分本位《ほんい》のゲームだよ。ふたりっきりでやる遊びだからね。バイオリンを持ってきてくれ、ぱたぱたじょうちゃん。」

17 ✣ シルバー湖のオオカミ

やがて、月の光が銀色にさえわたる夜が、やってきました。大地は、見渡すかぎり白一色で、風はなく静かでした。

窓のむこうには、白い世界が凍りついて、きらきら光って遠くまで続いています。空は、ほのかに明るく、弧《こ》をえがいていました。

ローラは、落ちついて、なにかをすることができなくなってしまいました。

ゲーム遊びも、したくありません。父さんのバイオリンの音楽さえ、やっと聞いているほどでした。

ダンスも、したくありません。でも、すばやくからだを動かしたい、と感じるのでした。どこか、外へ出ていきたいのでした。

突然、ローラは、大声をあげました。

「キャリイ！　氷すべりに行こうよ！」

「こんな夜に、ローラ？」

母さんは、驚きました。

「外は明るいのよ。」

と、ローラは答えました。

「昼間みたいな明るさ。」

「だいじょうぶだよ、キャロライン。」

と、父さんがいいました。

「危険なことはなにもないよ。あんまりながくいて、凍りつかなければね。」

それで母さんは、ふたりに、いいきかせました。

「大いそぎで行ってくるんですよ。あんまり寒くなるまでいてはだめよ。」

ローラとキャリィは、いそいでコートを着てフードをかぶり、手ぶくろをはめました。

くつは新しくて、底は、厚くてしっかりしています。毛糸のくつ下は母さんの手あみで、赤いフランネルの下着は、ひざの下まであって、くつ下に重ねて、ひもでくくるようになっていました。フランネルのペチコートは厚くてあたたかく、服もコートも、それにフードとマフラーも毛織りでした。

あたたかな家から外へ出ると、冷たいさすような空気で、ふたりの息は、つまりそうになりました。

ふたりは、低い丘の下にある馬小屋へ続く雪の小道を、競争しながら行きました。それからふたりは、父さんが馬や牛に水を飲ませに連れていく道を、たどっていきました。

父さんは湖の氷をわって穴《あな》をあけ、水を飲ませる場所にしていました。

「氷の穴の近くへは行っちゃだめよ。」

とローラはいって、そこからずっとはなれた岸ぞいに、キャリイを連れていきました。

ふたりは立ちどまって、夜の景色《けしき》をじいっと見ました。

息もつけないほどの美しさでした。

大きなまるい月が空にかかり、その輝く光を、銀色の世界にそそいでいました。どちらの方向もはるか遠くまで、あわい光がおだやかに輝きながら、音もなく平らに広がっていました。

その中央に、黒ずんでなめらかな湖が横たわり、きらきら光るひとすじの月光の道が、まっすぐ横切っていました。

丈《たけ》の高いアシは、岸辺のぬかるみに吹きよせられた雪のところで、黒い列になって、突ったっていました。

馬小屋は、岸の近くに低く黒ずんでうずくまり、小高い丘の上には、測量技師《そくりょうぎし》の黒っぽい小さな家が建っています。

窓の黄色い明かりが、暗やみで、きらきら輝いていました。

「なんて静か……」

と、キャリィがささやきました。

「ほら、なんて静かなの。」

ローラは、胸がいっぱいになりました。自分もまた、この広い大地、どこまでも深い空、そして光り輝く月光の一部になったような感じでした。

ローラは、とびあがりたかったのです。

けれど、キャリィはまだ幼いし、それにこわがっているようでした。

それで、キャリィの手をにぎって、いいました。

「すべろう！　さあ、走って！」

互《たが》いに手をぐっとにぎってふたりは、少しのあいだ走りました。それから、最初に右足で、なめらかな氷の上を、走ったよりずっとながい距離《きょり》をすべりました。

「月の光の道よ、キャリィ！　月の光の道をすべっていきましょうよ。」

と、ローラはさけびました。

こうしてふたりは、走ってはすべり、走ってはまたすべっていきました。銀色の月からさしこむ、きらきら光るひとすじの月光の道の上を。

岸から遠く遠くはなれて、ふたりは、すべっていきました。むこう岸の高い土手めがけて、まっすぐに。

ふたりは、鳥のように、まるでとんでいるようにすべりました。

キャリィがバランスをくずせば、ローラが支えます。ローラがぐらつくと、キャリィの手がしっかりにぎって支えました。

むこう岸まですぐ近く、高い土手のかげになっているところで、ふたりは止まりました。

なにかを感じて、ローラは、土手の上を見あげました。

するとそこには、月の光を背にして暗い中に、大きなオオカミが立っていたのです！

オオカミは、ローラのほうをむいて、見ていました。

風が、からだの毛をゆらすと、月の光がその中に入ったり出たりしているように見えました。

「もどりましょう。」

とローラは、すばやくいって、くるりと後ろをむいてキャリィの手を取りました。

「あたしのほうが速く走れるわよ。」

走ってはすべり走ってはすべり、ローラは力のかぎりすべりましたが、キャリィも、そ

れについてきました。

「あたしも見た。あれ、オオカミ？」

とキャリィは、息を切らせていいました。

「話をしないの！」

ローラは、答えました。

「いそいで！」

ローラには、氷の上を走ったりすべったりしている自分たちの足音が、聞こえました。後ろからなにか音がしないかと耳をすましましたが、なんにも聞こえません。

それからふたりは、ひとこともしゃべらずに走ったりすべったりしながら、氷の穴《あな》の近くの小道まで来ました。ふたりが小道をかけあがったとき、ローラは、後ろをふりかえってみました。が、湖にもむこう岸の土手にも、なにも見えませんでした。

ローラとキャリィは、走るのを止《や》めませんでした。

ふたりは、丘へかけあがって、家のうら口のドアをあけ、さしかけに走りこみました。

さしかけを突っきって、表側の部屋のドアからとびこみ、後ろ手にぴしゃっとしめました。

そしてドアに寄りかかって、息をはあはあさせていました。

父さんが、とびあがるように立ちあがって、

「どうしたんだ？」

と、たずねました。

「なにをそんなにびっくりしてるんだ？」

「あれ、オオカミ、ローラ？」

キャリイが、あえぎながらいいました。

「オオカミだったのよ、父さん。」

とローラは、息をぐっと飲みこみました。

「すごく、大きなオオカミ！　キャリイが速く走れないいんじゃないかと心配したんだけど、走れたのよ。」

「キャリイ、よおくやった！」

父さんは、大きな声でいいました。

「そのオオカミはどこにいるんだ？」

「わからない。どこかへ行っちゃった。」

とローラは、父さんに話しました。

母さんは、ふたりがコートやフードをぬぐのを手伝いました。

「腰をおろして休みなさい！　あなたたち、まだ息がはあはあいってる。」

と、母さんはいいました。

「オオカミはどこにいたんだ？」

父さんは、知りたがりました。

「土手の上。」

とキャリィがいったので、ローラが、つけくわえました。

「湖のむこう側の、高い土手。」

「あんなところまで行ったのか、きみたち？」

父さんは、驚いてたずねました。

「それでオオカミを見て、いっきに走って帰ってきたのか！　そんなに遠くまで行くとは思ってもみなかった。半マイルは、じゅうぶんある。」

「あたしたち、ひとすじの月の光の道をたどっていったのよ。」

とローラは、父さんに説明しました。

父さんは、ふしぎそうにローラを見つめました。

「よくもまあ、やったもんだ！　オオカミたちは、行ってしまったものと思ってた。これは不注意だった。あす、しとめる。」

メアリーは、じっと腰かけていましたが、顔は、真っ青でした。

「あぁ、あなたたち。もしオオカミにつかまってたら！」

とささやくようにいいました。

そのあと、ローラとキャリィが休んでいるあいだ、みんなはだまったままますわっていました。

荒涼《こうりょう》とした大草原とはかけはなれた、このあたたかい安全な部屋にいるのが、ローラには、ほっとした思いでした。もしもキャリィの身になにか起こっていたら、それは、湖の遠いむこう岸へ連れていったローラの責任《せきにん》でした。

けれど、なにごとも起こりませんでした。

ローラは、月光の中で、風が毛をゆすっていた、あの大きなオオカミの姿をもう一度、思いかえしていました。

「父さん！」

とローラは、低い声でいいました。

「なんだい、ローラ？」

父さんは、答えました。

「父さんが、あのオオカミ見つけないといい。」

と、ローラはいいました。

「なぜ、またそんなことを?」

母さんが、ふしぎがりました。

「だって、あたしたちを追いかけなかったのよ。」

とローラは、母さんに話しました。

「あたしたちを追いかけなかったのよ、父さん。あたしたちをつかまえられたのに。」

ながく荒あらしい、オオカミの遠ぼえが聞こえ、静けさの中に消えていきました。

その遠ぼえに、ほかの声が答えました。

そのあとは、また静寂《せいじゃく》。

ローラは、どきっとして心臓《しんぞう》がひっくりかえりそうになり、思わず立ちあがってしまいました。

母さんが、腕《うで》をしっかりつかまえてくれたので、ほっとしました。

「かわいそうに! 不安で神経質《しんけいしつ》になってるのよ、むりもないわ。」

と母さんは、やさしくいいました。

母さんは、ストーブの後ろ側から、熱くしてあったアイロンを取りだし、きっちり布にくるんで、キャリィに手渡しました。

「眠る時間ですよ。足もとに、この熱いアイロンを置くのよ。」

と、母さんはいいました。

「これはあなたたちのよ、ローラ。」

と、もうひとつのアイロンを布でくるんでいいました。

「ベッドのまん中に置くんですよ、メアリーの足にもとどくようにね。」

ローラが、階段《かいだん》へ通じるドアをしめたとき、父さんが、熱心《ねっしん》に母さんに話をしていました。

けれど、ローラは、耳がじんじん鳴っていて、父さんがなにをいっているのか聞こえませんでした。

18 ✢ 父さんが農地《のうち》を見つける

次の日の朝、朝食のあと父さんは、鉄砲《てっぽう》かけから銃《じゅう》を取って、出かけました。

午前中ずっとローラは、銃の音に聞き耳をたて、聞こえないことを願いました。そして、月光の中で、からだ全体の厚い毛をちらちら光らせて、静かにすわっていたあの大きなオオカミを思いおこしていました。

父さんは、昼食どきになっても、なかなか帰ってきませんでした。さしかけで、父さんが足をふみならして雪を落としたのは、昼からだいぶたっていました。

父さんは部屋へ入ってくると、銃を壁にかけ、ぼうしとコートを、かけくぎにかけました。手ぶくろは、ストーブの後ろの物干《ものほ》しづなに、親指をひっかけてつるしました。それから、木の長いすの上に置いてあるブリキの洗面器《せんめんき》で顔を洗い、その上にかけてある小さな鏡《かがみ》の前で、髪《かみ》とあごひげをとかしつけました。

「すまん、食事を待たせてしまって、キャロライン。思ったよりながくかかってしまった。

思わないほど遠くまで行ったんだよ。」

と、父さんはいいました。

「かまわないわ、チャールズ。食事はずっとあたためてあるのよ。」

と、母さんは返事をしました。

「テーブルについて、あなたたち！　父さんを待たせないで。」

「どこまで遠くに行ったの、父さん？」

メアリーが、たずねました。

「十マイルより、もっと行ったな。あのオオカミの足跡を追跡《ついせき》していったんだよ。」

と、父さんはいいました。

「あのオオカミつかまえた、父さん？」

キャリィが、知りたがりました。

ローラは、なにもいいませんでした。

父さんは、キャリィに、にっこり笑ってからいいました。

「さあ、さあ、質問はなし。ぜんぶ話すからね。父さんは夕べ、きみたちがつけた足跡をたどって、湖を渡っていった。そしたら、きみたちがオオカミを見たあの高い土手で、なにを見つけたと思う？」

「オオカミを見つけたのよ。」

とキャリイが、自信たっぷりにいいました。

ローラは、だまったままでした。食べ物が胸につかえてしまって、小さなものを飲みこむのもやっとの思いでした。

「オオカミの穴《あな》を見つけたんだよ。」

と、父さんはいいました。

「それに、オオカミの、見たこともない大きな足跡。ね、きみたち、夕べその穴に大きなバッファローオオカミが二頭いたんだよ。」

メアリーとキャリイは、息を飲みこみました。

母さんは、いいました。

「チャールズ！」

「今ごろこわがったって、もうおそいよ。だがふたりは、まったくたいしたことをやったもんだ。オオカミのすむ穴までまっすぐ行って、そこにはオオカミがいたんだからね。」

と父さんは、話しました。

「足跡が新しかったから、二頭がなにをやっていたか、はっきりわかる。古い穴だったし、大きさからみて、わかいオオカミじゃない。二頭は数年はそこにすんでたってことがいえる。だが、この冬は、あそこにはすんでない。

二頭は、きのうのいつごろか北西の方角からやってきて、まっすぐあの穴《あな》へ行った。そしてあのあたりをうろついて、穴から出たり入ったりして、おそらくけさまでいたんだろう。父さんはそこから足跡をたどって、『大沼地《おおぬまち》』にそってくだり、大草原の南西のほうへ出た。

古い穴を立ちさってからの二頭は、一度も立ちどまっていない。二頭はならんで速足でせっせと進み、まるで行き先のわかっている長旅に出発したような感じだ。父さんはずいぶん遠くまでつけていったが、もう二頭をしとめることはできないとわかった。二頭は、ずうっとずうっと先まで行ってしまったよ。」

ローラは、今まで息をするのを忘れていたかのように、深い息をつきました。

父さんは、ローラをじっと見つめました。

「二頭のオオカミがうたれないで行ってしまったのが、うれしいんだね、ローラ。」

と、父さんはたずねました。

「そうよ、父さん、あたしはそうよ。あたしたちを追いかけなかったのよ。」

と、ローラは答えました。

「そうだ、ローラ、二頭のオオカミはきみたちを追いかけなかった。いったいそれがどうしてなのか、父さんにはさっぱりわからない。」

「それに、古い穴でいったいなにをしていたのかしら?」

母さんが、ふしぎがりました。

「ちょっと確かめにきたんだよ。工夫《こうふ》たちがやってきてブロングホーンがいなくなるまですんでた古い場所に来てみたくて、もどってきたんだよ、きっと。ハンターたちが最後のバッファローを殺してしまうまでは、たぶんこのあたりにいたんだよ。バッファローオオカミは、かつてはこの地方一帯にいたんだが、今ではこのあたりにさえあまりいなくなってしまった。鉄道と開拓地《かいたくち》が、彼らを遠く西へ追いやりつづけているんだ。もし父さんの、けものたちの足跡に対する判断《はんだん》が正しいとすれば、ひとつ確かなことは、あの二頭のオオカミは、西からまっすぐやってきて、またまっすぐ西へ帰っていった。ひと晩、あの古い穴ですごす、それだけのためにね。そして、この地方のこの辺《へん》で見られた最後のバッファローオオカミだとしても、それは少しもふしぎではないよ。」

「あぁ、父さん、かわいそうなオオカミたち。」

とローラは、悲しそうにいいました。

「まあ驚いた。」

と母さんはいって、それからぴしゃっといいました。

「あんなおそろしいけものを、かわいそうだなんて思うことはないでしょ！　きのうの夜、あなたたちをこわがらせたほかは、それ以上なにも悪いことをしなかったので、ほんとによかった。」

「それで話は終わりじゃないんだ、キャロライン！　いい知らせがあるんだ。うちの農地《のうち》を見つけたんだよ。」

父さんは、みんなに発表しました。

「あぁ、どこ、父さん！　いいところ？　どれくらい遠いの？」

メアリーとローラとキャリィは、興奮《こうふん》してたずねました。

母さんは、いいました。

「それはよかったわ、チャールズ。」

父さんは皿を押しやり、紅茶《こうちゃ》を飲んで、口ひげをぬぐってからいいました。

「条件がなにもかもそろってる。湖が『大沼地《おおぬまち》』とつながっているところの南で、その土地の西を湿地《しっち》がぐるっとかこんでいることになる。そこは湿地の南側の、大草原が小高くなったところで、家を建てるにはいい場所だ。その土地のちょうど西には小さな丘がいくつもあって、そのむこう側は湿地になる。そこの土地の半マイル四方には、干し草になる高地に生える草もあるし、南にはたがやす土地もある。そのあたり一帯が、いい牧草地で、なにもかも農夫《のうふ》にはおあつらえむきなんだよ。それに町の計画地域《ちいき》にも近いから、子どもたちが学校へも行ける。」

「うれしいわ、チャールズ。」

と、母さんがいいました。

「おかしなことだよ。何か月もこのあたりを探しまわっていたんだが、ちょうどぴったりだと思う土地は半マイル四方にはどうしたって見つからなかった。あの土地がずうっとあったっていうのにね。あのオオカミを追っていって湖を渡って、むこう側の湿地にそって行かなかったら、とても見つからなかったよ。」

と、父さんはいいました。

「この秋に、申請《しんせい》しておきたかったわ。」

と母さんが、心配しました。

「だあれも、この冬にはここへは来ないよ。」

と父さんは、自信をもっていいました。

「農地を探す人が来る前に、春になったら申請をしに、ブルッキンズへ出かけていくよ。」

19 ✣ クリスマスイブ

一日じゅう雪が降り、夕暮れになってもまだ、ふんわりした大きな雪が、ひらひらまいおりていました。風がなかったので、雪は地面に深く積もり、父さんは夕方の外まわりの仕事のときには、シャベルを持っていきました。

「ほう、ホワイトクリスマスだよ。」

と、父さんはいいました。

「そうよ、それにみんなここにこうしていて、元気で、たのしいクリスマスだわ。」

と、母さんがいいました。

今、この測量技師《そくりょうぎし》の家は、秘密《ひみつ》でいっぱいでした。

メアリーは、父さんのクリスマスの贈り物《おくりもの》に、新しい、あたたかいソックスをあんでいました。

ローラは、母さんの残りぎれのふくろから見つけた、絹のはぎれで、ネクタイを父さんに作っていました。屋根裏部屋でローラはキャリィといっしょに、仮《かり》ずまいの小屋につるしていたキャラコ地のカーテンの一枚から、母さんのエプロンを作っていました。

残りぎれのふくろから、三人は、白のじょうとうなモスリン地のはぎれを見つけました。

ローラはその布を小さな四角に切り、メアリーがきれいなぬい目のふちかがりをして、母さんのハンカチを、ひそかに作りました。そして、エプロンのポケットに入れました。それから、エプロンをうす紙で包んで、メアリーの箱の中のキルト用のこぎれの下に、しのばせました。

両はしに、赤と緑のしまもようが通っている、一枚の毛布がありました。毛布は、もうすりきれていましたが、両はしのところはいたんでいなかったので、母さんはそこから、メアリーの室内ばきを裁《た》ちました。ローラが片方をぬい、キャリィがもう片方をぬって、表側へ返して、糸をよりあわせたひもと毛糸のふさかざりで、手ぎわよく仕上げました。

この室内ばきは、メアリーが見つけないように、母さんの寝室《しんしつ》にそっとしのばせておきました。

ローラとメアリーは、キャリィにミトンをあんであげたいのですが、毛糸がたりません。白い毛糸が少し、赤いのが少し、青いのが少し。手ぶくろを仕上げるには、どうしたってたりません。

「わかった！」

メアリーが、いいました。

「手のところを白にして、手首を赤と青のしまにするのよ！」

毎朝、キャリイが屋根裏部屋で自分のベッドをととのえているあいだに、ローラとメアリーは、できるかぎりの早さで、ミトンをあみます。そしてキャリイが降りてくる足音を聞くと、ミトンを、メアリーのあみ物かごの中へわからないようにしまっておきました。

そのミトンも、もう仕上がりました。

グレースへの贈《おく》り物《もの》は、いちばん美しいものでした。みんなで、あたたかい部屋で、いっしょに作りました。グレースはとても幼いので、みんながなにをしているのか気がつきませんでしたから。

母さんは、ていねいにくるんであった包み紙から白鳥の毛皮を取りだして、小さなフードを裁《た》ちました。白鳥の皮はとてもやぶれやすいので、母さんはだれにもまかせず、ひと針《はり》ひと針、自分でぬいました。けれど、残りぎれのふくろの中にあった、青い色の絹《きぬ》をうら地に仕上げるのは、ローラとキャリイにさせました。

そのあと母さんは、白鳥の羽毛フードがやぶけないように、絹のうら地をぬいあわせました。

それから母さんは、また残りぎれのふくろの中を探して、青いやわらかな毛織りの布をえらびました。これはかつて、母さんのいちばんじょうとうな冬のドレスのあまりぎれでした。

この布から母さんは、小さなコートを裁ちました。

ローラとキャリィがぬって、ぬい目にアイロンをかけました。

メアリーが、すそを細かくまつりぐけにしました。

次に母さんは、やわらかな白鳥の羽毛を、コートのえりにぬいつけ、そで口にも羽毛の細いカフスをつけました。

白鳥の白い羽毛で飾られた青いコートと、グレースの目と同じ青い色でうらうちされた、きゃしゃなフードは、美しい。

「お人形の服を作ってるようね。」

と、ローラはいいました。

「グレースのほうが、どんなお人形よりかわいくなるわよ。」

とメアリーが、きっぱりといいました。

「今、着せましょうよ！」

キャリィが待ちきれなくて、小おどりしながらいいました。

けれど、母さんは、このコートとフードはクリスマスまでしまっておかなければいけない、といいました。そして、その通りにしました。

三人は、あすの朝になるのが待ちどおしくてたまりませんでした。

父さんは、すでにクリスマスのための狩りをすませていました。クリスマスのごちそうのために、この地方でいちばん大きな野ウサギを持ってくるつもりだと、父さんはいっていました。

その通りでした。父さんは、まだみんなが見たこともないほどの大きな野ウサギを、うちへ持ってかえったのでした。

皮をはぎ、きれいに洗って、冷凍《れいとう》になった野ウサギの肉は、今、さしかけで、あす丸焼きになるのを待っています。

父さんは馬小屋からもどってくると、足をふみならして、くつから雪を落としました。口ひげに凍《こお》りついた氷をとって父さんは、あたたかなストーブの上に両手をひろげました。

「ひゃあ、寒い！」

と、父さんはいいました。

「クリスマスの前の晩にしては、驚くべき見あげた寒さだ。サンタクロースが外へ出るには寒すぎるよ。」

そういって父さんの目が、キャリィを見て、きらきらっと光りました。

「あたしたち、サンタクロースはいらないのよ！　あたしたち、みんな――」

キャリィはそういいかけて、片手で口をふさぎ、すばやくローラとメアリーを見ました。もしか、自分が秘密《ひみつ》をいいかけてしまったのを、ふたりが気づいたかと思って。

父さんはくるっとむきなおって、背中をオーブンの熱であたためながら、幸せそうにみんなをながめました。

「とにかく、みんな気持ちのいい屋根の下にいるんだからね。エレンとサムとデービッドもあたたかくて快適《かいてき》なところにいるし、クリスマスイブの特別なえさをやってきた。そうだよ、なんていいクリスマスなのか、そうじゃないか、キャロライン？」

と、父さんはいいました。

「そうですよ、チャールズ、そのとおりよ。」

と、母さんはいいました。

母さんは、ヒキワリトウモロコシの熱いマッシュの入った深皿《ふかざら》をテーブルに置き、牛乳をそそぎました。

「さあ、いらっしゃい。食べてちょうだい。あつあつの夕食は、なにより早くからだをあたためるのよ、チャールズ。」

夕食のとき、みんなは、今までのクリスマスのことを話しあいました。

ローラたち一家は、家族いっしょに、何回ものクリスマスをすごしてきました。そして今また、みんないっしょに、あたたかくて、たくさんの食べ物がある幸せなクリスマスを迎えるのです

上の部屋にある箱の中には、ぬいぐるみ人形のシャーロットが、まだ入っています。「大きな森」にいたときの、クリスマスのくつ下に入っていたものでした。

インディアン居留地《きょりゅうち》にいたときのクリスマスの贈り物のブリキのカップと、ペニー銅《どう》貨《か》は、もうなくなってしまいました。でもローラとメアリーは、エドワーズさんのことは忘れません。インディペンデンスまで四十マイルも歩いていって、サンタクロースからの贈り物を持ちかえってきてくれたのでした。

バーディグリス川をひとりでくだっていったエドワーズさんのその後のことは、なんにも聞いていません。

ローラたちは、エドワーズさんがどうしているのか、気になっていました。

「エドワーズがどこにいようとも、わたしたちと同じように幸せでいることを願おうよ。」と、父さんはいいました。

ローラたち一家は、エドワーズさんがどこにいようとも、いつも覚えていて、幸せでい

ることを願っているのでした。

「それに、父さんはここにいる。」

と、ローラはいいました。

「雪あらしで行方《ゆくえ》不明になったりしないで。」

一瞬《いっしゅん》、しいーんとなって、みんなは父さんをじっと見つめました。父さんがもどってこないで、みんなはもう父さんは帰ってこないのではないかとおびえていた、あのおそろしいクリスマスのことを考えていたのでした。

母さんの目に、涙《なみだ》が浮かびました。母さんは気づかれないように、手でぬぐいさりました。

「ただ感謝《かんしゃ》するばかりね、チャールズ。」

と母さんは、鼻をかみながらいいました。

そのとき、父さんが、急に笑いだしました。

「まったく、冗談《じょうだん》じゃないよ!」

と、父さんはいいました。

「三日三晩、うえ死《じ》にしそうになって、オイスタークラッカーとクリスマスキャンディーを食べてたっていうのに。そのあいだずっと、うちから百ヤードの、クリークのあの土手の下にいたんだからなあ！」

「あたしは、最高のクリスマスは、あの日曜学校のクリスマスツリーのときだったと思う。あんたはとても小さかったから、覚えてないけど、キャリィ。ああ！　なんてすばらしかったか！」

と、メアリーがいいました。

「今年のクリスマスほどじゃないわよ。」

と、ローラはいいました。

「だってキャリィはもうなんでも覚えているほど大きくなったし、それに、今はグレースもいるわ。」

キャリィはここにいます――あのオオカミにおそわれて傷《きず》つくことはありませんでした。母さんのひざの上には、いちばん下の妹のグレースがすわっています。太陽の輝きのような色の髪と、青いスミレのような目の色のグレースが。

「そうね、やっぱり今年が最高ね。」

とメアリーは、はっきりいいました。

「それに来年にはだぶん、ここに日曜学校ができるでしょうしね。」

マッシュの皿は、からになりました。

父さんは、深皿の牛乳をすっかりすくいとってから、紅茶を飲みました。

「そう……。シルバー湖のこのあたりには、あまり木立がないからクリスマスツリーは作れなかった。わたしたちだけのための、ツリーは必要ないよ。だがね、わたしたちで、ささやかな日曜学校のお祝《いわ》いはできるよ、メアリー。」

と、父さんはいいました。

父さんがバイオリンのケースを取りにいっているあいだに、母さんとローラは、皿となべを洗って、片づけました。

父さんは、バイオリンの調子を合わせて、弓《ゆみ》にロジンをぬりました。

霜《しも》が、窓ガラスを厚くおおい、入り口のドアのまわりにも、やわらかな毛のようになってついていました。

窓ガラスの上の、少しだけすけて見えるところから、雪がひらひらとまいおりていました。けれど、ランプの明かりは、赤と白のもようのテーブルクロースの上で、光り輝いています。そしてストーブの通風孔《つうふうこう》からは、火が赤あかと燃えているのが見えました。

「食べたあとすぐでは、歌えないよ。」

と、父さんはいいました。

「じゃ、ちょっとバイオリンを弾《ひ》いて、準備をしよう。」

陽気に、父さんは、バイオリンを弾きました。

「オハイオの川をくだっていく！」、そして「鐘の音《ね》はかくもたのしく」。

それから、

ジングルベル　ジングルベル、

鈴は鳴る！

そりは進むよ、

はやてのように！

そこで父さんは弾くのを止《や》め、みんなを見て、にっこりほほえみました。

「さあ、歌う準備はいいかい？」

バイオリンの調《しら》べが、変わりました。

バイオリンは、賛美歌《さんびか》をかなでていました。

父さんが、何小節《なんしょうせつ》かを弾きます。それからみんなが歌います。

輝《かがや》ける朝が　あけて、

よき日び　おとずれる。
ものみな目ざめて
新しき金色《こんじき》の　夜明けに。
よろずの民《たみ》　来たりていう、
いざ、われら主《しゅ》の山にのぼらん！
主はわれらを教え、道をしめしたまう、
われら　主の道を歩《あゆ》まん。

それからバイオリンの調べは、まよっているようでした。父さんは、なにを弾《ひ》こうかと考えているようでした。
やがて、メロディーが浮かびでて、やさしくさそいいれ、みんなは歌いました。

太陽はあたたかく　草に命をあたえ、
朝つゆは　しおれし花をよみがえらせる。
ひとみを　輝かせて
秋の　夜明けの光を見つめる。

だが　やさしき息吹《いぶき》の言葉と
ほほえみこそ　まことだと知る
太陽より　あたたかく
朝つゆより　輝いて。

自然のなせる　わざも
この世の　すべてにあらず。
黄金も　宝玉《ほうぎょく》も
心をみたす　ことはない。
だが、神の祭壇《みくら》に　つどいきて、
やさしき言葉と
　愛のほほえみ　交《か》わすとき、
なんと美しきかな　この世は！

音楽の最中《さいちゅう》に、メアリーが大声をあげました。
「あれ、なに？」

「なんだい、メアリー?」

父さんが、たずねました。

「なにか聞こえたと思ったのよ——聞いて!」

メアリーは、いいました。

みんなは、耳をすましました。

ランプが、かすかにぱちぱち音をたて、ストーブの中で、石炭がくずれる小さな音がしました。

白い霜《しも》でおおわれた窓の上の、わずかなところから、ランプの明かりでガラス越しに、雪がまいおりているのが見えました。

「なんの音を聞いたと思ったんだい、メアリー?」

父さんが、たずねました。

「あんな音——ほら、また音がした!」

今度は、みんなにも、さけび声が聞こえました。こんな夜に、ふぶきの中で、男の人がさけんでいました。また、さけびました。この家のすぐ近くで。

母さんが、立ちあがりました。

「チャールズ!だれなの?」

20 ✣ クリスマスの前の夜に

父さんは、バイオリンをケースにしまうと大いそぎでおもてのドアをあけました。

雪と冷たい空気が、うずをまいて入りこみ、しゃがれ声がさけびました。

「おうーおーい、インガルス！」

「ボーストだ！」

父さんは、さけびました。

「入れよ！　入れ！」

父さんは、コートとぼうしを引っつかんで、あわてて身につけると、寒さの中へ出ていきました。

「凍《こお》ってしまうわよ！」

母さんは大声でいって、大いそぎで、火に石炭をくべました。

外から、話し声とボーストさんの笑い声がしてきました。

ドアがあいて、父さんが呼びかけました。

「ボーストの奥さんだよ、キャロライン。ぼくたちは馬をつないでくる。」

ボーストさんの奥さんは、コートと毛布のぐるぐる巻きの、包みでした。

母さんは、いくえにも巻いてあるものをはぎとるのを手伝いました。

「ストーブのところへいらっしゃい！　もう少しで凍るところだったでしょうに。」

「あぁ、だいじょうぶ。馬の背中はあったかだったし、ロバートが毛布できっちり包んでくれたので、寒さは感じませんでした。わたしが手を出さなくてもいいように、馬のたづなも取ってくれたんですよ。」

と陽気な声で、答えました。

「このベールは、凍ったも同じよ。」

と母さんはいって、奥さんの頭から、凍りついている毛織りのベールをほどきました。

ボーストさんの奥さんの顔が、毛皮でふちどりしたフードの中に、あらわれました。

奥さんは、メアリーよりあまり年上ではない感じでした。髪はやわらかな、トビ色（茶《ちゃ》褐色《かっしょく》）で、ながいまつ毛の目は、青。

「ここまでずっと、馬の背中に乗ってらしたの、ボーストさん？」

母さんが、たずねました。

「あぁ、いいえ。二マイルぐらいだけ。あたしたち二連《にれん》ぞりでやってきたんですけど、ぬかるみの雪の中で動けなくなってしまったんです。馬とそりが、雪の中にはまりこんでしまったんですよ。ロバートが馬は引きだしたんですけど、そりは置いてきてしまいました。」

と、奥さんはいいました。

「わかりますよ。」

と、母さんはいいました。

「雪が、あの背の高いアシの上まで吹きだまっているから、沼《ぬま》がどこなのかわからないんですよ。わずかな重みのものでも上に乗れば、アシはぺっちゃんこよ。」

母さんは、ボーストさんの奥さんがコートをぬぐのを手伝いました。

「あたしのいすにおかけください、ボーストさん。ここがいちばんあったかい場所なんです。」

とメアリーが、いすをすすめました。

けれど奥さんは、メアリーの横にかけさせてもらう、といいました。

父さんとボーストさんがさしかけに入ってきて、大きな音をさせて足をふみならし、雪を落としていました。

ボーストさんが笑うと、家じゅうのみんなが、母さんまでも笑いました。

「なぜだかわかんないんですけど……」

とローラは、ボーストさんの奥さんにいいました。

「なにがおかしいのかわからなくても、ボーストさんが笑うと――」

ボーストさんの奥さんも、笑っていました。

「伝染《でんせん》するのよ。」

と、いいました。

ローラは、笑っている奥さんの青い目をじっと見て、クリスマスはたのしくなるにちがいない、と思いました。

母さんは、スコーンを焼く粉《こな》を、かきまぜていました。

「いらっしゃいませ、ボーストさん。」

と、母さんはいいました。

「あなたも奥さんも、さぞかしおなかがおすきになったでしょう。夕食はすぐに用意しますからね。」

ローラが、塩づけブタ肉のうす切りを湯通《ゆどお》しするのにフライパンに入れ、母さんは、オーブンにスコーンを入れました。

それから母さんは、湯通ししたブタ肉の水気《みずけ》をきり、小麦粉《こむぎこ》をまぶして、揚《あ》げる用意をしました。

そのあいだにローラは、ジャガイモの皮をむいて、うす切りにしました。

「それは生《なま》でいためるわ。それからミルクグレービー（訳者註《やくしゃちゅう》・牛の脂肪《しぼう》からとった料理用の油と、牛乳、小麦粉などから作る肉ソース）を作って、紅茶も新しく入れましょう。食べ物はじゅうぶんに作れるけど、贈《おく》り物《もの》のことはどうしましょうね？」

と母さんは、食料室《しょくりょうしつ》で小さな声でいいました。

ローラは、贈り物のことは考えていませんでした。

ボーストさんと奥さんの贈り物は、ありません。

母さんは食料室からさっと出ていって、ジャガイモをいためたり、グレービーを作ったりしました。

ローラは、テーブルの上の用意をしました。

「こんなにお食事をたのしんでいただいたこと、ありませんわ。」

とボーストさんの奥さんは、食べおわったとき、いいました。

「春までは会えないと思っていたよ。冬は馬を走らせるには、悪い時期だ。」

と、父さんはいいました。

「それはもう、いやというほどわかった。」

と、ボーストさんは答えました。

「だが、これはいっておくぞ、インガルス。春には国全体が西部へ移動するぞ。アイオワじゅうの連中がやってくる。その混雑《こんざつ》の先を行かなきゃならない。さもないと、権利《けんり》を主張《しゅちょう》するやつらがわれわれの農地《のうち》にいすわってしまう。だから天候がどうであろうと、やってきたんだ。あんたも、この秋に農地の申請《しんせい》をしておくべきだったよ。春には、まっ先に申請をしろよ。さもないと、土地はどこにもなくなっちまうぞ。」

父さんと母さんは、冷静に互《たが》いを見つめました。ふたりは、父さんが見つけた農地のことを考えているのでした。

けれど、母さんは、こういっただけでした。

「夜もおそくなってきました。奥さんもおつかれのはずですわ。」

「つかれました。そりの旅もたいへんだったし、それにそりをおりてからは、ふぶきの中を馬の背中の上でしたから。おたくの明かりを見たときは、そりゃあうれしかった。それに近づくと、歌ってらっしゃるのが聞こえたんです。どんなにいい歌声だったか、おわかりにはならないわ。」

と、ボーストさんの奥さんはいいました。

「奥さんを寝室《しんしつ》へ連れていってあげなさい、キャロライン。ボーストとぼくは、この火のそばにごろ寝をする。」

と、父さんがいいました。

「みんなでもうひとつ歌おう。それから、きみたち女の子はベッドへいちもくさん。」

父さんは、ケースにおさまっていたバイオリンを、もう一度、取りあげて、音の調子を確かめました。

「なににするかい、ボースト?」

「『どこにも　メリー　クリスマス』だな。」

と、ボーストさんがいいました。

ボーストさんのテノールの歌声に、父さんのバスが入りました。ボーストさんの奥さんのなめらかなアルトと、ローラとメアリーのソプラノが続き、それから母さんのコントラルト(女声の最低音部《さいていおんぶ》)。キャリイが、かわいいかん高い声を、たのしそうにはりあげました。

メリー、メリー　クリスマス
いずこにも!

明るく　ひびくよ　鐘《かね》の音が。
クリスマスの鐘、クリスマスツリー、
そよぐ風にも　クリスマスの香《かお》り。

なんとうれしい　この喜びよ
感謝《かんしゃ》をこめて　たのしく歌おう。
見よ　正義《せいぎ》の　太陽を
大地の上に　輝きのぼる！

つかれしさすらい人《びと》に　光を、
なやめる者に　なぐさめを。
主《しゅ》は　信じる者をみちびきたもう、
永久《とわ》の　安らぎの中へ。

「おやすみなさい！　おやすみなさい！」
みんなそろって、いいました。

母さんが、父さんとボーストさんのために、キャリィの寝具《しんぐ》をとりに二階へあがってきました。

「ボーストさんの毛布はみんな、びしょぬれですからね。あなたがた三人、ひと晩、ひとつのベッドで寝られるわね。」

と、母さんはいいました。

「母さん！　贈《おく》り物《もの》はなんにするの？」

ローラが、ささやきました。

「心配しないで、なんとかするから。」

と母さんは、ささやきかえしました。

「さあ、眠るのよ、あなたたち。」

と、大きな声でいいました。

「おやすみなさい、ぐっすりと！」

下の部屋でボーストさんの奥さんが、ひとりでそっと歌っていました。

つかれしさすらい人《びと》に　光を……。

21 ＊ クリスマスおめでとう

父さんとボーストさんが朝の外まわりの仕事をしに、ドアを出ていく音が聞こえると、ローラは、寒さで歯をがちがちいわせながら服を着ました。そして、朝食の用意をしている母さんの手伝いに、いそいでおりていきました。

ボーストさんの奥さんが、母さんを手伝っていました。

部屋は、赤あかと燃えているストーブで、あたたまっていました。マッシュが、ながい鉄板《てっぱん》の上で料理されています。やかんは煮たっていますし、テーブルの上の用意もできていました。

「メリー　クリスマス！」

母さんとボーストさんの奥さんが、声をそろえていいました。

「メリー　クリスマス。」

とローラは答えましたが、テーブルの上を見て、目を見張りました。

ひとりひとりの席に、ナイフとフォークの上に皿がふせてあるのはいつもと同じでした。でも、その皿の上に、包みが乗せてあります。

小さい包みや大きい包みや、色のついたうす紙でくるんだのもあれば、ふつうの包み紙にくるんで色のついたひもでしばったのもありました。

「ね、ローラ、夕べくつ下をつるしておかなかったでしょ。だから、朝のお食事のテーブルの上に置くことにしたのよ。」

と、母さんはいいました。

ローラは二階へもどって、メアリーとキャリィに、今見たクリスマスの朝食のテーブルのことを話しました。

「母さん、あたしたちがどこに贈り物をかくしておいたか、みんな知ってたわ。母さんのほかのは、ぜんぶテーブルの上に乗ってる。」

と、いいました。

「だけどあたしたち、贈り物を受けとれないわよ！　ボーストさんの奥さんのが、なあんにもないじゃない！」

メアリーが、泣き声を出しました。

「母さんが、ちゃんとやるわよ。きのうの夜、あたしにそう話したのよ。」

とローラは、答えました。

「どうやってできる？　あたしたち、ふたりが来ること知らなかったのよ。あげるものなんて、なんにもないわよ。」

メアリーが、たずねました。

「母さんが、ちゃんとうまくやるわよ。」

と、ローラはいいました。

ローラは、メアリーの箱から、母さんへの贈り物を取りだしました。そして、見えないようにからだの後ろに持って、三人いっしょにおりていきました。

キャリイが、母さんとローラのあいだに立っているあいだに、すばやくローラは、母さんの皿の上に包みを乗せました。

ボーストさんの奥さんの皿の上には、小さな包みが置いてあります。ボーストさんの皿の上にも、別の包みが置いてありました。

「あぁ、待ちきれない！」

キャリイが、細い手をにぎりしめながらささやきました。

キャリイのやせた顔は青白く、目は、大きく輝いていました。

「だいじょうぶ、待てる。もうすぐよ。」

と、ローラはいいました。

グレースには、たやすいことです。あまり幼くて、クリスマスのテーブルには気づかないのですから。けれど、グレースまでも興奮《こうふん》してしまって、メアリーが服のボタンをかけてあげるのもやっとのことでした。

「メウィー　クウィスマス！　メウィー　クウィスマス！」

グレースは、メアリーから自由になると、そわそわ動きまわりながらさけんでいました。とうとう、母さんが、子どもは大きな声を出さないでながめていなければならないのだと、やさしく話しました。

「いらっしゃい、グレース。外が見えるわよ。」

と、キャリイがいいました。

キャリイは、窓ガラスの霜《しも》がついていないところに息を吹きかけて、ぬぐいました。そして、かわるがわる外をながめていました。そのうちに、キャリイがいいました。

「ほうら、帰ってきた！」

さしかけで、雪を落とす大きな音がしてから、父さんとボーストさんが入ってきました。

「メリー　クリスマス！　メリー　クリスマス！」

みんなは、大きな声でいいました。

グレースは母さんの後ろに走って、スカートにしがみつき、知らない男の人を見ていました。

父さんは、グレースを持ちあげると、ローラが幼かったときいつもしていたように、高くほうりあげました。グレースは、ローラがそうだったように、きゃっきゃっと大きな声で笑いました。

ローラは、自分はもう大きな女の子なのだと、自分自身に思いおこさせました。さもないと、ローラも大きな声で笑いそうでしたから。

料理のいい匂《にお》いでいっぱいのあたたかい部屋、そして居心地《いごこち》のいい家で、クリスマスの友達もいっしょで、みんなはとても幸せでした。

霜《しも》で毛皮のようにおおわれている窓からさしこむ光は、銀のようでした。

みんなが、わくわくしながらクリスマスのテーブルの前に腰かけたちょうどそのとき、東の窓が、金色になりました。

外の、はてしなく広い雪の大草原全体に、太陽の光が、みちあふれました。

「あなたからどうぞ、ボーストさん。」

と母さんは、ボーストさんの奥さんが友達として迎えられているので、そういいました。

ボーストさんの奥さんは、包みを開きました。

包みの中には、レースのかぎ針《ばり》あみで細くふちどりしたローンのハンカチが、入っていました。

ローラは、そのハンカチを知っていました。それは母さんの日曜日のための、じょうとうなハンカチでした。

ボーストさんの奥さんは大喜びで、自分に贈《おく》り物《もの》があるのを、とても驚いていました。

それはボーストさんも、同じでした。

ボーストさんへの贈り物は、赤と灰色のしまもようの、毛糸あみの腕《うで》カバーでした。大きさが、ボーストさんにぴったりでした。

その腕カバーは、母さんが父さんにあんだものでした。でも父さんには、母さんがもっとほかのがあめますし、友達には贈り物がなければなりません。

父さんは、贈り物のソックスはちょうど必要なものだったといいました。雪の冷たさが、ブーツからじかに伝わってくるのでした。

父さんは、ローラが作ったネクタイを、ほめました。

「朝食のあと、すぐに、しめるよ！」

と、いいました。

「まったくなあ、さあこれで、クリスマスのおしゃれは完璧《かんぺき》だ！」

母さんが包みをあけて、きれいなエプロンを取りだすと、みんなが歓声《かんせい》をあげました。

すぐ母さんはエプロンをつけて、みんなに見えるように、立ちあがりました。

母さんは、すその折りかえしを見て、キャリィにほほえみました。

「とってもきれいに、まつりぐけがしてあるわ、キャリィ。」

「それにローラのギャザーの寄せかたもいいし、よくぬえてますよ。いいエプロンだわ。」

と母さんはいってから、ローラを見て、にっこりしました。

「もっとあるのよ、母さん！」

キャリィが、大声でいいました。

「ポケットの中、見て！」

母さんは、ハンカチを取りだして、驚きました。

クリスマスの朝に、日曜日のためのじょうとうなハンカチをあげてしまったら、ほかのハンカチをあたえられたことを、母さんは考えました。これはまるで、計画されていたようなことです。じっさいには、そうではないのに。けれど、もちろんそんなことをボーストさんの奥さんの前ではいえません。

母さんは、ハンカチのまわりの細い細いふちを見て、こういっただけでした。

「こんなにきれいなハンカチも！　ありがとう、メアリー。」

それから、だれもがメアリーの室内ばきをほめました。なんと、すりきれた毛布のはじの部分で作ったのですから。

ボーストさんの奥さんは、毛布がすりきれたらすぐに、作ってみるつもりだと、いいました。

キャリィは、ミトンをはめて、両手をそっと打ちあわせました。

「あたしの、七月四日のミトン！　ほら、あたしのミトン、独立記念日《どくりつきねんび》の旗《はた》とおんなじ！」

と、いいました。

ローラは、自分の包みをあけました。

包みの中には、母さんと同じキャラコ地で作ったエプロンが入っていたんです！

それは、母さんのエプロンより少し小さくて、ふたつのポケットがついていました。はばのせまいフリルが、まわりにぐるっとついています。母さんが、もう一枚のカーテンから裁《た》って、キャリィがぬいあわせ、メアリーがフリルのふちをまつりぐけにしたのでした。

母さんとローラは、同じ古いカーテンから、それぞれのエプロンが作られているのを知りませんでした。

メアリーとキャリィは、ふたつの秘密で胸がはちきれそうだったのでした。

「あぁ、ありがとう！　ありがとう、みんな！」

ローラは、いいました。小さな赤い花もようの、きれいな白いキャラコ地のエプロンをなでおろしながら。

「こんなに、フリルのこまかいこまかいまつりぐけ、メアリー！　ありがとう、お礼をいうわ。」

それから、最高のときがやってきました。

母さんがグレースに、かわいい青いコートを着せて白鳥の羽毛のえりをなでつけているのを、だれもが見守っていました。母さんは、白鳥の羽毛の白いかわいらしいフードを、グレースの金髪《きんぱつ》にかぶせました。

青い絹《きぬ》のうら地が、グレースの顔のまわりにちょっとのぞいて、それがきらきら光る目と、よく似あっていました。

グレースは、そで口のふわふわしてやわらかな白鳥の羽毛にさわってから、両手をふって声をたてて笑いました。

青い色と白と金色で、生きいきして笑っているグレースは、とても美しくとても幸せそうでした。でも、みんなは、ながいあいだながめていることはできませんでした。

あまりちやほやしすぎて、グレースをあまやかせてしまってはいけないと、母さんが思っているからでした。それですぐに母さんは、はしゃいでいるグレースを落ちつかせ、コートとフードを寝室《しんしつ》にしまいこんでしまいました。

ローラの皿の横には、まだほかの包みがありました。

メアリーにもキャリィにもグレースにも、めいめいに、同じようなのがありました。

四人が、すぐに包みをあけると、ピンク色の小さなチーズ布（訳者註・チーズを作るときに使う、目のあらい布）に、キャンディーがいっぱい入っていました。

「クリスマスキャンディー！」

キャリィがさけんで、

「クリスマスキャンディー！」

とローラとメアリーも、同時に、いいました。

「だけど、どうやってここにクリスマスキャンディーがあるの？」

メアリーが、たずねました。

「なぜ、クリスマスイブに、ここにサンタクロースが来ないんだい？」

と、父さんがいいました。

それで、三人は、ほとんどいっせいに、いいました。

「あぁ、ボーストさん！　ありがとう！　ありがとう、ボーストさんと奥さん！」

まもなく、ローラは包み紙をぜんぶ集めて片づけ、母さんを手伝って、食事の用意をしました。

金色に揚《あ》げたマッシュの大皿、できたてのスコーンの皿、揚げたジャガイモの皿。タラのグレービーが入った深皿と、干しリンゴのソースがいっぱい入ったガラス皿。

「もうしわけないわ、バターがなくて……」

と、母さんがいいました。

「牝牛《めうし》がほとんどお乳を出さないもので、もうちっともバターが作れないの。」

けれど、マッシュやジャガイモにタラのグレービーをかけるとおいしかったし、できたてのスコーンにリンゴソースをつけた味は、最高でした。

こういう朝食は、一年に一回、クリスマスの日だけしかありません。そして、もう一回、クリスマスのごちそうが、同じ日にあるのです。

朝食のあと、父さんとボーストさんは、ボーストさんのそりを取りに、二頭の馬で出かけていきました。ぬかるみからそりを引っぱりだせるように、ふたりは、雪をかきだすシャベルを持っていきました。

メアリーは、ゆりいすに腰かけて、ひざの上にグレースを抱き、キャリィは、ベッドのあと片づけとそうじにとりかかりました。

母さんとローラとボーストさんの奥さんは、エプロンをつけそでをまくって、皿洗いとごちそう作りにかかりました。

ボーストさんの奥さんは、すばらしくおもしろい人でした。なんにでも興味をもって、母さんがどうしてそんなに家事や料理がじょうずにできるのか、教えてもらいたがりました。

「サワーミルクを作るだけの牛乳もないのに、どうやってあんなにおいしいスコーンができるの、ローラ?」

と、たずねました。

「あら、サワードウ（訳者註《やくしゃちゅう》・パン類を焼くときに、次のためにとっておく発酵《はっこう》させた生地《きじ》）を使えばいいんですよ。」

と、ローラはいいました。

ボーストさんの奥さんは、まだ一度も、発酵生地で焼いたスコーンを作ったことがないんです!

その作りかたを教えるのは、おもしろい。

ローラは、発酵生地をカップではかり、それに重曹《じゅうそう》と塩と小麦粉《こむぎこ》を入れて、スコーンの生地を板の上でのばしました。

「だけど、サワードウはどうやって作るの?」

ボーストさんの奥さんは、たずねました。

「いちばん初めはね。いくらかの小麦粉をつぼに入れて、そこへお湯を入れて、そのまま、すっぱくなるまでねかせておくのよ。」

と、母さんがいいました。

「それから、使ったら、いつも少し残しておくんです。」

と、ローラはいいました。

「そしてスコーン生地の残ったのも、こうやって入れて、またお湯をたして……」

とローラは、湯を入れました。

「それからふたをして……」

と、清潔《せいけつ》なふきんをかぶせて、皿でふたをしました。

「そしてあたたかい場所に置くだけ。」

とローラは、ストーブのそばのたなの上に置きました。

「そうすれば、いつでも使いたいときの用意ができてるんです。」

「こんなおいしいスコーンは初めてよ。」

と、ボーストさんの奥さんはいいました。

こんなにたのしい来客《らいきゃく》といっしょの午前中は、あっという間にすぎてしまう感じでした。

父さんとボーストさんがそりといっしょに帰ってきたときには、ごちそうは、ほとんど準備ができていました。

驚くほど大きなウサギは、オーブンの中でこんがり焼けています。ジャガイモは煮えていますし、ストーブの真上から少しずらして乗せてあるコーヒーわかし器は、ぶくぶく音をたてていました。

家の中は、肉の焼ける匂《にお》い、できたてのパン、そしてコーヒーのいい香《かお》りでいっぱいでした。

父さんは入ってくると、息をすいこんで匂いをかぎました。

「心配しないで、チャールズ。コーヒーの香りがしてるけど、あなたの紅茶のお湯は煮たってますよ。」

と、母さんがいいました。

「そりゃあいい！　紅茶は、寒い時期《じき》の男の飲み物だ。」

と父さんは、いいました。

ローラは、きれいに洗った白いテーブルクロースを、テーブルの上に広げました。

まん中には、砂糖《さとう》のガラスつぼと、クリームの入ったガラスの水さしと、ガラスのスプーン立てを置きました。スプーン立てには、銀のスプーンが、柄《え》を下にして立ててあります。

テーブルのめいめいの席に、キャリィがナイフとフォークを置き、コップに水をつぎました。

そのあいだにローラは、父さんの席に、みんなの皿を積みあげました。それから、めいめいの席に、ローラはうきうきしながら、ガラスの小《こ》ばちを置きました。その中には、金色のジュースのかかった、ふたつわりのかんづめのモモが入っています。

テーブルの上は、美しい。

父さんとボーストさんは、手を洗って、髪をとかしました。

母さんは、からになったなべやフライパンを食料室《しょくりょうしつ》へしまいました。ローラとボーストさんの奥さんは、ごちそうが盛られている皿を、テーブルへさっさと運んで手伝いました。

母さんとローラは、はたらいていたときのエプロンをすばやくぬぎ、クリスマスの贈り物のエプロンをつけました。

「いらっしゃい！　ごちそうができましたよ。」

と、母さんはいいました。

「さあ、ボースト！」

と、父さんはいいました。

「きっちりすわって、腹いっぱい食べてくれ！　うちの貯蔵庫《ちょぞうこ》には、まだまだじゅうぶん食べ物があるんだぞ！」

父さんの前の大皿には、大きな丸焼きのウサギが置かれていました。まわりには、パンとタマネギで作ったつめものが、ほかほか湯気《ゆげ》をたてています。

その大皿の片側には、マッシュポテトの山盛りになった皿があり、もう片側には、茶色のおいしいグレービーのはちが置いてありました。

テーブルの上には、焼きたてのジョニーケーキの皿と、できたての小さなスコーンもあります。

キュウリのピックルスを入れた皿も、ありました。

母さんが、濃《こ》くいれたコーヒーと、香《かお》りのよい紅茶をそそいでいるあいだに、父さんが、めいめいの皿にウサギの丸焼きと、つめものと、マッシュポテトとグレービーをとりわけました。

「クリスマスの食事に野ウサギていうのは初めてだね。野ウサギが多いところにすんでたときには、ちっともめずらしくなくて毎日食べてたもんだ。クリスマスには、野生のターキーだったよね。」

と、父さんはいいました。

「そうね、チャールズ。それに、あれがいちばんのごちそうだったわね。インディアンの居留地《きょりゅうち》には、ピックルスやモモを取りだしてくる測量技師《そくりょうぎし》の食料室《しょくりょうしつ》はなかったわ。」

と、母さんはいいました。

「こんな最高の味のウサギは、まだ食べたことがありませんよ。グレービーが、また特別にいい味だ。」

と、ボーストさんがいいました。

「空腹《くうふく》には、まずいものなし、ですよ。」

と母さんが、けんそんして答えました。

けれど、ボーストさんの奥さんが、いいました。

「なぜウサギの肉がこんなにおいしいか、わかるわ。焼くときに、インガルスさんの奥さんはうすく切った塩づけブタ肉を何枚か上に乗せてらしたのよ。」

「あら、そうですよ。乗せましたよ。」

と母さんは、うなずきました。

「香《かお》りがよくなると思うのよ。」

みんなは、おかわりも、たくさんとりました。

そのあと父さんとボーストさんは、三度めのおかわりもとりました。

メアリーとローラとキャリィも、えんりょはしませんでした。でも母さんは、つめものをほんの少しとり、ボーストさんの奥さんは、スコーンをもう一こ取っただけでした。

「もうひと口も、いただけません。」

と、奥さんはいいました。

父さんが、大皿のフォークをまた取ると、母さんが注意しました。

「いくらかおなかのあいてる場所を取っておいたほうがいいわ、チャールズ。あなたもボーストさんも。」

「もっとなにか出てくるっていうんじゃないだろうね？」

と、父さんがいいました。

すると母さんは、食料室へ入っていって、干しリンゴパイを持ってきました。

「パイ！」

と、父さんがいって、

「アップルパイ！」

と、ボーストさんもいいました。

「こりゃまいった。これが出てくるって知ってたらなあ！」

ゆっくりと、みんなはアップルパイを食べて、父さんとボーストさんは、残ったひと切れをふたりで分けました。

「これ以上のクリスマスの食事は、まず望めないな。」

とボーストさんは、みちたりた深いため息をついて、いいました。

「うーん。この地方で、クリスマスのディナーを食べたのは、わたしたちが最初だよ。ぼくはうれしいよ。そのうちに、このあたりでも大ぜいの人がクリスマスを祝《いわ》うことは、うたがう余地《よち》はない。さまざまに趣向《しゅこう》をこらした飾りつけをすることを期待するよ。だが、わたしたちのこんなたのしいクリスマス以上のものはないよ。それはあきらかだ。」

と、父さんはいいました。

しばらくしてから、父さんとボーストさんは立ちあがるのが残念そうでしたが、席を立ちました。

母さんは、テーブルの上を片づけはじめました。

「あたしがお皿洗いをしますよ。」

と母さんは、ローラにいいました。

「あなたはボーストさんの奥さんの、荷物をほどくのを手伝ってらっしゃい。」

それでローラとボーストさんの奥さんは、コートを着てフードをかぶり、マフラーとミトンを身につけました。そしてきらきら光っている、身を切るような寒さの中へ出ていきました。

笑いながらふたりは、雪の中をかきわけて、近くにある測量技師《そくりょうぎし》の事務所だった小さな家へ行きました。

ドアのところで、父さんとボーストさんが、そりから荷物をおろしていました。

この小さな家には床はなく、ふたり用のベッドのわくが、すみにようやくおさまるほどでした。

父さんとボーストさんは、入り口のドアのすみに、ストーブをすえつけました。

ローラは、ボーストさんの奥さんを手伝って、羽ぶとんとキルトを運んで、ベッドを作りました。それからふたりは、ストーブと反対側の窓のところにテーブルを置き、その下にふたつのいすを押しこみました。

奥さんのトランクは、テーブルとベッドのあいだに押しいれて、もうひとつのいすにしました。

ストーブの上のたなと、その横の箱に、食器をおさめると、入り口のドアをあけるのがやっとでした。

「これで、よし！　さあ、きみたち家族もこれで落ちつける。またむこうへもどろう。ここは四人でもういっぱいだが、あっちの家は部屋がじゅうぶんにある。だからあっちが本《ほん》拠《きょ》だ。チェッカーをやるのはどうかね、ボースト？」

すっかり片づくと、父さんがいいました。

「あなたがた先に行ってちょうだい。ローラとあたしは、すぐに行きますから。」

ボーストさんの奥さんが、ふたりに話しました。

ふたりが行ってしまうと、ボーストさんの奥さんは、食器の下から、なにかいっぱいにつまっている紙ぶくろを取りだしました。

「これは、びっくりさせるものなの。」

とローラに、わけを話しました。

「ポップコーン！　ボブは、あたしが持ってきたの知らないのよ。」

ふたりは、家の中にこっそりそのふくろを持ちこんで食料室《しょくりょうしつ》にわからないようにしまってから、母さんに話しました。

父さんとボーストさんがチェッカーに夢中《むちゅう》になっているとき、鉄なべに脂身《あぶらみ》を入れて熱《ねっ》し、かたいポップコーンをひとつかみ、ひそかに入れました。

ぽーんとはじけた最初の音に、父さんがさっとまわりを見まわしました。

「ポップコーン！」

と父さんが、大声をあげました。

「久しくポップコーンは味わってないぞ——きみがポップコーンを持ってきてたのを知ってたら、もっと前にちょうだいしてたよ。」

「ポップコーンは持ってきてないよ。」

と、ボーストさんはいいました。それから大声でいいました。

「ネル、おまえのいたずらっ子め！」

「ふたりでゲームを続けてください！　あなたたちはあんまりいそがしくて、こっちのことなど気がつかないんでしょ。」

ボーストさんの奥さんが、青い目で笑いながら、ふたりに話しかけました。

「そうよ、チャールズ。あたしたちにはおかまいなく、チェッカーを続けて。」

と、母さんがいいました。

「とにかく、きみの負《ま》けだな、ボースト。」

と、父さんがいいました。

「いや、まだそうはいかないぞ。」

とボーストさんは、反発《はんぱつ》しました。

母さんが、雪のようなポップコーンを鉄なべから牛乳わかしの中へ移しいれ、ローラが、注意深く塩をまぶしました。

もう一杯、鉄なべでポップコーンを作ると、牛乳わかしの中もいっぱいになりました。

メアリーとローラとキャリィは、かりかりしてこうばしくて、やわらかくとけてしまうポップコーンを山盛りにした皿を、前にしました。

父さんと母さんとボーストさんと奥さんは、牛乳わかしのなべをかこんでいます。

みんなは、食べたり、しゃべったり、笑ったり……。

それは、外まわりの仕事をする時間が来るまで続き、そして夕食になり、やがて父さんがバイオリンを弾《ひ》く時間になるのでした。

「どのクリスマスも、その前のクリスマスよりすばらしくなる。」

と、ローラは思いました。

「これはあたしが、だんだんおとなになっていくからなんだと思うわ。」

22 ✣ 幸せな冬の日び

クリスマス気分が、そのあとも続いていました。

ボーストさんの奥さんは、朝食の片づけを手早くすませて、午前中は「とくべつな女の子たち」と、すごしにやってきました。奥さんは、ローラたちを、そんなふうに呼んでいました。

奥さんは、いつもゆかいでおもしろさがいっぱいで、そのうえ、きれい。やわらかな黒っぽい髪で、笑いかけている青い目と、ほおは、バラ色でした。

クリスマスの次の週は、太陽が輝いて風はなく、六日もたつと、雪がとけてしまいました。

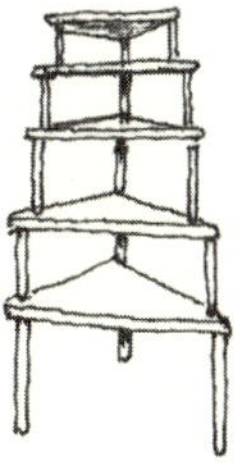

大草原は茶色の大地を見せ、空気は、牛乳のようなあたたかさを感じました。

ボーストさんの奥さんは、新年のごちそうを、もうすでに作ってありました。

「一度だけは、うちのせまい場所に、みんなぎゅうぎゅうづめで入れるのよ。」

と、奥さんはいいました。

奥さんは、ものを動かすのを、ローラに手伝ってもらいました。

ふたりは、まずベッドの上にテーブルを乗せ、入り口のドアを壁いっぱいに開きました。

次に、テーブルを家のまん中に置きました。一方の角《かど》は、ストーブにとどきそうで、もう一方の角は、ベッドにくっつきそうでした。

けれど、みんなが一列になって中へ入って、テーブルのまわりにすわる場所はありました。

ボーストさんの奥さんは、ストーブのそばにすわって、ストーブの上の食べ物を給仕《きゅうじ》しました。

最初は、牡蠣《かき》のスープでした。

ローラは、こんなにもおいしいものを味わったのは、初めてでした。香《かお》りがよくて海の味わいのするスープの上には、黒こしょうのつぶと、とけた金色のクリームがちょっと乗っています。スープの中には、かんづめの小さな黒っぽい牡蠣が沈んでいました。

ローラは、舌の上で少しでもながく味わっていられるように、ゆっくりゆっくりスプーンからすすりました。

それに、スープには、まるい小さなオイスタークラッカーも、そえてありました。この小さなオイスタークラッカーは、まるでお人形遊びのクラッカーのようで、とてもさっぱりした味で、おいしい。

スープの最後の一てきも飲みおわり、クラッカーもすっかり分けあって食べてしまうと、次は、できたてのスコーンでした。ハチ蜜《みつ》と、干しラズベリーのソースもそえてあります。

それから次は、おけに山盛りにした、うす塩味のポップコーン。これはストーブの後ろのほうに乗せて、さめないようにしてありました。

これが、新年のごちそうでした。

軽い食事でしたが、みちたりた気持ちでした。食事全体に、なにか新しさがありました。とても変わっていて新しさを感じ、平凡ではありません。それにボーストさんの奥さんのきれいな食器と、ま新しいテーブルクロースで、とても優雅《ゆうが》なもてなしでした。

食事のあと、みんなは、この小さな家の中にすわって、話をしました。

あけはなされたドアからは、静かな風が吹いてきます。外は茶色の大草原が遠くまで広がり、はるか地平線と出会うところは、あわい色の青空が曲線をえがいていました。

「こんなにじょうとうなハチ蜜は味わったことがありませんよ、奥さん。アイオワから持ってきてくださって、感謝《かんしゃ》しますよ。」

と、父さんがいいました。

「牡蠣《かき》も、そうよ。こういうディナーをいただくのは、めったにありません。」

と、母さんがいいました。

「一八八〇年のいい幕開《まくあ》けだよ。七十年代もそう悪くなかったが、八十年代はもっとよくなると思うよ。もしこれがダコタの冬の標準だとすれば、わたしたちは西部へ来て、幸運《こううん》だったよ。」

と父さんが、はっきりといいました。

「ここは確かにいいところだ。百六十エーカーの土地の申請《しんせい》をしておいてよかったよ。あんたもすませておけばよかったのにな、インガルス。」

とボーストさんは、同意しました。

「一週間もたたないうちに申請するよ。ブルッキンズに役所が開くのを待っていたんだ。そうすりゃ、ヤンクトンまで往復《おうふく》、一週間かけて行ってこなくてすむからな。ブルッキンズの役所は新年早々《そうそう》に開くという話だから、まったく、こんな天候ならあす出発するぞ！キャロラインがそういうならね。」

と、父さんはいいました。

「賛成よ、チャールズ。」

と母さんは、静かにいいました。

母さんの目も顔も、喜びに輝いています。もうすぐ、父さんは、たしかに農地《のうち》を手に入れるのですから。

「これで決まった。おそすぎるということはないだろうが、すませてしまったほうがいいからな。」

と、父さんはいいました。

「早いにこしたことはないぞ、インガルス。いっておくが、この春には、考えられないくらいの人がやってくるんだからな。」

と、ボーストさんはいいました。

「うん、ぼくより早く申請に行く者はいないよ。」

と、父さんは答えました。

「夜明け前に出発すれば、あさっての朝早く役所に着くことになる。だから、アイオワに手紙を出したかったら、書いといてくれよ、ぼくがブルッキンズで出しておくから。」

こうして、新年の食事は、終わりになりました。

ボーストさんの奥さんと母さんは、午後は、手紙を書きました。それから母さんは、父さんが持っていく、おべんとうをつめました。

けれど、夕方から雪まじりの風が吹き、窓ガラスにはまた、霜《しも》がはいあがってきました。

「こういう天候じゃ、どこへも行けない。農地のことは心配しなくていいよ、キャロライン。手に入れるからね。」

と、父さんはいいました。

「そうよ、チャールズ。わかってるわ。」

と、母さんは答えました。

ふぶきのあいだ、父さんは、しかけてあるわなを見まわったり、毛皮をのばしてかわかしていました。

ボーストさんは、ヘンリー湖から折れた枝を運んできて、石炭がないので燃やすためのたき木に切っていました。

ボーストさんの奥さんは、毎日、ローラたちのところへ来ました。

太陽が輝いているときには、奥さんとローラとキャリィは、しっかり厚着をして、積もった雪の中で遊びました。三人は、深い雪の中で格闘《かくとう》をしたり、走ったり、雪の玉を投げたり、またある日は雪だるまを作りました。

また三人は、きらきら光る、身を切るような寒さのシルバー湖の氷の上を、手をつないで走ったりすべったりしました。

ローラは、こんなに笑ったことは、今までにありませんでした。

ある日の夕方、三人が氷すべりをしてからだがあたたかくなり息を切らせて帰ってくるとちゅう、ボーストさんの奥さんが、いいました。

「ローラ、ちょっとうちへ寄っていらっしゃいよ。」

ローラがいっしょに行くと、ボーストさんの奥さんは、高く積まれた新聞を見せました。この「ニューヨークレンジャー」は、アイオワから持ってきたのでした。

「持っていけるだけたくさん持ってらっしゃい。」

と、奥さんはいいました。

「読んでしまったら返しにきて、またほかのを持ってらっしゃい。」

ローラは、新聞を腕《うで》いっぱいにかかえて、うちへ走ってかえりました。家へとびこむとローラは、メアリーのひざの上に新聞をどさっと置きました。

「ほら、メアリー！　あたしが持ってきたもの、なんだかわかる！　物語！　これみんな物語よ！」

と、大声でいいました。

「あぁ、いそいで夕食のしたくをしてよ。そしたらあたしたち読める。」

とメアリーが、読みたくて力をこめていいました。

ところが、母さんがいいました。

「夕食の手伝いはいいわ、ローラ！　物語を読んでちょうだい！」

それで、母さんとキャリィが夕食の用意をしているあいだ、ローラは、わくわくする物語を読みはじめました。

こびとや盗賊《とうぞく》がすんでいる洞窟《どうくつ》や、その洞窟で道にまよってしまった美しいレディーや……。ところが、いちばんどきどきするところまで来ると、急に、

「つづく」

という言葉。

もうそれ以上は、その物語についてなんの言葉も書いてありません。

「あら。そのレディーがどうなるのかぜんぜんわからないわ。ローラ、なぜ物語のその部分しかのってないのかしら？」

とメアリーが、なげきました。

「どうしてなの、母さん？」

ローラが、たずねました。

「そういうことじゃないのよ。」

と、母さんはいいました。

「次の日付けの新聞を見てごらんなさい。」

ローラは、次の日付けの新聞を見て、その次の新聞を見て、また次のを見ました。

「あぁ、ここにある！」

と、大声でいいました。

「もっとある——もっと——ずうっと続いてるのよ。みんなあるのよ、メアリー！　ここには『終わり』って書いてある。」

「その物語は連載《れんさい》なのよ。」

と、母さんはいいました。

ローラとメアリーは、連載物語など聞いたこともありませんでしたが、母さんは知っていたのでした。

「そうお。じゃ、次のところはあすにとっておきましょうよ。毎日ひとつずつ読めば、物語がながくたのしめるわよ。」

とメアリーは、満足していいました。

「それはかしこいこと。」

と、母さんがいいました。

ローラは、どちらかといえば、できるだけ早く読んでしまいたかったので、だまっていました。そして、ていねいに、新聞をしまっておきました。

毎日ローラは、一回分の物語を読んだので、みんなは、美しいレディーになにが起こるか次の日までわくわくしているのでした。

ふぶきの日には、ボーストさんの奥さんは、ぬい物やあみ物を持ってやってきました。こういう日は、本を読んだりおしゃべりをしたりの、たのしい日びでした。

ある日、奥さんは、飾《かざ》りだなについて話しました。アイオワではだれもが飾りだなを作っている、といって、どういうふうに作るのか教えました。

部屋のすみに、ぴったり合う三角形のたなの作りかたを、奥さんは、父さんに話しました。

父さんは、少しずつ寸法《すんぽう》のちがう五枚のたなを作って、いちばん大きいたなを下に、いちばん小さいのを上にするようにしました。そしてそれぞれのたなのあいだを、細い木で、しっかりとめました。次に、三本あしでしっかり立つようにすると、飾りだなは部屋のすみに、ぴったりとおさまりました。

いちばん上のたなは、母さんがたやすくとどく高さでした。

それからボーストさんの奥さんは、それぞれのたなのふち飾りを、ボール紙を切って作りました。ボール紙をスカロップ型（波型《なみがた》）に切り、まん中には大きなスカロップ型を、少し小さいのを両側にしました。このボール紙のふち飾りも、たなの大きさに合わせて、下は大きく上は小さくしました。

次にボーストさんの奥さんは、厚い包装紙《ほうそうし》を折って、小さく四角に切るやりかたを教えました。

その四角い紙を三角に折り、またそれを三角に折って、平らに押さえつけます。こういう三角形の紙が何十枚もできると、奥さんは、ボール紙の上にならべて、いっしょにぴっちりぬいつけるやりかたをローラに教えました。

どの紙も三角形の先を下にしてならべ、その上にもう一列重ねるのですが、ふちのスカロップ型にそうようにしなければなりません。

みんなは、居心地《いごこち》のいい家で手仕事をしながら、物語を話しあったり、歌ったり、おしゃべりをしたりしました。

母さんとボーストさんの奥さんは、おもに農地《のうち》のことを話していました。奥さんは、畑ふたつ分のじゅうぶんな種《たね》を持ってきている、といいました。だから母さんに分けてあげるから、種のことは心配する必要はない、といいました。

町ができれば、種は売られるようになるかもしれませんが、あまり確かではありません。それでボーストさんの奥さんは、アイオワの友達の畑から、種をじゅうぶんに分けてもらってきているのでした。

「あたしたちが自分の家に落ちついたら、ほっとしてほんとうに感謝《かんしゃ》するわ。」

と、母さんはいいました。

「これが最後の引っ越しになると思うのよ。ミネソタをはなれる前に、インガルスも同意したの。娘《むすめ》たちは学校へ通えるし、文化的な生活になると思うのよ。」

ローラは、自分が、うちの土地に落ちつくのを望んでいるのかどうか、自分でもわかりませんでした。学校で教育を受ければ、自分は教師になるのでしょうが、もっとほかのことがあるように思えるのでした。

今のローラには、あれこれ考えるより歌を歌ったほうがいい。

母さんたちの話のじゃまにならないように、ローラは、とても小さくハミングしました。すると、ときどき、母さんと奥さんとメアリーとキャリィがそれに合わせて歌いました。

ボーストさんの奥さんが、ふたつの新しい歌をみんなに教えました。

ローラは、「ジプシーの戒《いまし》め」が気に入りました。

その男を信じてはなりません
おとなしいお嬢《じょう》さん、
へりくだりあまい声で

ささやかれても、
あなたの前にひざまずき、
言葉たくみにうったえる、
その男に気をつけなさい、
あなたの未来は朝のよう、
幸せいっぱいみちあふれ、
それをくもらせては、なりません、
ジプシーの戒《いまし》めをお聞きなさい、
おとなしいお嬢さん、
その男に気をつけなさい。

もうひとつの歌は、「わたしが二十とひとつで、ネルは十七のとき」。

これは、ボーストさんのお気に入りの歌でした。ボーストさんは二十一のとき奥さんと出会い、そのとき奥さんは十七でした。奥さんの名前は本当はエラというのですが、ボーストさんは、ネルと呼んでいました。

ようやく、五枚のボール紙は、小さな三角形の紙がきっちりならんでかぶさり、いちばん上のところ以外はぬい目も見えていません。

ボーストさんの奥さんは、このぬい目の上に、茶色の紙をはば広く切ってぬいつけ、それを折りかえしてぬい目をかくしました。

最後に、このボール紙のふち飾りを、それぞれのたなにつけました。かたい小さな紙でおおわれた、かたいスカロップ型のふち飾りが、ぴいんとたなからさがっています。

それから父さんが、飾りだな全体と、小さな紙まで、ていねいに濃《こ》いこげ茶色にぬりました。そして飾りだながかわいてから、メアリーのゆりいすの後ろの、部屋のすみに置きました。

「そうか、これが飾りだなか。」

と、父さんがいいました。

「そうよ。きれいじゃない?」

と、母さんがいいました。

「すばらしいできばえだ。」

と、父さんはいいました。

「アイオワではどこでもはやってるって、ボーストさんの奥さんがいってたわ。」

と母さんは、父さんに話しました。

「うーん、そうだろうよ。」

と、父さんは同意しました。

「それにアイオワにあるもので、きみによすぎるものなんて、なんにもないよ、キャロライン。」

そんな冬の日びの最高の時間は、夕食のあとのひとときでした。

毎晩、父さんがバイオリンを弾《ひ》き、今ではボーストさんと奥さんの美しい声が、みんなの歌う歌を豊かにしました。

陽気に、父さんはバイオリンを弾き、歌います。

おれがわかくて、独身《どくしん》だったころ、
金《かね》は　ざくざくあったのさ
そのときゃ、この世はたのしみばかり
おう、この世はたのしみばかり。

おう、それからおれは嫁《よめ》さんもらった！

おう、おれは嫁さんもらった！

嫁さん、おれの喜びよ、
それから　この世はたのしみばかり！

この歌は、じつは結婚《けっこん》した女性がいい妻《つま》ではなかった、と続くのですが、父さんはそのあとはけっして歌いませんでした。
音楽が笑いながらぐるぐるめぐっているあいだ、父さんの目は、母さんを見て、きらきら光っていました。やがて、父さんは、歌うのでした。

あの子は　チェリーパイが焼けるよ、
ビリー　ボーイ！　ビリー　ボーイ！
あの子は　チェリーパイが焼けるよ、
すてきな　ビリー。
あの子は　チェリーパイが焼けるよ、
きらっと　ウィンクしながらね
だけど　あの子はわかすぎる
まだまだ　母さんのそばをはなれない。

それから音楽は、はしゃぎまわって鳴りつづけ、父さんとボーストさんだけが歌います。

おれは　短い切り尾の牝馬《めすうま》に賭《か》け

おまえは　灰色のに賭けた！

母さんは、歌でさえ賭事《かけごと》は賛成《さんせい》しませんでしたが、バイオリンのリズムに合わせて、つま先がとんとん拍子《ひょうし》をとるのを止められませんでした。

毎晩、みんなで輪唱《りんしょう》もしました。

ボーストさんのテナーが、

「三匹の目の見えないネズミ」

と始まると、ボーストさんの奥さんのアルトが、

「三匹の目の見えないネズミ」

と続き、それから父さんのバスが、

「三匹の目の見えないネズミ」

とくわわり、それに、ローラのソプラノと母さんのコントラルト、そしてメアリーとキャ

リイ。
ボーストさんは、歌の終わりへくると止《や》めずに、また始めます。みんなが、それにひとりずつ続き、音楽はぐるぐる、ぐるぐる続いていきます。

三匹の目の見えないネズミ！
三匹の目の見えないネズミ！
三匹は
お百姓《ひゃくしょう》のおばさんのあとから走ってく
おばさん
ほうちょうでしっぽをちょんぎった
こんなお話聞いたことある？
三匹の目の見えないネズミのお話を？

みんなは、だれかが笑いだすまで、歌いつづけるのでした。そして歌はとぎれとぎれに終わって、息を切らして笑ってしまうのでした。
それから、父さんが、

「眠りにつくために。」
といって、むかしの歌をいくつか弾《ひ》くのでした。

美しきネリィ、昨夜《さくや》この世を去りぬ、
おう、いとしきネリィをとむらうために
鐘《かね》よ　鳴れ、
わが　いとおしき　バージニアの花嫁《はなよめ》。

そして、

おう、
覚えてるかい　かわいいアリスを、
ベン・ボルト？
トビ色の目の　かわいいアリスを、
きみがほほえむと
喜びで　目はうるみ、

きみがふきげんになると
おそれで震《ふる》えていた
かわいいアリスを？

そして、

静けき夜ごと、
眠りの鎖《くさり》　われをしばるまで、
あまき思い出光を運び
すぎにし日びが　わが身をかこむ。

ローラは、こんなにも幸せな気分は初めてでした。みんなで歌っているとき、最高の幸せを感じるのでした。

ボニー・ドウーンの堤《つつみ》よ　丘よ、
なぜかくも　かぐわしく花開く？

なぜかくも、
小鳥たちよ、たのしげにさえずる？
われつかれはて、なやむのに。

23 ✢ 巡礼《じゅんれい》の道で

ある日曜日の夜、父さんのバイオリンは日曜日の曲をかなで、みんなは、それに合わせて熱心《ねっしん》に歌っていました。

われら　たのしき家に元気につどい
喜びの歌　心にみちるとき、
ひとりさびしく　すむ人の
流す涙《なみだ》を　思いしや？
いざ　手をさしのべ——

バイオリンが、突然《とつぜん》、止《や》みました。
外で、力強い声で歌っているのが聞こえます。

――つかれはて　力弱き人たちに
いざ　手をさしのべん
巡礼《じゅんれい》の道にある人たちに。

父さんが大あわてでバイオリンをテーブルの上に置いたので、バイオリンはびっくりして、悲鳴《ひめい》をあげました。

父さんは、入り口のドアへ走りました。冷たい空気がさっと入りこみ、ドアが父さんの後ろで、ばたんとしまりました。

外で、いくつかの大きな声がしています。ふたりの雪まみれの人がころがりこみ、父さんがその後ろで、いいました。

「馬をつないできますよ。すぐもどりますから。」

ふたりのうちのひとりは、背が高くてやせていました。ぼうしとマフラーのあいだに、青くてやさしい目が、ローラに見えました。

思わずローラは、自分でも知らないうちに、きーきー声をあげていました。

「オルデン牧師《ぼくし》！　オルデン牧師！」

「オルデン先生ですって！」

母さんが、さけびました。

「まあ、オルデン先生！」

その人がぼうしをぬぐと、みんなには、その明るく生きいきしている目と、こげ茶色の髪《かみ》が見えました。

「お目にかかれてうれしいです、オルデン先生。火のそばへいらしてください。びっくりしました！」

と、母さんはいいました。

「わたしのほうがもっとびっくりしましたよ、インガルスさん。」

と、オルデン牧師はいいました。

「あなたがたがプラムクリークのそばに落ちつかれたときに、わたしはお別れしました。西部まで来ておられるとは考えてもいませんでした。それに、かわいい村娘《むらむすめ》がこんなにおとなになってしまって！」

ローラは、ひとことも、話すことができませんでした。オルデン牧師に会えたうれしさで、胸がつまってしまいました。

けれど、メアリーは、礼儀《れいぎ》正しくいいました。

「またお目にかかれてうれしいです、先生。」

メアリーの顔は、うれしさで輝いています。見えない目だけが、うつろでした。

オルデン牧師は、とても驚いたようでした。母さんをちらっと見てから、オルデン牧師は、もう一度メアリーを見ました。

「おとなりのボーストさんご夫妻《ふさい》です、オルデン牧師。」

と、母さんはいいました。

「わたしたちがここへ着いたとき、すばらしい声で歌っていましたね。」

オルデン牧師がそういうと、ボーストさんはいいました。

「あなただってすばらしい声で歌っていましたよ、先生。」

「あぁ、合唱《がっしょう》にくわわったのはわたしではないんです。」

と、オルデン牧師はいいました。

「あれはここにいるスコッティです。わたしには寒すぎたが、この人は赤毛のおかげであったかいらしい。スチュアート牧師、こちらにおられるのはわたしの古い友人たちと、そのお友達だよ。だからわたしたちみんな、友達ということになる。」

スチュアート牧師は、とてもわかくて、まだ大きな少年といってもいいほどでした。髪は燃えるような赤で、顔は寒さで赤くなり、目はきらきら輝く灰色でした。

「テーブルの用意をしてね、ローラ。」

と母さんが、エプロンをつけながら、そっといいました。

ボーストさんの奥さんもエプロンをつけて、ふたりはいそがしくなりました。

火をかきたてたり、紅茶《こうちゃ》の湯をわかしたり、スコーンを作ったり、ジャガイモをいためたり……。

そのあいだボーストさんは、ストーブのそばに立ってからだをあたためているふたりと、話していました。

父さんが、馬の持ちぬしのふたりと、馬小屋からもどってきました。このふたりは入植者《にゅうしょくしゃ》で、ジム川ぞいに定住《ていじゅう》するために行く人たちでした。

ローラは、オルデン牧師が話しているのを、聞きました。

「わたしたちふたりは、旅人《たびびと》なんですよ。ジム川近くの開拓地《かいたくち》でヒューロンという名前の町があるのを聞きました。国内伝道教会《こくないでんどうきょうかい》から、その地域《ちいき》を調査《ちょうさ》して教会を開く準備をするように、わたしたちは派遣《はけん》されたんです。」

「鉄道の土台にそって、町の予定地《よていち》の標識《ひょうしき》はあったと思いますよ。だが、そこには一軒の酒場《さかば》をのぞいて、建物があるっていう話は聞いたことがありませんよ。」

と、父さんがいいました。

「それでは、教会を開かなければならない理由は多いにあるっていうわけです。」

とオルデン牧師は、にこにこして答えました。

旅のお客たちが夕食をすませたあと、オルデン牧師は、母さんとローラが皿を洗っている食料室《しょくりょうしつ》のドアのところへ来ました。

母さんにおいしい夕食のお礼をいったあと、オルデン牧師は、いいました。

「心から同情《どうじょう》いたします、インガルスさん。メアリーが受けた悲しみに。」

「はい、オルデン先生。ときには、神のご意志《いし》にしたがうことがむずかしいこともございます。わたくしたちはプラムクリークのあの家で、猩紅熱《しょうこうねつ》にかかりました。しばらくのあいだは、とても困難《こんなん》な状態《じょうたい》でした。でも、子どもたちがみんな、わたくしどもの手もとに残されたことを神に感謝しております。メアリーはわたくしにとって、大きな大きな安らぎでございます、オルデン先生。あの子はただの一度も、ふまんをいったことがございません。」

と母さんは、悲しそうに答えました。

「メアリーは、まれに見る心の持ちぬしです。わたしたちみんなのお手本です。」

と、オルデン牧師はいいました。

「〝主《しゅ》は愛《あい》する者を試練《しれん》にあわせたまう〟ということを覚えておかなければなりません。

そして勇気《ゆうき》のある精神《せいしん》は、悲しみをも良きものに変えてしまう、ということも。あなたとご主人がごぞんじかどうかわからないけれど、盲人《もうじん》のための大学があります。アイオワに、一校あります。」

母さんは、洗いおけのふちを、かたくにぎりました。

母さんの顔を見て、ローラは、はっとしました。

母さんのいつものやさしい声は、のどがつまったような、むさぼるような声になっていました。

母さんは、たずねました。

「学費《がくひ》はどれくらい、かかるんでしょうか?」

「わかりませんが、インガルスさん。」

と、オルデン牧師は答えました。

「もしご希望なら、問いあわせてみます。」

母さんは、深く息をすいこんでから、皿洗いを続けました。

母さんは、いいました。

「わたくしどもには都合《つごう》がつかないと思います。でも、たぶん、もっと先になったら――もしあまり費用《ひよう》がかからなかったら、なんとかいたします、いつか。メアリーに教育を受けさせたいと、いつも思っております。」

ローラの胸は、早鐘《はやがね》のように高鳴りました。心臓《しんぞう》が、のどからとびだすような感じで、はげしく興奮《こうふん》した思いが、心の中にとびかいました。

「主《しゅ》を信じて、〝主は最《もっと》も良き道をわれらにしめしたまう〟ということを信じなければなりません。みなさんごいっしょに、小さな祈禱会《きとうかい》をいたしましょう。洗い物がすんでから。」

と、オルデン牧師がいいました。

「はい、オルデン先生。そのようになさってください。」

と、母さんはいいました。

「みんなも、そうしていただきたいと思いますから。」

食器を洗いおわって手を洗うと、母さんとローラは、エプロンをはずし、髪をなでつけました。

オルデン牧師とメアリーは、熱心《ねっしん》に話しあっていました。そのあいだ、ボーストさんの奥さんが、グレースを抱いていました。

ボーストさんとふたりの入植者《にゅうしょくしゃ》は、スチュアート牧師と父さんを相手に、土地をたがやしたらすぐに、小麦とカラス麦を作るつもりだと話しています。

母さんが入ってくると、オルデン牧師は立ちあがって、「おやすみなさい」をいう前に、祈りで心を清《きよ》めましょう、といいました。

みんなはいすのかたわらにひざまずき、みんなの心と秘《ひ》めた思いまでも知りたもう神に、オルデン牧師は、祈りました。

ここにいる者たちに目をむけ、罪《つみ》を許《ゆる》し、正しい道にみちびきたまえ、と。

祈りのあいだ、部屋の中は、静まりかえっていました。

ローラは、自分がまるで、日でりで乾燥《かんそう》しきったひからびた、きたならしい草のように感じられました。そしてその自分の上に、心地よくやさしく雨が降りそそいでいるのを感じました。

その祈りは、ほんとうに心を清め、元気を取りもどすものでした。

今、ローラは、心からすべてのものが取りはらわれ、とても冷静に、しかも強さを感じるのでした。自分の欲望《よくぼう》はすべて取りさり、一生けんめいはたらくこと。それは、メアリーが大学へ行くために。

そのあと、ボーストさん夫妻《ふさい》は、オルデン先生にお礼をいって、帰っていきました。

ローラとキャリィは、キャリィのベッドを下の部屋に持ってきました。

母さんが、それをストーブのそばに置いて、眠れるように準備しました。

「ひとつしかベッドがありませんの。それにかけるものがじゅうぶんでないかもしれませんの。」

と母さんは、おわびをいいました。

「心配はいりません、インガルスさん。わたしたちはオーバーコートを使いますから。」

と、オルデン牧師はいいました。

「とても気持ちよく眠れますよ、だいじょうぶです。」

と、スチュアート牧師がいいました。

「それに、あなたがた家族とここでお会いできてほんとによかった。ヒューロンまでずうっと行くよりほかないと思ってました。あなたがたの明かりが見えて、歌声を聞くまでは。」

上の部屋の暗い中でローラは、キャリィがボタンをはずすのを手伝いました。それから、布にくるんだ熱いアイロンを、メアリーの足に、ぴったりつけました。

三人は、氷のように冷たい上《うわ》がけにくるまり、あたたかくなるように、ぴったりからだを寄せあっていました。

父さんと、旅のとちゅうのお客たちが、火をかこんで話したり笑ったりしているのが、聞こえました。

「ローラ。オルデン牧師が、目の見えない人のための大学があるって話されたのよ。」

と、メアリーがささやきました。

「なあに、目の見えない人のためのなんですって？」

キャリイが、ささやきました。

「大学。大学の教育が受けられるところよ。」

とローラは、小声でいいました。

「どうやって？　勉強するには、読まなきゃならないわ。」

キャリイが、たずねました。

「あたしにもわからない。とにかく、あたしには行けないわ。費用がかかるんですもの。あたしに行けるチャンスなんて、どう考えたってないわ。」

と、メアリーはいいました。

「母さん、知ってるのよ。」

とローラは、小声でいいました。

「オルデン牧師が、母さんにも話したのよ。行けるかもしれないわよ、メアリー。あたし、そうなってほしいのよ。」

深く息をすってから、ローラは約束《やくそく》しました。

「あたし一生けんめい勉強する。そしたら学校で教えられるから、姉さん助けられる。」

次の日の朝、ローラは、旅のお客たちの声と皿の音で目がさめました。ベッドからとびおきて服を着るとローラは、母さんの手伝いに、いそいで下の部屋へおりました。

外は、身がひきしまるような寒さでした。

日の光が、霜《しも》のついたガラス窓にきらきら輝き、家の中では、だれもが声を出して笑い、元気で生きいきしていました。

旅のお客たちが、どんなに朝食をたのしんだことか！

お客たちは、すっかり食べて、どれもこれも、ほめました。スコーンは、軽くてふんわり。ジャガイモのいためものは、こんがりといい色。塩づけブタ肉のうす切りは、かりっとしている。茶色のグレービーは、なめらかでとろりとしている。赤砂糖《あかざとう》のあたたかいシロップと、香《かお》り高く湯気《ゆげ》をたてている紅茶《こうちゃ》も、たっぷり用意されている。

「この肉は、ほんとにおいしいですね。」

と、スチュアート牧師がいいました。

「塩づけブタ肉だとはわかっていますが、こんなにおいしいのは初めてです。どういうふうに料理するのか教えていただけませんか、インガルスさん？」

母さんは、驚きました。

すると、オルデン牧師が説明しました。

「スコッティは、ここの伝道地区《でんどうちく》にいることになるんです。わたしは、彼の仕事が始められるように来ただけです。彼は独身生活《どくしんせいかつ》をして、自炊《じすい》をすることになるんですよ。」

「お料理はごぞんじですか、スチュアート先生？」

と母さんがたずねると、スチュアート牧師は、経験《けいけん》して覚えていくつもりだといいました。

スチュアート牧師は、豆や小麦粉《こむぎこ》や紅茶や、塩づけブタ肉などの食料を持ってきていました。

「この肉はかんたんです。うすく切って、水から湯がきます。煮たったら、お湯をすてます。それから小麦粉をまぶして、キツネ色になるまでいためます。かりかりになったら大皿に乗せておいて、たまった脂肪《あぶら》は取りのけます。これはバターとして使えます。次にフライパンに残っていた脂肪で小麦粉をキツネ色になるまでいためて、牛乳をいくらかそそいで、ちょうどいい濃《こ》さのグレービーになるまで煮つめます。」

と、母さんはいいました。

「書いていただけないでしょうか？　小麦粉がどれくらいか、牛乳がどれくらいか？」

と、スチュアート牧師はいいました。

「まあ、どうしましょう！」

と、母さんはいいました。

「はかってやったことがないものですから。でもなんとか書いてみましょう。」

母さんは、紙と、真珠色《しんじゅいろ》の柄《え》の、自分のペンと、インクつぼを取ってきて、調理法《ちょうりほう》を書きました。

塩づけブタ肉のいためかたと、グレービー、発酵生地《はっこうきじ》で焼くスコーン、豆スープ、ベークドビーンズ。

そのあいだにローラは、テーブルを手早く片づけ、キャリィは、お説教《せっきょう》の集まりに来るようにと、ポーストさん夫妻《ふさい》のところへ走りました。

月曜日の朝に礼拝《れいはい》をするのは、おかしなことのようでした。が、旅のとちゅうのお客たちはヒューロンへ旅立たなければなりませんし、だれもが説教を聞く機会をのがしたくなかったのでした。

父さんがバイオリンを弾《ひ》き、みんなで、賛美歌《さんびか》を歌いました。

スチュアート牧師が、母さんの書いた調理法のメモをポケットに入れたまま、短い祈りをささげました。みんなの者が、りっぱに努力していることに対して、神のおみちびきがあるようにと。

それから、オルデン牧師が、説教をしました。そのあと、父さんが、バイオリンをたのしく美しくかなで、みんなは歌いました。

はるかはるか　遠くに、
　幸せの国　あるという、
栄光《えいこう》のもと、日の光のごとく輝いて、
　聖者《せいじゃ》たちが　立ちたまう、
おう、天使《てんし》の歌声に耳をかたむけよ、
　主にみ栄《さかえ》を、われらが王……

馬と馬車の準備ができ、出発のときになると、オルデン牧師はいいました。

「あなたがたは、この新しい町での最初の礼拝《れいはい》に出席されたんですよ。春には、教会を設《せっ》立《りっ》するためにわたしはもどってきます。」

そしてオルデン牧師は、メアリーとローラとキャリィにいいました。

「日曜学校も始めますよ！　次のクリスマスには、みんなでクリスマスツリーを手伝えますよ。」

オルデン牧師は馬車に乗りこみ、遠ざかっていきました。みんなの心の中には、オルデン牧師のいった言葉が、明るく残っていました。

みんなは、ショールやコートやマフラーにくるまって立ったまま、新雪《しんせつ》の上に車輪《しゃりん》の跡を残して西へむかって進んでいく馬車を見守っていました。

冷たい太陽の光は明るく輝き、銀世界の中で、小さな小さな無数の光がきらきら光っていました。

「そう。ここで初めての礼拝に出席したこと、すばらしいことだわ。」

とボーストさんの奥さんは、ぐるぐるまきにしたショールの下からいいました。

「ここにできる町の名前は、なあに?」

キャリィがたずねました。

「まだ名前はないんでしょ、父さん?」

と、ローラがいいました。

「いや、ある。ドゥスメットだよ。早い時期に、ここへ開拓《かいたく》にやってきたフランス人の神《しん》父《ぷ》の名前をつけたんだよ。」

と、父さんは答えました。

みんなは、あたたかい家の中へ入りました。

「あのわかい気《き》の毒《どく》なかた、きっと健康《けんこう》を害《がい》してしまいますよ。」

と、母さんがいいました。

「独身《どくしん》で、自炊《じすい》をしながら生活していくなんて。」

母さんは、スチュアート牧師のことをいっているのでした。

「あの人はスコットランド人だよ。」

と、父さんはいいました。

それはまるで、スコットランド人だからだいじょうぶやっていける、といっているようでした。

「おれがいったとおりだろ、インガルス。春にはどうっとやってくるって？　もうふたりの入植者《にゅうしょくしゃ》がやってきた。やっと三月に入ったばかりだぞ。」

と、ボーストさんがいいました。

「ぼくも、驚きだ。」

と、父さんはいいました。

「あすの朝、雨が降ろうが天気だろうが、ブルッキンズに出かけるぞ。」

24 ✣ 春、いっきに人びとがやってきた

「今晩《こんばん》は音楽なし。早く寝《ね》て早く起きて、そしてあさってには、うちの農地《のうち》は申請《しんせい》ずみってことになる。」

と父さんは、夕食のテーブルでいいました。

「うれしいわ、チャールズ。」

と、母さんはいいました。

夕べとけさの大いそがしのあとの、この家は、また静かで落ちつきを取りもどしました。

夕食のあと片づけをすませ、グレースをトランデルベッドに寝かせると、母さんは、父さんがブルッキンズへ行くとちゅうで食べるおべんとうをつめはじめました。

「ちょっと聞いて。だれかの話し声がする。」

と、メアリーがいいました。

ローラは窓ガラスに顔を押しつけ、ランプの明かりを手でさえぎりました。

雪を後ろにして、黒ずんだ馬の姿と、人でいっぱいの馬車が見えました。その中のひとりが大声でさけび、もうひとりが、地面へとびおりました。

父さんが、その人に会いに出ていき、立って話をしていました。

それから父さんが家へ入ってきて、後ろ手にドアをしめました。

「そこに五人いるよ、キャロライン。見知らぬ男たちだ。ヒューロンへ行くとちゅうの。」

と、父さんはいいました。

「ここには、その人たちの部屋はありませんよ。」

と、母さんはいいました。

「キャロライン、今夜はあの男たちをとめないわけにはいかないよ。とまることのできる場所はほかにどこにもないし、食べるところもない。馬たちはつかれきってるし、それにあいつたちは新米《しんまい》の移民《いみん》だ。もし今夜、ヒューロンへむかうものなら、大草原で道にまよい、凍死《とうし》するかもしれない。」

母さんは、ため息をつきました。

「そうね、あなたのいうとおりだわ、チャールズ。」

そうして母さんは、五人の知らない男たちの夕食を作りました。

男たちはブーツの音たかく歩きまわり、大声を出し、ストーブのそばの床の上に、眠るためのものを山のように積みました。

夕食の皿がまだ洗いおわらないうちに、母さんは洗い水から手をあげて、そっといいました。

「眠る時間よ、あなたたち。」

眠る時間ではありませんでしたが、ローラたちには、母さんのいっている意味がわかりました。

下の部屋の、知らない男たちのところにいてはいけないのです。

キャリィが、メアリーのあとから、階段《かいだん》に続くドアを入っていきました。けれど母さんは、ローラを引きもどして、がんじょうでしっかりした木ぎれを手渡しました。

「かけがねの上のみぞに、これを押しこんでおきなさい。」

と、母さんはいいました。

「よぉく押しこんで、そのままにしておくの。そうすれば、だれもかけがねをはずして中へ入れないから。しっかりとドアをロックしてもらいたいのよ。あすの朝は、わたしが呼ぶまでおりてきてはいけません。」

次の日の朝、ローラとメアリーとキャリィは、太陽がのぼってもベッドに横たわっていました。

下の部屋からは、知らない男たちの話し声や、朝食の皿のかちゃかちゃいう音がしてきます。

「母さんがいったのよ、あたしたちを呼ぶまでは行っちゃいけないって。」

とローラは、強くいいました。

「あの人たち、行っちゃってほしい。あたし知らない人ってすきじゃない。」

と、キャリィがいいました。

「あたしだっていやよ。それに母さんもそうよ。」

と、ローラはいいました。

「出発するまで時間がかかるのよ。あの人たち、新米《しんまい》の移民《いみん》だから。」

やっと、男たちは行ってしまいました。

昼食のとき、父さんが、あすはブルッキンズにどうしても行く、といいました。

「朝早く出発しないと、その日のうちには着けない。」

と、父さんはいいました。

「一日いっぱいかかるんだから、日がのぼってから出発して、この寒いのに外でキャンプなんてのはむちゃな話だ。」

その夜、見知らぬ人たちが、もっと数多くやってきました。

次の夜は、もっと大ぜい。

母さんは、いいました。

「まあ驚いた。ひと晩《ばん》でも、あたしたちだけの平和な夜が持てないものかしら?」

「どうしようもないよ、キャロライン。今ここに、ほかにとまるところがないときに、あの者たちをことわることはできないよ。」

と、父さんはいいました。

「料金をはらってもらってもいいはずよ、チャールズ。」

と母さんは、だんことしていいました。

父さんは、とまる場所と食事のために料金をはらってもらうのは好《この》みませんでしたが、母さんのいうことが正しいのはわかっていました。

それで、食事に二十五セント、ひと晩とまるのに二十五セントを、人と馬から料金としてはらってもらうことにしました。

もう、歌を歌うことも、たのしい夕食や心地《ここち》よい夕べも、どこにもなくなってしまいました。

毎日、夕食のテーブルをかこむ見知らぬ人たちは、どんどんふえていきました。毎晩、食器を洗いおわるとすぐ、ローラとメアリーとキャリィは屋根裏部屋へあがって、ドアをしっかりしめました。

この見知らぬ人たちは、アイオワ、オハイオ、イリノイ、ミシガン、ウィスコンシン、ミネソタ、そしてもっと遠いニューヨークやバーモントからやってきました。

この人たちは、農地《のうち》を探しに、ヒューロンやフォートピエールや、あるいはもっと遠くの西部へ行くつもりなのでした。

ある朝、ローラはベッドに起きあがって、耳をすましました。

「父さん、どこかしら？　父さんの声がしない。あれはボーストさんの話し声よ。」

と、ローラはいいました。

「たぶん、農地のことで出かけたのよ。」

とメアリーが、推測《すいそく》していいました。

大ぜいの人を乗せた馬車が西をめざして行ってしまうと、母さんは、娘《むすめ》たちを呼びました。

父さんは夜明け前に出発したのだと、母さんはいいました。

「この大さわぎの中に、父さんはわたしたちを置いておきたくはなかったのよ。だけど、そうしなければならなかったの。いそがなければ、あの農地はだれかのものになってしまうの。こんなにここに人が押しよせてくるなんて、考えもしなかったのよ。三月になったばかりでしょ。」

と、母さんはいいました。

三月の第一週でした。

入り口のドアはあけはなされ、空気は春らしい感じでした。

「春は羊《ひつじ》のようにやってきて、ライオンのように去る、っていうのよ。さあ、あなたたち、やらなきゃならないことがありますよ。旅の人たちが来る前に、家の中を片づけてしまいましょう。」

と、母さんはいいました。

「父さんが帰ってくるまで、だれも来ないといい。」

山のように積まれた皿をキャリィと洗いながら、ローラは、いいました。

「たぶん、だれも来ないわよ。」

とキャリィが、そう望みながらいいました。

「父さんがいないあいだ、ボーストさんがいろいろめんどうをみてくださるのよ。」

と、母さんがいいました。

「ボーストさんたちに、ここにいてくださるように父さんがたのんだのよ。ふたりが寝室《しんしつ》で休むから、グレースとわたしはあなたたちと上の部屋へ行きますよ。」

ボーストさんの奥さんが、手伝いにきました。

その日は、みんなで家じゅうをそうじして、ベッドを移動させました。

みんなは、とてもつかれてしまいました。

日が暮れようとしたころ、東のほうから一台の馬車がやってくるのが、見えました。

五人の男が、乗っていました。

ボーストさんが、馬を馬小屋に入れるのを手伝いました。

五人の食事が終わらないうちに、また別の馬車が、四人の人を乗せてきました。

ローラは、テーブルをきれいにして、皿を洗い、四人の夕食をテーブルの上にならべました。

その人たちが食べている最中《さいちゅう》に、三番めの馬車が、六人の人を乗せてきました。

メアリーは、混雑《こんざつ》しているところからのがれて、上の部屋へ行ってしまいました。

キャリィは、寝室のドアをしめて、グレースを寝かしつけています。

ローラは、またテーブルをきれいにして、皿を洗いました。

「今夜はいちばんひどいわ。床に十五人は寝られないでしょ。さしかけに、いくつか寝る場所を作らなければならないわ。自分たちの衣類《いるい》や毛布やコートを使ってもらいましょう。」

と母さんが、食料室《しょくりょうしつ》でボーストさんの奥さんと顔を合わせたとき、いいました。

「ボブにやってもらいましょうよ。話してくるわ。」

と、ボーストさんの奥さんがいいました。

「おや、まあ、また馬車じゃないの？」

ローラは、また皿を洗って、またテーブルの上に食事を用意しなければなりませんでした。

家の中は、見知らぬ人たちであふれています。見知らぬ目、見知らぬ声、そして、ぶ厚いコートと泥《どろ》だらけのブーツ。

ローラは、大ぜいのあいだを、やっと通りぬけるほどでした。

ようやく、みんなの食事が終わり、最後の皿も、洗いました。

グレースを抱いて母さんは、ローラとキャリィのあとから階段《かいだん》をのぼり、ドアを注意深くしっかりしめました。

メアリーは、眠っていました。

ローラも眠くて、服をぬぐあいだ、目をあけていられないほどでした。

ところが、ローラは、からだを横たえてすぐ、下の部屋の物音で目をさましました。

大声で話したり、歩いたりしているのが聞こえます。

母さんが起きあがって、耳をすましました。

下の寝室は、静かでした。

ボーストさんは、そのままほうっておいてだいじょうぶだと思っているにちがいありません。

母さんは、また横になりました。

音は、ますます大きくなりました。ときどき止《や》んだかと思うと、突然、さわぎがわきおこります。と、なにかがぶつかって、家がゆれました。ローラは、まっすぐに身を起こして、さけんでしまいました。

「母さん！　あれ、なに？」

母さんの声はとても低い声だったので、下の部屋のさけび声よりも、はっきり聞こえました。

「静かにしなさい、ローラ。」

と、母さんはいいました。

「横になって休みなさい。」

ローラは、眠ることなどできない、と思いました。心をいためつけるこのさわぎの音で、ローラはすっかりつかれてしまいました。それでも、また、ぶつかる音がして、ローラは目がさめてしまいました。

母さんが、いいました。

「だいじょうぶよ、ローラ。ボーストさんが下にいるのよ。」

ローラは、眠ってしまいました。

朝になると、母さんがローラをやさしくゆすって、ささやきました。

「さあ、ローラ、食事のしたくをする時間よ。ほかの人は寝かせておきましょ。」

ふたりは、いっしょに、下の部屋へおりました。

ボーストさんが、男たちの寝床《ねどこ》を片づけおわっていました。

髪《かみ》はくしゃくしゃで、眠そうな赤い目をした男たちが、ブーツをはいたりコートを着たりしていました。

母さんとボーストさんの奥さんは、いそいで朝食の準備をしました。

人数に対してテーブルが小さいので、ローラは、三回も、テーブルの上に食事をならべたり皿を洗ったりしました。

やっと、男たちが行ってしまってから、母さんは、メアリーを呼びました。

母さんとボーストさんの奥さんはもう一度、朝食を作り、ローラは皿を洗って、テーブルにならべました。

「なんて、ひどい夜！」

「いったい、なんだったのかしら？」

メアリーが、ふしぎがりました。

「あの人たち、よっぱらってたんだと思いますよ。」

と母さんはいって、くちびるをきゅっとむすびました。

「そのとおりでした！　ウィスキーやジャグ（訳者註《やくしゃちゅう》・陶製《とうせい》で、コルクのついた細首に作ってあり、取っ手もついている）を持ってきてましてね。一度は仲《なか》に入って止めようと思ったが、十五人のよっぱらいを相手にできますか？　けんかはさせとこうって決めたんですよ。家に火でもつけないかぎり。」

ボーストさんは、母さんに話しました。

「そんなことにならなくて、ほんとによかったです。」

と、母さんはいいました。

その日、ひとりの青年が、材木を山のように積んでやってきました。その人は、町の予《よ》定地《ていち》に商店を建てるために、ブルッキンズから材木を運んできたのでした。青年は、建物《たてもの》を建てるあいだ食事つきの下宿《げしゅく》をさせてもらえませんかと、母さんにあいそよくたのみました。

母さんには、ことわることはできませんでした。ほかに、食事をするところなどありませんでしたから。

次には、スーフォールズ（サウスダコタ州、南東部の都市）から親子がやってきました。この人たちは、食料品店を建てる材木を持ってきていました。この人たちも、下宿をさせてほしいと、母さんにたのみました。

母さんは、承諾《しょうだく》したあと、ローラにいいました。

「めんどうなことだけれど、かかわってしまったことだから、これもまたやってしまいましょ。」

「インガルスは早く帰ってこないと、その前にここに町ができてしまうよ。」

と、ボーストさんはいいました。

「農地《のうち》の申請《しんせい》におくれをとらないことだけを、願いますよ。」

と母さんは、心配そうに答えるのでした。

25 ✢ 父さんの賭《かけ》

その日、ローラは、頭がはっきりせずぼうっとしていました。まぶたは砂が入っているような感じで、あくびばかり出るのに、眠くはないのでした。

お昼に、ハインズ青年とハーソンさん親子が、昼食に来ました。

午後には、その人たちが新しい建物の骨組みを作っているハンマーの音が、聞こえていました。

父さんが出かけてから、もうずいぶんながくたったように感じました。

その夜、父さんは帰ってきませんでした。次の日、一日たっても帰ってきません。夜になっても。

今のローラには、父さんがあの農地《のうち》を手に入れるのに苦労していることが、わかっていました。あるいは、手に入れることが無理《むり》なのかもしれません。もし、そうなれば、たぶんローラ一家は、西のオレゴン州まで行くことになるでしょう。

母さんは、見知らぬ人はもうだれも、家にはとめませんでした。ハインズ青年とハーソンさん親子だけが、ストーブのそばの床《ゆか》に、ごろ寝《ね》をしました。もうそんなに寒い季節ではないので、馬車の中で眠っても、凍《こご》えたりはしないのでした。

母さんは、夕食代として、二十五セントだけ受けとりました。夜おそくなるまで、母さんとボーストさんの奥さんは食事を作り、ローラは皿を洗いました。

大ぜいの男たちが食事に来ましたが、ローラは、人数をかぞえてもみませんでした。

四日めの午後おそくに、父さんは帰ってきました。つかれた馬を馬小屋へ入れにいくとき、父さんはみんなに手をふり、それから、にこにこしながら家へ入ってきました。

「さあ、キャロライン！　きみたち！　申請《しんせい》ができて、農地がうちのものになったぞ。」

と、父さんはいいました。

「手に入ったのね！」

母さんは、うれしそうに大声をあげました。

「そのために行ったんじゃなかったのかい？」

父さんは、笑いました。

「ぶるぶるっ！　寒い、馬車で行くのは。ストーブのそばであったまらせてくれ。」

母さんは火をかきたて、紅茶を入れる湯をわかしました。

「なにかめんどうなことはなかったの、チャールズ？」

と、母さんはたずねました。

「きみたちには、あれは信じられないことだよ。あんな雑踏《ざっとう》は見たことがない。まるで国じゅうの者が、土地の払いさげ申請《しんせい》をしてるようなもんだよ。出かけた日の夜には、ちゃんとブルッキンズに着いた。次の日の朝、役所に出かけてみると、入り口の近くには近づけやしない。ひとりひとり列を作って、順番を待つんだ。大ぜいが父さんの前にいたから、その日は順番が来なかった。」

と、父さんはいいました。

「一日じゅうそこに立ってたんじゃないでしょうね、父さん？」

ローラは、大きな声をあげました。

「立ってたんだよ、ぱたぱたじょうちゃん。一日じゅう。」

「なんにも食べないで？　あぁ、だめよ、父さん！」

と、キャリィがいいました。

「なあに、そんなことはなんでもない。心配なのはあの大ぜいの人のほうだった。前にならんでるだれかが、もしかしたらうちのあの区域を手に入れてしまったんじゃないかって考えてた。キャロライン、きみはあんな大ぜいの人を見たことがないよ。だが、その心配はそのあとのことにくらべたら、ちっぽけなことだった。」

「なあに、父さん？」

ローラは、たずねました。

「ちょっとひと息つかせてくれ、ぱたぱたじょうちゃん！　さて、役所がしまったので、父さんは雑踏《ざっとう》の中を歩いて、夕食をとりにホテルへ行った。そこで、ふたりの男が話しているのを聞いたんだ。ひとりは、ヒューロンの近くの土地の申請《しんせい》をすませていた。するともうひとりが、ヒューロンよりドゥスメットのほうがいい町になるはずだっていってるんだ。そして冬に父さんが見つけておいたあの土地の話をした。それからその土地の番号を話した。その男は、あすの朝いちばんで、申請をするつもりなんだ。この町の予定地の近くで、残ってる土地はそこだけだっていってるんだ。だから、まだ見たこともないのに、手に入れるつもりなんだ。

さあ、そこまで聞けばじゅうぶんだ。その男の先を越《こ》して申請しなければならない。初め思いついたのはあすの朝早く行くことだったが、それじゃあチャンスはないって考えた。それで、夕食をすませるとすぐに、役所へもどった。」

「しまってたと思うけど。」

と、キャリィがいいました。

「そうだよ。入り口の段にすわって、徹夜《てつや》をするんだよ。」

「そこまでする必要はなかったでしょうに、チャールズ？」

と母さんが、紅茶茶わんを渡しながらいいました。

「必要はなかったって？」

父さんは、おうむがえしにいいました。

「そう考えたのはぼくだけじゃなかったんだぞ、いまいましい。ぼくはいちばん乗りだったから幸《さいわ》いだった。四十人はあそこで徹夜したな。それに、すぐ後ろには、ホテルで話してたあのふたりがいた。」

父さんは、紅茶を、ふうーと吹いてさましました。

ローラは、いいました。

「だけどその人たち、父さんがその土地をほしがってるって、知らないんじゃない？」

「まったく知らなかったんだよ。」

と父さんは、紅茶を飲みながらいいました。

「ひとりのやつがやってきて、大声でいうまではね。『やあ、インガルス！　シルバー湖で冬をすごしたんだな。ドゥスメットに落ちつくのか、えっ？』」

「あぁ、父さん！」

メアリーが、泣き声をあげました。

「そうだ。油に火がついたってわけだ。」

と、父さんはいいました。

「もしドアからちょっとでも動いたら、チャンスはないってわかってる。だから、動かなかった。日がのぼるころには、人は二倍にふくれあがり、二百人もの人が、まだ開いていない役所の前の父さんを押したり押しのけたりしてる。その日はもう、ならんでなんかいなかった、ほんとにもう！　だれもが、おくれをとったら悪魔《あくま》につかまる、といわんばかりだ。

さあ、とうとうドアがあいた。もういっぱい、紅茶はどうかね、キャロライン？」

「あぁ、父さん、続けて！」

ローラが、大声でいいました。

「お願い。」

「ちょうど、そのときドアがあいた。」

と、父さんはいいました。

「ヒューロンの土地を手に入れたあの男が、父さんを押しのけた。『入れ！　おれがこいつを押さえてる！』って、もうひとりの仲間にいった。これは戦いだ。父さんがそいつとあらそってるうちに、もうひとりが、父さんの農地を手に入れてしまう。ちょうどそのときだ。一瞬《いっしゅん》のうちに、だれかがヒューロンの男の上に一トンのれんがのごとくのしかかった。『入れ、インガルス！』その男はどなった。『おれが押さえこんでる！　ぎゃあーうーうー！』」

ピューマのぎゃあーという鳴きまねを父さんがすると、その声は、壁にあたってはねかえりました。母さんは、息が止まるほどびっくりしました。

「お願いよ、止《や》めて！　チャールズ！」

「それがだれだったか、きみたちにはぜったいにわからないな。」

と、父さんはいいました。

「エドワーズさん！」

ローラは、さけびました。

父さんは、びっくりしました。

「どうしてわかったんだい、ローラ？」

「インディアンの居留地《きょりゅうち》にいたとき、そんなふうにさけんでたわよ。自分のこと、テネシーから来たヤマネコだって。」

ローラは、覚えていたのでした。

「ねぇ、父さん、エドワーズさんどこ？　連れてこなかったの？」

「うちへいっしょに連れてくることはできなかった。」

と、父さんはいいました。

「できるかぎり一生けんめい説得《せっとく》したんだが、ここから南へ行った土地を申請《しんせい》したんで、そこにいて守ってなきゃならないんだ。特権《とっけん》を横取りする者たちがいるからね。キャロライン、きみのことはよぉく覚えてるっていってたよ、それにメアリーとローラもね。もしエドワーズがいなかったら、土地を申請することはできなかった。まったく、すごい勢いでとびかかってってったからなあ！」

「けがしなかった？」

　メアリーが、心配そうにたずねました。

「かすり傷《きず》ひとつない。あいつは、とっくみあいをしかけはした。だが、父さんが中へもぐりこんで申請を始めると、すぐに手を引いた。だけど、しばらくのあいだは、さわぎはおさまらなかった。集まってる連中《れんちゅう》が——」

「〝終わりよければ、すべてよし〟よ、チャールズ。」

と母さんが、口をはさみました。

「そうだな、キャロライン。」

と、父さんはいいました。

「そうだよ、そのとおりだ。さて、きみたち、父さんはアメリカ合衆国に対して、百六十エーカーの土地に十四ドルの金《かね》を賭《か》けた。五年間でそこをすめるようにすることを条件《じょうけん》にね。この賭《かけ》に勝つために、父さんを助けてくれるかい？」

「あぁ、はい、父さん！」

キャリィが、力を入れていいました。

メアリーも、

「はい、父さん！」

と、うれしそうにいいました。

ローラは、落ちついて、約束しました。

「はい、父さん。」

「こういうことを賭事《かけごと》のように考えるのは、どうかと思うわ。」

と母さんが、やさしい口調《くちょう》でいいました。

「なにごとも、少なからず賭だよ、キャロライン。」

と、父さんはいいました。

「確かだというものは、なにもない。死が来ることと、税金《ぜいきん》が来ることのほかはね。」

26 ✢ 建築《けんちく》ブーム

父さんと、ゆっくり話をたのしんでいる時間はありませんでした。

すでに、西の窓からさしこむ日ざしが、床の上をななめに横切っていました。

母さんが、いいました。

「夕食のしたくに、とりかからなければならないわ。あの人たち、すぐにやってくるわ。」

「あの人たちって、なんだ?」

父さんが、たずねました。

「あぁ、待って、母さん、お願い。あたし、父さんに見せたいの。」

とローラは、母さんにたのみました。

「驚くことがあるの、父さん!」

ローラは、いそいで食料室へ入っていきました。そしてほとんどからになった豆のふくろの中にかくしておいた、お金のいっぱい入った小さなふくろを引っぱりだしました。

「ほら、父さん、見て！」

父さんはびっくりして、その小さなふくろにさわりました。そして、にこにこして顔を輝かせているみんなに、目をそそぎました。

「キャロライン！　きみたち、なにがあったんだ？」

「中を見て、父さん！」

ローラは、大声でいいました。

ローラは、父さんがふくろのひもをほどくのを待ちきれませんでした。

「十五ドル二十五セントよ！」

「驚いたなあ！」

父さんは、いいました。

ローラと母さんは夕食のしたくにとりかかりながら、父さんが留守《るす》のあいだになにがあったか、すっかり話しました。

話しおわらないうちに、また馬車が、入り口に着きました。

七人の見知らぬ人たちが、その夜の夕食をして、また一ドル七十五セント。もう父さんがうちにいるので、知らない人たちも、ストーブのまわりの床に眠ることができました。

ローラは、どんなにたくさんの皿を洗うのも気になりませんでした。どんなに眠くても、つかれても、苦しくありませんでした。

父さんと母さんにお金が入って、豊《ゆた》かになっていくのです。ローラは、それを助けているのでした。

朝になると、ローラは驚きました。話をする時間もないほど、大ぜいの人が、朝食に来ています。

いそいで皿を洗ってもまにあわないほどで、やっと洗いおけの水をあけて、おけをつるし、泥《どろ》だらけの床《ゆか》をはいたりふいたりすると、もう昼食のジャガイモの皮むきを始めなければなりません。

三月の外は、晴れていて寒く、青と白と茶色の風景《ふうけい》ですが、それもローラは、洗いおけの水を外へあけるとき、ちらっと見るだけでした。

父さんが馬車に材木を山のように積んで、町の予定地にむかっていくのを、ローラは目にしました。

「なにを父さん始めるの？」

とローラは、母さんにたずねました。

「町の予定地《よていち》に、建物《たてもの》を建てるのよ。」

と、母さんはいいました。

「だれよ?」

ローラは、床をはきはじめながらたずねました。あまりながいあいだ洗いおけに手を入れていたので、ローラの指にはしわが寄っていました。

「だれに、でしょ、ローラ。」

と母さんは、正しくいいなおしました。

「父さん、自分のためによ。」

腕《うで》いっぱいに寝具《しんぐ》をかかえた母さんは、外の空気にあてるために、入り口を通っていきました。

「あたしたち、こんどの農地に引っ越していくんだと思ってたわ。」

とローラは、母さんが中へ入ってくると、いいました。

「農地には六か月以内に家を建てればいいことになってるのよ。」

と、母さんはいいました。

「町が急に大きくなっていくんで、一軒、建物を建てておけばお金になるって、父さん考えたのよ。鉄道工事現場《げんば》に建ってた小屋の材木を使って、売るために一軒、店を建ててるんですよ。」

「あぁ、母さん、すばらしいことじゃない。もっとお金が入ってくるんですもの!」

腕《うで》いっぱいにまた寝具《しんぐ》をかかえている母さんに、ローラは、力を入れて床をはきながらいいました。

「ほうきを床にあてててはきなさい、ローラ。そんなにはじきとばしちゃだめよ。ほこりがまいあがりますよ。」

と、母さんはいいました。

「そうね。でも、〝かえらないひなは、かぞえるな〟(訳者註《やくしゃちゅう》・日本のことわざ、〈とらぬタヌキの皮算用《かわざんよう》〉と同じ意味)って、ことよ。」

その週は、家の中は、食事つきの下宿人《げしゅくにん》であふれていました。その人たちは、町の予定地《よていち》や自分の農地に家を建てているのでした。

夜明けから夜中まで、母さんとローラは、息をつくひまもありませんでした。

一日じゅう、馬車の通っていく、がらがらいう音がしていました。馬車の馭者《ぎょしゃ》たちは、一刻《いっこく》をあらそって、ブルッキンズから材木を運んでいました。

毎日、黄色の骨組みが、建ちあがっていきました。

鉄道の土台にそってぬかるんでいた道は、もうすでに、町の「メーンストリート」になっていました。

毎晩、表側の大きな部屋からさしかけの床の上まで、寝具が用意されました。

父さんが、下宿人たちと床の上に眠ったので、メアリーとローラとキャリイは、母さんとグレースがいる寝室《しんしつ》へ移動しました。それで、屋根裏部屋の床全体に、下宿人の寝床をたくさん用意しました。

たくわえてあった食料は、みんな使ってしまったので、今では母さんは、小麦も塩も豆も肉もヒキワリトウモロコシも買っていました。そんなわけで、そんなにお金はもうかりません。

食料品が、ミネソタにいたときより三倍も四倍も高いのは、鉄道や馬車の運賃《うんちん》がとても高いからだと、母さんはいいました。道がぬかるんでいるので、馬車が、大きな荷物を運べないのでした。

けれどとにかく、一食についてわずかな利益《りえき》はあるのですから、なんにももうからないよりはいいわけです。

ローラは、父さんが建てている建物を見にいく時間がほしいと思いました。その建物についで話したくてたまりませんでしたが、父さんは下宿人たちと食事をして、いそいで出かけてしまいます。今ではもう、話をする時間もありませんでした。

突然、なにもなかった茶色の大草原に、町ができたのです。二週間で、「メーンストリート」にそって、ペンキもぬっていない新しい建物が、どんどん建ってしまいました。二階建てで、上は四角くなっていましたが、それは前から見た見せかけでした。うすっぺらな表側の後ろには、ほとんどを屋根板でふいた片流れの家が、うずくまっていました。

知らない人たちが、もうそこにはすんでいました。ストーブの煙突《えんとつ》から灰色の煙が流れ、ガラス窓には、日光があたって輝いていました。

ある日、ローラは、昼食のテーブルのかちゃかちゃいう音を通して、ひとりの男の人が、ホテルを建てるのだといっているのを聞きました。この人は、前の晩、ブルッキンズから材木を山のように運んできていました。奥さんは、次の荷といっしょに、来ることになっていました。

「一週間のうちに、仕事をすることになります。」

と、その人はいいました。

「それはいいことですよ。」

と、父さんはいいました。

「この町に必要なのが、ホテルなんです。開業したらすぐにでも、土地の申請役場《しんせいやくば》なみに繁盛《はんじょう》しますよ。」

ローラたちのいそがしさは、始まったときと同じように、突然、終わりになりました。

ある夕方、父さん母さん、ローラ、メアリー、キャリィそしてグレースは、夕食のテーブルに着いていました。ほかの人は、だれもそこにはいません。ふたたび、家の中は、ローラたち一家だけになりました。もう、家の中へ入ってくる人はいません。

すばらしい静けさでした。平和で落ちついた、まるでふぶきが止《や》んだときのような、また、ながく続いた日でりのあとに降る雨の安らぎのような……。

「まったく！　こんなにつかれたことはなかったわ。」

と母さんが、おだやかにため息をつきました。

「きみと子どもたちが、知らない他人のあいだではたらいてくれて、ほんとに感謝するよ。」

と、父さんがいいました。

みんなは、あまり話しませんでした。また家族だけで夕食をとるのが、とてもうれしかったのでした。

「ローラとわたしが勘定《かんじょう》したんですよ。四十ドル以上になったのよ。」

と、母さんはいいました。

「四十二ドル五十セント。」

と、ローラがいいました。

「それは別にしておいて、できたらとっておこう。」

と、父さんがいいました。

もし残しておけたら、メアリーが大学へ行くときのたしになる、とローラは考えました。

「測量技師《そくりょうぎし》たちも、もういずれはもどってくる。」

と父さんは、話しつづけました。

「この家をあけわたせるように準備しておいたほうがいい。あの建物が売れるまでは、町にすんでいられるんだから。」

「それがいいわ、チャールズ。あした寝具《しんぐ》を洗って、荷作りを始めておきましょう。」

と、母さんはいいました。

次の日、ローラは、キルトの上《うわ》がけや毛布を洗うのを手伝いました。

肌寒《はだざむ》いけれど香《かお》りのいい三月の陽気の中で、山のような洗濯物《せんたくもの》を干しづなのところへ運んでいくのは、ローラにはたのしいことでした。

馭者《ぎょしゃ》の乗った馬車が、ぬかるんだ道をゆっくりと、西へむかって進んでいきます。

シルバー湖の岸のあたりと、湿地《しっち》の枯れ草のあいだに、氷がわずかに残っていました。

湖の水は空のように青く、はるか遠くのきらきら光る南の空から、小さな小さな黒いつぶが矢のようにとんできます。遠くからかすかに、ガンの呼びかわすさびしげな声が、聞こえてきます。

父さんが、家の中へいそいで入ってきました。

「春の最初の、ガンの群れだ!」

と、父さんはいいました。

「昼食にガンの丸焼きはどうだい?」

いそいで父さんは銃《じゅう》を持って、出ていきました。

「うーん、おいしそう。」

メアリーが、いいました。

「セージ(薬用《やくよう》サルビア。葉を香料《こうりょう》にする)のつめもののガンの丸焼き! おいしいわね、ローラ!」

「きらい。知ってるくせに。」

と、ローラは答えました。

「あたしがセージきらいなの、知ってるじゃない。タマネギのつめものにするのよ。」

「でも、あたしはタマネギきらいよ!」

メアリーが、ぷんぷんおこっていいました。

「あたしは、セージがいい!」

床をごしごし洗っていたローラは、しゃがみこみました。

「あんたがすきだってかまわないわ。セージなんて使いませんよ！　たまにはあたしが食べたいもの食べたっていいと思う！」

「どうしたの、あなたたち！」

母さんが、びっくりしていいました。

「あなたたち、口げんかをしてるの？」

「あたしは、セージがいい！」

メアリーが、いいはりました。

「あたしは、タマネギ！」

ローラは、大声をあげました。

「まあ、ふたりとも。」

と母さんは、とても悲しそうにいいました。

「こんなことになるなんて考えられないわ。それに、こんなおろかなことって聞いたことがありませんよ！　ふたりとも知ってるでしょ！　セージもタマネギも、どっちもありませんよ。」

入り口のドアがあいて、父さんが入ってきました。まじめなようすで父さんは、銃《じゅう》をもとの場所にかけました。

「射程内《しゃていない》には一羽のガンもいなかった。」

と、父さんはいいました。

「ガンの群れはシルバー湖へ来たと思ったら、まいあがって、北へむかってとびつづけていった。新しい建物を見たり、さわがしい音を聞いたりしたんだろう。これからはもう、このあたりでは狩りはだんだんやりにくくなるな。」

27 ＊ 町で暮らす

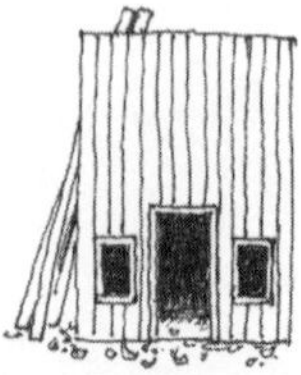

まだすっかり建設《けんせつ》されていない小さな町のまわりに広がる、はてしない大草原には、日の光の中で、若草がいたるところで芽を出していました。

シルバー湖は青く、空に浮かぶ大きな白い雲が、澄《す》んでいる水面に姿をうつしていました。

ローラとキャリィは、メアリーをまん中にしてゆっくりと、町へむかって歩いていきました。

三人の後ろには、父さんと母さんとグレースが乗った馬車が続き、牝牛《めうし》のエレンは、その後ろにつながれていました。

ローラたち一家は、父さんが建てている、町にある建物へ引っ越していくのです。

測量技師《そくりょうぎし》たちは、もどってきていました。ボーストさん夫妻《ふさい》は、自分たちの農地へ行きました。

今では、父さんが建築中の建物のほかは、暮らすところはありません。でも、さわがしくて、せかせかしている町には、ローラの知っている人はだれもいません。

以前は、だれもいない大草原にいると幸せを感じましたが、今では、さびしくてこわいのでした。町ができたことで、大草原が変わってしまったのでした。

男たちが、「メーンストリート」のあちこちで、新しい建物を建てるのに、いそがしくはたらいていました。

かんなくずやおがくずや木切れが、通りのぬかるみやふみつけられた若草の上にちらばり、車輪の跡がその中に深くえぐられています。

まだ壁のない骨組みの建物を通して、そして建物と建物のあいだから、それに通りの両はしから、大草原のきれいな緑が小さく波うっているのが見えました。澄みきった空の下、はるか遠くまで静まりかえって。

町は、のこぎりを、ごりごり引く音。ハンマーを、かんかんたたく音。馬車から板を、がしゃんとおろす音で、さわがしい。

男たちが、大声で話しています。

あたりの雰囲気《ふんいき》におずおずしながら、ローラとキャリィは、父さんの馬車が来るのを待ちました。

馬車が来るとふたりは、その横について、メアリーの手を引き、建物がある角までいきました。

高い見せかけのこの建物の正面が、空を半分さえぎるように、ぬっとあらわれました。建物は、表にドアがあり、西側にガラス窓がありました。ドアをあけると、中は、ひとつのながい部屋。むこうのはしは、うら口のドアで、その横に窓がひとつあります。床にははばの広い板がはってあり、壁板のすき間やふし穴《あな》から、日光がさしこんでいました。

建物は、これですべて。

「ここはとってもあったかいというわけじゃないし、ぴっちりしてない、キャロライン。」

と、父さんはいいました。

「内壁や天井をはる時間がなかったし、あの大きなすき間をおおうコーニス（訳者註《やくしゃちゅう》・天井と壁の境につける蛇腹《じゃばら》）もない。だが、あったかさはじゅうぶんだと思う。もう春なんだし、すぐに仕上げてしまうよ。」

「はしご段を作らなきゃならないわね。そうすれば、屋根裏部屋へ入れるわ。」

と、母さんはいいました。

「カーテンで仕切って、ふたつの部屋にしてしまいましょう。そうすればあなたが仕切り壁を作るまで、眠るところができるわ。こんなにあたたかいんですもの、内壁や天井板の必要はないわ。」

父さんは、敷地《しきち》のうらにある小さな馬小屋にエレンと馬を入れました。それからストーブをすえつけ、カーテンがつるせるように、つなをはりました。

母さんは、それにシーツをつるし、ローラは、父さんがベッドのわくを組みたてるのを手伝いました。そのあと、キャリイが、ベッドの用意をするローラを手伝いました。

そのあいだ、メアリーはグレースをあやし、母さんは夕食のしたくをしました。

ランプの明かりが、食事のあいだ、白いカーテンを明るくてらしていましたが、ながい部屋のすみは影になっていました。

冷たい風がすき間から入りこみ、ランプの灯《ひ》をちらちらさせ、カーテンをゆすりました。建物には広い空間があるのに、ローラは、知らない人たちが外のすぐ近くにいるのを感じるのでした。

ランプの明かりが知らない家の窓から明るくもれ、カンテラといっしょに足音が通りすぎます。なにをいっているのかわからないけれど、話し声が聞こえます。

夜、静かなときでさえ、ローラは、すぐ近くに、大ぜいの他人がいるように感じるのでした。

暗くて風が、すうすう入る部屋で、ローラはメアリーとベッドに横になり、ぼうっと白いカーテンをながめて夜の静けさに耳をかたむけていると、町というわなに入りこんでしまったのを感じるのでした。

ある夜中、ローラは、オオカミのほえる声を夢うつつに聞きました。が、それは、ただ風の音でした。

寒い。あまりの寒さに、目もさめません。上《うわ》がけが、とてもうすく感じられます。ローラは、メアリーにからだを寄せ、うすい上がけの下に、冷えきった頭をもぐりこませました。そして眠りながらも、からだをかたくしてふるえていました。でも、どうにか、気持ちよくあたたまってきました。

次にローラが気づいたとき、父さんが歌っていました。

おう、わたしは幸せ
　大きなヒマワリのよう、
そよ風に　うなずきゆれる！
わたしの心は　かろやか
　吹く　風のよう

木ぎから散りゆく　木の葉よ！

ローラは、片方の目をあけて、ふとんの下からのぞきました。

雪が、顔の上にふわっと落ちてきました。たくさんの雪が。

「うあっ！」

「じっと横になってなさい、ローラ！」

と、父さんがいいました。

「きみたちみんな、そのまま寝てなさい。すぐに、雪をシャベルでどけるから。火をおこしてすぐ、母さんの雪をどけるから。」

ストーブのふたが、かちゃかちゃいっているのが、ローラに聞こえます。

マッチをしゅっとする音、火がぱちぱち燃える音。

ローラは、じいっとしていました。上《うわ》がけのふとんが重くのしかかって、からだはトーストみたいにほかほかしていました。

まもなく父さんが、カーテンのむこうから入ってきました。

「ベッドに一フィートの雪が積もってるよ！」

父さんは、さけびました。

「だけど、子羊《こひつじ》がしっぽをぴっぴっぴって三回ふるうちに、どけてしまうからね。そのまじっとしてなさい、みんな！」

ローラとメアリーは、父さんが雪をシャベルではらいのけているあいだ、ぴくりとも動かないでいました。

すると、寒さが、しみとおってきました。父さんがキャリィとグレースの上から雪をはらいのけているあいだ、ふたりは横になったままふるえていました。

次に父さんは、エレンと馬の雪を取りのけるのに、馬小屋へ出ていきました。

「起きなさい、あなたたち！」

母さんが、呼びました。

「服を持ってきて、火のそばで着がえなさい。」

ローラは、あたたかなベッドからとびだして、きのう、夜、いすに置いた服をひっつかみました。服の雪をふりおとしてからローラは、雪がふりかかっている冷たい床の上をカーテンのむこうのストーブまで、はだしで走っていきました。

走りながらローラは、いいました。

「待ってて、メアリー。あたしすぐにもどってきて、姉さんの服の雪はらうから。」

ローラは、ペチコートや服についている雪がとけないうちに、すばやく、ふりおとしました。

くつ下の雪もさっと落とし、くつの中の雪もぜんぶ落として、身じたくをしました。とてもいそいでやったのでローラは、服を着てしまうと、すっかりあたたかくなりました。

それからローラは、メアリーの服の雪をふって落とし、オーブンの近くのあたたかい場所へメアリーを連れていきました。

キャリイが、小さなきーきー声をあげて、とびはねながら走ってきました。

「おぉ、雪で、足がやけどしちゃった！」

とキャリイは、寒さで歯をがちがちいわせながら、笑っています。

キャリイは、雪の吹きだまりの中で目をさまして興奮《こうふん》してしまって、ローラが服の雪をはらっているのを、ベッドで待ちきれなかったのでした。

ローラは、キャリイがボタンをかけるのを手伝い、それからふたりはコートを着ました。そしてストーブ用のシャベルやほうきで、ながい部屋のむこうのすみに、雪をはきよせました。

雪は、外の通りにも、積もったり吹きだまりになったりしていました。どの製材の山も雪の山になり、吹きだまりには、建築中の建物の木材が、黄色く突きでています。

太陽がのぼっていて、平らな雪の道はバラ色に、くぼんだところは青く見えました。

家の中の、すき間というすき間から、氷のような冷たい空気が入ってきました。

母さんはショールをストーブであたためてからグレースを包みこみ、オーブンの近くのゆりいすにいる、メアリーのところへ抱いていきました。

熱くなっているストーブが、部屋全体を、だいぶあたためていました。

母さんは、ストーブのすぐ間近に、テーブルを置きました。

父さんがもどってきたときには、朝食の用意はできていました。

「この建物は、いいざるだ!」

父さんが、いいました。

「雪が、すき間というすき間や、のき下から吹きこんでくる。あれはほんものの大ふぶきだったよ。最後のほうに降ってたのはね。」

「冬のあいだはずっとふぶきが来なかったのに、今、四月にこんな目にあうなんて。」

と母さんは、ふしぎそうにいいました。

「ふぶきが夜やってきたのは幸運《こううん》だったよ。人びとが屋根の下にいたからね。」

と、父さんはいいました。

「もし昼間に来てたら、だれか行方《ゆくえ》不明になったか、凍死《とうし》してたよ、きっと。だれも、こんなときにふぶきが来るとは思ってもいないからね。」

「そう、でも、この寒さはもう長続きしませんよ。」

と母さんは、自分を元気づけるようにいいました。

「〝四月の雨は、五月に花を持ってくる〟ていうけれど、四月のふぶきは、なにを持ってくるのかしらねえ？」

「ひとつは仕切り壁だ。」

と、父さんはいいました。

「このストーブの熱をのがさないように、仕切り壁を作ることだ。きょうおそくなる前に仕上げてしまうよ。」

父さんは、その通りやりました。

一日じゅう、父さんは、ストーブの近くで、のこぎりを引いたりハンマーを打ったりしていました。

ローラとキャリィは、板を押さえて手伝い、メアリーのひざの上でグレースは、かんなくずで遊んでいました。

新しい仕切り壁で、ストーブと、テーブルとベッドのある小さな部屋ができました。

窓からは、緑の大草原が雪でおおわれているのが見えました。

次に父さんは、雪をかぶった材木をもっと運んできて、天井板を張りはじめました。

「とにかく、すき間をふさぐことだ。」

と、父さんはいいました。

町じゅうで、ほかの建物の中でも、のこぎりを引いたりハンマーを打ったりしていました。

母さんは、いいました。

「ビアズリーの奥さんもお気《き》の毒《どく》だわ。頭の上ではまだ建築中だっていうのに、ホテルの仕事をしてらっしゃるんですもの。」

「ひとつの国を築《きづ》くということは、そういうことだよ。」

と、父さんはいいました。

「頭の上から建てようと、足の下からだろうと、建物は立つ。なにか始めるとき、準備がすっかりできるのを待っていたら、けっしてうまくいかない。」
二、三日で雪は消え、春がまたもどってきました。
大草原から吹く風は、しめった土と若草の香《かお》りを運び、日の出は、一日ごとに早くなりました。青い空では、渡り鳥の呼びあうかすかな鳴き声がしていました。

ローラには、空高く、かすかに光っている中に、小さな黒っぽい鳥の群れがとんでいくのが見えました。

鳥たちは、もうシルバー湖に群《む》らがって来るようなことはありませんでした。つかれきった群れだけが、日が沈んでから湿地《しっち》におりてきて、日の出前にまたとびたっていくのでした。

野鳥たちは、人のあふれる町は、すきではないのでした。

ローラもまた、そうでした。

ローラは、思うのでした。

「草原の草と野鳥と父さんのバイオリンといっしょに、大草原にいたほうがずっとましだわ。えぇ、オオカミがいたって、いいわよ！　こんなぬかるみで、ごったがえしていて、そうぞうしい町で、知らない人たちであふれているところより、ずっとましだわ。」

それで、ローラはいいました。

「父さん、うちの農地《のうち》へ引っ越していくのはいつ？」

「この建物が売れたら、すぐだよ。」

と、父さんはいいました。

毎日、馬車が、次から次へとやってきました。

窓のむこうの、ぬかるんだ通りを、馬が荷車を引いていきます。

一日じゅう、ハンマーと、ブーツをはいた人たちの騒音《そうおん》がしていました。

スコップを持った男たちが、線路の土台を平らにし、荷馬車からは、まくら木やレールが荷おろしされていました。

夕方には、工事現場ではたらく男たちが、酒場《さかば》で、やかましく酒を飲んでいました。

キャリィは、町がすきでした。外へ出ていってなにもかも見たかったのでキャリィは、窓のところに立って、何時間でも外を見ていました。

ときどき母さんは、キャリィを、通りのむこうにすんでいるふたりの女の子のところへ行かせました。でも、ふたりの女の子がキャリィのところへ来ることのほうが多いのでした。母さんが自分の目のとどくところに、キャリィを置いておきたかったからです。

「ローラ、あなたは今いらいらしてて、とても落ちつきがありませんよ。」

と母さんが、ある日、いいました。

「学校で教えるつもりなら、今、始めたっていいわけよ？　キャリィとルイジーとアニーを教えるのはすばらしいことじゃない、そう思わない？　キャリィもうちにいられるし、みんなのためにいいことよ。」

ローラには、すばらしいことだとは思えませんでした。ちっとも、そんな気持ちにはなれません。

けれど、ローラは、すなおにいいました。

「はい、母さん。」

やってみるほかはない、とローラは思いました。

それで次の朝、ルイジーとアニーが遊びにきたとき、ローラは、あなたたちはここの学校で勉強するのですよ、と話しました。

三人を一列に腰かけさせて、ローラは、母さんが使っていた初歩《しょほ》の教科書で教えることにしました。

「十五分間でここを覚えるのよ。そのあと、わたしが聞いてるから、いってもらいますよ。」

とローラは、三人に話しました。

三人は、目を見開いてじっとローラを見守りましたが、なにもいいませんでした。

三人が頭を寄せあって勉強しているあいだ、ローラは、その前に腰かけていました。こんなにながい十五分は、初めてでした。

やっと時間がたってローラは、単語のつづりをいわせてから、次に算数の勉強をさせました。

三人がそわそわしているときは、じっとしていなければいけないといいきかせ、話をするときには手をあげて許しをもらってからすること、と教えました。

「あなたがた、とってもおぎょうぎよかったですよ。」

と母さんは、昼食の時間がきたとき、ほほえんでほめました。

「毎朝、いらっしゃいね。ローラが教えますからね。お母さんにお話しておいてちょうだい。きょうの午後、わたしがここの小さな学校のことについてお話しにうかがいますからって。」

「はい、おばさま。」

とルイジーとアニーは、よわよわしい声でいいました。

「さようなら、おばさま。」

「努力《どりょく》と忍耐《にんたい》をすれば、ローラ、あなたはとてもいい先生になれると思うわ。」

と母さんは、ローラをほめました。

ローラは、答えました。

「ありがとう、母さん。」

ローラは、考えるのでした。

「先生になるのであれば、いい先生になるように、一生けんめいやるべきだわ。」

毎朝、茶色の髪のアニーと赤毛のルイジーは、しぶしぶやってきました。

一日ごとに、教えるのがむずかしくなりました。そわそわするので、ローラは、静かにじっとさせることに望みを失ってしまい、勉強させることができなくなってしまいました。

ある日、ふたりはやってきませんでした。

「けっきょく、学校のよさがわかるには、ふたりは幼すぎるのよ。でも、あの子たちのお母さんはどう思ってるんでしょうねぇ。」

と、母さんはいいました。

「がっかりしないで、ローラ。」

と、メアリーがいいました。

「とにかく、あんたはドゥスメットの初めての学校で教えたのよ。」

「がっがりしてないわよ。」

とローラは、元気よくいいました。

教えることから解放《かいほう》されて、ローラは、とてもうれしかったのでした。歌を歌いながらローラは、床をはきました。

窓から外を見ていたキャリィが、大きな声でいいました。

「見て、ローラ！　なにか起こったのよ！　きっと、だからあの子たち来なかったのよ。」

ホテルの前に、大ぜいの人が集まっていました。四方八方から男たちが集まってきて、大声を出し、興奮《こうふん》しています。

ローラは、給料日《きゅうりょうび》に父さんをおどしていた群衆《ぐんしゅう》を思いだしました。

まもなく、父さんが人だかりの中を突っきってやってくるのが、ローラに見えました。

父さんは、深刻《しんこく》なようすで家の中へ入ってきました。

「すぐにうちの農地《のうち》へ引っ越すっていうのはどうだね、キャロライン？」

父さんは、聞きました。

「きょう？」

母さんは、たずねました。

「あさって。」

と、父さんはいいました。

「農地に仮《かり》の小屋を作るにはそれくらいかかる。」

「腰かけて、チャールズ。なにが起こったのか話してちょうだい。」

と母さんは、落ちついていいました。

父さんは、腰をおろしました。

「人殺しがあったんだ。」

母さんは目を見開き、息を飲みました。

母さんは、いいました。

「ここで?」

「町の南のほうだ。」

父さんは、立ちあがりました。

「土地どろぼうが、ハンターを殺したんだ。ハンターは、鉄道の工事現場ではたらいていた男だ。ハンターは父親といっしょに、きのう、自分の農地へ馬で出かけていった。ふたりが仮小屋の前まで行くと、ひとりの男がドアをあけて、外のふたりを見た。ハンターが、ここでなにをしているんだと聞くと、その男はハンターをうったんだ。男は老人《ろうじん》もうとうとしたんだが、父親は馬にむちうって、にげた。ふたりとも銃《じゅう》を持っていなかった。老人はミッチェルまで行って、けさ役人たちを連れていった。役人たちは、そいつを逮捕《たいほ》した。逮捕だとよ!」

父さんは、はげしい口調《くちょう》でいいました。

「しばり首がちょうどいいんだ。もしそのとき、われわれが知ってたらなあ!」

「チャールズ。」

と、母さんはいいました。

「とにかく。だれかにぬすまれないうちに、うちの農地《のうち》へ移ったほうがいい。」

と、父さんはいいました。

「そうしましょう。」

と、母さんは同意しました。

「どんな一時《いちじ》しのぎの小屋でも、あなたが作ったら引っ越しましょう。」

「すぐにべんとうを用意してくれ。今すぐに出かける。」

と、父さんはいいました。

「材木を荷車に一台分と、手伝いの男をひとりやとって、午後には小屋を作る。あす、引っ越しだ。」

28 ✣ 引っ越しの日

「起きなさい、おねぼうさん！」

ローラは節《ふし》をつけていいながら、上《うわ》がけの下のキャリィを、前後にゆすりました。

「引っ越しの日よ！」

話す時間もおしんで、みんなは大いそぎで朝食をすませました。いそいでローラが皿を洗い、キャリィがふいているあいだに、母さんが最後の荷作りをし、父さんが馬を馬車につなぎました。

きょうの引っ越しが、今まででいちばんうれしい引っ越しの日だと、ローラにはわかっていました。

母さんとメアリーは、これが旅の終わりだと喜んでいました。うちの農地《のうち》に落ちつくことは、もう二度と引っ越すことはないのですから。

キャリィは、農地を見たくてたまらないので、喜んでいました。

ローラは、町からはなれられるので、喜んでいました。

父さんは、引っ越しがいつもすきなので喜んでいました。

グレースは、ほかの人たちが喜んでいるのがうれしくて、歌ったり大声をあげたりしていました。

何枚もの皿をふきおわると、母さんは、とちゅうでわれたりしないように、おけの中につめました。

父さんは、トランクを荷馬車に積んでから、荷作りした箱や皿を入れたおけを積みました。

それから、母さんが父さんを手伝ってストーブの煙突《えんとつ》をはずして、ストーブといっしょに荷台に入れました。

ぜんぶの荷物の上にテーブルといすを置くと、父さんは、山積みの荷を見つめ、あごひげを引っぱりました。

「二回、往復することになるな。みんなが乗っていくんだから。」

と、父さんはいいました。

「残りの荷作りがすんだころ、もどってくるよ。」

「でも、あなたひとりじゃストーブはおろせないわ。」

と母さんが、反対しました。

「なんとかするよ。」

と、父さんはいいました。

「積んだものはおろさなきゃならない。すべり板《いた》を何枚か用意していこう。あそこにも製材は置いてある。」

父さんは馬車に乗りこみ、出かけていきました。

母さんとローラは、寝具《しんぐ》をきっちりとまるめて、まきあげました。それから、母さんたちの大きなベッドの台と、父さんが町で買ってきたふたつの小さなベッドの台を取りはずしました。

ランプは、石油がこぼれないように注意深く、まっすぐに立てて箱の中へ入れました。ほやは、紙をつめて、タオルで包んで、ランプのわきに入れました。

すっかり準備ができて待っていると、父さんがもどってきました。

父さんは、ベッドの台と荷作りした箱を荷台に入れ、その上に、まるめてある寝具を置きました。

ローラがバイオリンケースを父さんに手渡すと、気をつけて、寝具のあいだにおさめました。

いちばん上には、飾りだなを傷《きず》つけないように、あおむけに置きました。

そして父さんは、エレンを連れてきて、馬車の後ろにつなぎました。

「さあ、キャロライン、乗ってくれ！」

父さんは、母さんの手を取って車輪《しゃりん》を越えさせ、ばねのきいた座席《ざせき》にすわらせました。

「ほうら！」

と父さんは、グレースを母さんのひざに持ちあげました。

「さ、メアリー。」

と父さんはやさしくいって、座席のすぐ後ろに渡した板の上に、メアリーを助けて乗せました。

そうしているうちにローラとキャリィは、メアリーの横の自分たちの場所に、よじのぼりました。

「さあて。すぐにうちへ着くぞ。」

と、父さんはいいました。

「お願いだからローラ、日よけぼうしをかぶってちょうだい！」

母さんが、大きな声でいいました。

「この春の風が、あなたの肌《はだ》をだいなしにしてしまうわ。」

母さんは、グレースの白いやわらかな肌を風から守るために、小さな日よけぼうしをまぶかにかぶせました。

メアリーの顔には、すっぽり日よけぼうしが、かぶさっていました。母さんの顔にも、もちろん。

ゆっくりとローラは、背中にぶらさがっている日よけぼうしを、かぶりなおしました。すると、ほおの両側につばがあるので、町は見えません。日よけぼうしのトンネルから見えるのは、緑の大草原と青い空だけでした。

前の座席につかまってローラは、風でかわいたわだちの跡をがたがた走っていく馬車にゆられながら、大草原と空を見続けていました。と、突然、日のてっている緑と青の中に、二頭の茶色の馬が馬具《ばぐ》をつけ、ならんで速足でやってきました。黒のたてがみと尾《お》を、風になびかせながら。

茶色の胴《どう》と肩《かた》は日の光をあびてつやつやと光り、すらりとした足を優美《ゆうび》に運び、首を弓なりにそらせ、耳をぴんと立て、誇《ほこ》りたかく頭をあげて通りすぎていく……。

「あぁ、なんて美しい馬！」

ローラは、さけびました。

「見て、父さん！　見て！」

ローラは首をまわして、見えなくなるまで見守っていました。

馬は、かるい馬車を引いていました。

わかい男の人が馭者台《ぎょしゃだい》に立ってたづなを取り、もう少し背の高い男の人が、片手を馭者台の人の肩にかけて立っていました。ふたりの背中と馬車にさえぎられて、馬の姿は、すぐに見えなくなってしまいました。

父さんも、馭者台からふりかえって見守りました。

「あれはワイルダーのむすこたちだよ。」

と、父さんはいいました。

「アルマンゾがたづなを取り、兄さんのロイヤルがいっしょだ。あのふたりは町の北に、申請《しんせい》した農地を持ってる。それに、このあたり一帯ではいちばんいい馬を持ってるんだ。まったく、あんな二頭立ての馬はめったに見られない。」

ローラは、ああいう馬がほしい、と心の底から思いました。でも、そんなことはできるはずがないのだと、思いました。

父さんは、緑の大草原を南へ馬車を走らせています。そして今、「大沼地《おおぬまち》」へむかってゆるやかな傾斜《けいしゃ》をくだっていきました。丈《たけ》の高い、がさがさしたアシが、あちこちに広がるくぼ地いっぱいに生《は》え、水たまりから一羽のサギがながい足をぶらさげてとびたちました。

「どれくらいの値段《ねだん》、父さん？」

ローラは、たずねました。

「なにが、だ、ぱたぱたじょうちゃん？」

と、父さんはいいました。

「あぁいう馬。」

「あぁいうのを二頭立て、か？　二百五十ドル以下ていうことは、まぁずない。たぶん、三百ドルだな。なぜ？」

と、父さんはいいました。

「なんでもない。ただ、どれくらいかなって思っただけ。」

と、ローラは答えました。

三百ドルは、ローラには、とても想像《そうぞう》もできない大金《たいきん》でした。お金持ちだけが、馬のために、そんな大金をはらうことができるのです。

ローラは、もし自分がお金持ちになったら、黒いたてがみと尾《お》を持った、つやつやした茶色の二頭の馬を持とう、と思うのでした。

ローラは、日よけぼうしを風で背中に吹きとばされたままにして、さっきのような足の速い馬に乗っていることを考えるのでした。

「大沼地《おおぬまち》」は、西と南へずっと遠くまで、はば広く広がっていました。馬車のあるこちら側は、シルバー湖の細ながい湿地《しっち》につながっています。

すばやく父さんは、そのせまい湿地を横切り、むこうの高台に馬車を乗りあげました。

「あれだよ！」

と、父さんはいいました。

申請《しんせい》した農地の小さな小屋は、日の光の中に、ま新しく輝いて立っていました。それは、さざ波のようにゆれる若草でおおわれ、大きくうねっている大草原の、まるで黄色いおもちゃのようでした。

父さんの手をかりて馬車からおりた母さんは、小屋を見て笑いました。

「ふたつにわった、まき小屋のように見えるわ。」

「それはちがうよ、キャロライン。この小さな家はまだ作りかけで、半分しかできていないんだ。すぐに完成させる。もう半分もすぐに建てる。」

と父さんは、母さんに話しました。

傾斜《けいしゃ》した半分の屋根のこの小さな家は、荒けずりの板で建てられ、板のあいだにはすき間がありました。窓もなく、入り口のドアもありませんが、床《ゆか》はありました。そして床には、あげぶたがあって、地下の貯蔵庫《ちょぞうこ》へ通じていました。

「きのうは、地下室を掘って、あら壁をはるよりほかのことはできなかった。」

と、父さんはいいました。

「だが、今ぼくたちは、この自分たちの土地にいる！　だれも横取りすることはできない。すぐに、きちんと作るからね、キャロライン。」

「うちに落ちつけてうれしいわ、チャールズ。」

と、母さんはいいました。

日暮れ前には、このおもしろい小さな家の中は、すっかり整理《せいり》がつきました。ストーブはすえつけられ、ベッドは用意され、カーテンがつるされて、小さな部屋はふたつのちっちゃなちっちゃな部屋になりました。

夕食を作って食事をし、皿を洗ってしまうと、夕やみがやわらかく大草原にせまってきました。

だれも、ランプをともしたくありません。春の夜は、とても美しい。

母さんはグレースをひざの上に抱き、ドアのない入り口の近くで、ゆりいすをやさしくゆすっています。

キャリイは、そのそばにすわっています。メアリーとローラは、入り口のしきいにすわらんで腰をおろしていました。

父さんは、入り口の外の草の上にいすを置いて、腰かけていました。

みんなは、だまったまま、星がひとつ、またひとつとまたたくのをながめていました。

カエルが、「大沼地《おおぬまち》」で鳴いていました。

かすかに風が、ささやいています。暗やみは、ビロードのようにやわらかく、静かで安全でした。大空いっぱいの星は、たのしそうにきらめいています。

そのとき父さんが、静かにいいました。

「音楽がほしい感じだね、ローラ。」

ローラは、母さんのベッドの下の安全な場所から、バイオリンを持ってきました。

父さんは、ケースからバイオリンを出して、ていねいに音の調子をととのえました。

それからみんなは、夜と星にむかって歌いました。

おう、落ちこむ心も心配も
　　消しさろう、
泣いたって　悲しいだけ。
きょうという日が　悪くても、

あすという日が　あるんだよ。
さぁ　落ちこむ心も心配も
　　　　　　　　　消しさろう、
力のかぎり　ベストをつくす。
車輪に肩を　押しあて進む
それが　男の格言《かくげん》だ。

「屋根ができたらすぐに、あのかわいい羊飼《ひつじか》いの娘《むすめ》を飾るつもりよ。」

と、母さんはいいました。

父さんのバイオリンが、短いメロディーで答えました。

それは日の光の中を流れている水が、だんだん広がって、やがてふちになるようなメロディーでした。

月が、のぼってきました。クリーム色の光が空に立ちのぼり、星はその中にとけこみました。

ひんやりとした銀白色の月の光が、広く暗い大地をてらし、父さんは静かに、バイオリンと歌いました。

星が　明るく光り輝くとき
歌っていた風は　止《や》み、
たそがれの影　草原をおおうとき。
かすかに　ちらちらするろうそくの灯《ともしび》
丘のすその　丸木小屋から
あれは　わたしに輝く小さなかがり火。

29 ✣ 農地に建てた小屋

「まず初めにやることは、井戸を掘ることだ。」

と父さんは、次の朝、いいました。

すきとシャベルをかついで父さんは、口笛《くちぶえ》を吹きながら湿地《しっち》へむかいました。

ローラは、朝食のテーブルの上をきれいにし、母さんは、そでをまくりあげました。

「さあ、みんな。みんなでいっしょにやれば、なんでもすぐにできますよ。」

と母さんは、元気よくいいました。

けれど、母さんでさえ、この朝はまごまごと困ってしまいました。

この小さな小屋には、家具が、まるで多すぎるのです。なにを置くにも、注意深くやらなければなりません。

ローラと母さんとキャリィは、家具を持ちあげて、あっちやこっちへ行っては立ちどまって考え、またやりなおしました。

父さんがもどってきたときには、メアリーのゆりいすとテーブルは、まだ外に出したままでした。

「さあ、キャロライン、きみの井戸はすっかり掘れましたよ！」

と父さんは、節《ふし》をつけていいました。

「六フィートの深さで、流砂床《りゅうさどこ》の、冷たい、いい水が出た。その上にふたを打ちつけて、グレースが落ちないようにすれば、それで完了《かんりょう》だ。」

父さんは、らんざつになっている小屋の中を見ると、ぼうしを押しあげて、頭をかきました。

「ぜんぶ入らないのか？」

「だいじょうぶ、チャールズ。〝意志《いし》があるところには、道がある〟のよ。」

と、母さんはいいました。

ベッドをどうやっておさめるか考えたのは、ローラでした。

問題なのは、今では、三つのわく台があることでした。横にならべると、メアリーのゆりいすが入りません。

ローラは、考えました。小さなわく台をふたつ、部屋のすみにきっちりつけて置きます。そして大きなわく台の足になるほうを、ふたつのわく台の横につけて置き、頭のほうはもう一方の壁につけます。

「それからあたしたちのベッドのまわりにカーテンをつるすの。そしてもうひとつのカーテンを母さんたちの横につるすと、そのカーテンの前にゆりいすの場所ができるわ。」

とローラは、母さんにいいました。

「なんて頭のいい子！」

と、母さんはいいました。

ローラとメアリーのベッドの足もとのほうに、テーブルはおさまりました。そこは、父さんが壁にのこぎりを引いてあけた、窓の下になっています。

母さんのゆりいすは、テーブルの横。

飾りだなは、入り口のすみのほうにおさまりました。

四つめのすみには、ストーブをすえ、荷作り用の箱で作った食器だなは、その後ろに。

トランクは、ストーブとメアリーのゆりいすのあいだにおさまりました。

「さあ！　それで、めいめいの箱をベッドの下に入れてね。これ以上の方法はないわ！」

と、母さんはいいました。

昼食のテーブルで、父さんはいいました。

「夜になる前に、この家を仕上げてしまう。」

そして、父さんは、その通りにしました。

ストーブのそばの南側に、窓を作りました。

入り口には、町の材木店から買ってきたドアをつけました。それから、小屋の外壁全体を黒いタール紙でおおい、木ずり（訳者註《やくしゃちゅう》・壁の下地のために使う細い木片）で打ちとめしました。

ローラは、父さんを手伝いました。タールの匂《にお》いのするはばの広い黒い紙をほどいて、ななめの屋根や、新鮮《しんせん》な松の匂いのする板の上に広げました。そして父さんがタール紙を切って、木ずりを打ちつけているあいだ、風でとばないように押さえていました。

タール紙は、見た目はきれいではありませんが、すき間から風が入ってくるのを防ぎました。

「やれやれ、一日よくはたらいたもんだ。」

と父さんは、夕食のテーブルに着くと、いいました。

「そうですよ。」

と、母さんはいいました。

「それであす、荷物をほどいてしまえば、すっかり落ちつけるわ。パンも焼かなくてはならない。またイーストが手に入るようになって感謝《かんしゃ》してるのよ。もうサワードウのスコーンは見たくないって感じ。」

「きみの焼く軽いパンはうまいけど、サワードウのスコーンも、いいよ。だが、まきにするものがなにかないと、どっちも食べられないぞ。あすヘンリー湖へ行って、たき木にする木を、ひと山、運んでくるよ。」

と父さんは、母さんに話しました。

「あたしも行っていいかしら、父さん？」

ローラは、聞きました。

「あたしも？」

キャリイも、たのみました。

「いや、だめだよ。そうとうに時間がかかる。きみたちは母さんの手伝いをしなきゃならない。」

と、父さんはいいました。

「木が見たいのよ。」

とキャリイが、大声でいいました。

「キャリイをしかれないわ。わたしも、なにか木を見たいんですもの。一本の木もないこの大草原からいけば、目が休まりますよ。このあたりは、やぶさえないんですもの。」

と、母さんはいいました。

「この地方は、木でおおわれることになるよ。」

と、父さんはいいました。

「政府《せいふ》がそうしようとしてることを、忘れちゃいけない。どの地域《ちいき》にも植林地《しょくりんち》というのがあって、そこの入植者《にゅうしょくしゃ》たちは、十エーカーの土地に木を植えなければならないんだ。四年か五年で、どっちのほうを見ても木を見ることになる。」

「そのときには、どっちのほうにも木を見ることになるのね。」

と母さんは、ほほえみました。

「夏には、木《こ》かげほど心やすまるものはないし、風も防ぎますからね。」

「うーん、どうかなあ。木はどんどん大きくなって広がってくし、ウィスコンシンの『大きな森』にいたときのことをわかってるだろ。わずかな土地に作物を育てるのに、木の根をくわで堀りおこすのに苦労したものだ。農場をやっていく者には、ここのようにじゃまものなにもない草原は、心がやすまる。だが合衆国《がっしゅうこく》は、そうは思ってないらしいな。だから心配するな、キャロライン。この地方一帯にたくさんの木を見ることになるよ。そうすればいいことに風も防ぐし、きみのいうとおり、気候も変わってくる。」

と、父さんはいいました。

その夜は、音楽をかなでるには、みんなあまりにつかれていました。夕食のあと、すぐに眠りました。

次の朝、明るくなるとすぐ、父さんはヘンリー湖へ馬車で出かけていきました。ローラが、エレンを連れて井戸へ水を飲ませにいくころには、あたり一面、朝の光で輝いていました。

大草原全体に、野生のオニオンの白い小さな花が、風におどっています。小屋から見おろす小さな丘の斜面《しゃめん》には、あちこち、若草の中に黄色と青のクロッカスが群生《ぐんせい》していました。そしていたるところに、ヒメスイバのピンクがかった紫《むらさき》色《いろ》の小さな花が、クローバー型の葉の上にのぞいています。

ローラは歩きながら、かがんで、その花をつみ、ちょっとすっぱくて気持ちのいいさわやかな茎や花びらをゆっくりとかみました。

エレンをつないだ草深い丘陵《きゅうりょう》から、北の方角に、町が見えました。「大沼地《おおぬまち》」が南西へぐっと広がり、丈《たけ》の高いアシが、何《なん》エーカーという広い場所を埋めつくしていました。そのほかの広大な大草原は、春の花の咲く緑のじゅうたんでした。

大きな少女なのにローラは、両腕を広げて風にむかって走りました。花の咲きみだれる草の上にからだをほうりなげ、子馬のようにころがりました。やわらかな、あまい香《かお》りのする草の上に横になり、頭の上に高く広がる青空をながめます。真珠色《しんじゅいろ》の雲が、流れていきます。

とても幸せでローラは、目に涙《なみだ》がにじんでくるのでした。

急に、ローラは、思いだしました。

「服に、しみをつけたかしら？」

立ちあがってローラは、心配そうに調べました。キャラコ地の服に、ひとつ、しみがありました。

夢からさめたようにローラは、母さんの手伝いをしなければならないことに気がつきました。ローラは、黒ずんだタール紙の張ってある小屋へいそぎました。

「トラのしまね。」

とローラは、母さんにいいました。

「なんのこと、ローラ？」

母さんはびっくりして顔をあげ、たずねました。

母さんは、飾りだなのいちばん下のたなに、本を置いているところでした。

「この小屋。タール紙の上に、黄色の木ずりでしまが入ってるでしょ。」

と、ローラはいいました。

「トラは、黄色に黒いしまがあるのよ。」

とメアリーが、反対しました。

「さあ、あなたたち、自分の箱をあけなさい。」

と、母さんがいいました。

「この上のほうに、みんなが持ってるきれいなものをぜんぶ飾りましょう。」

本の上のたなには、メアリーとローラとキャリィの小さなガラス箱を置く場所がありました。

どのガラス箱にも、横には、つや消しガラスの花もようがあり、ふたには色のついた花がついていています。

三つのガラス箱を置くと、たなは、明るくはでやかになりました。

母さんは、下から四番めのたなに、時計を置きました。時計のまわりの茶色の木は、文字盤《もじばん》のまるいガラスの上のほうまでレースのようなすかし彫《ぼ》りになっています。金色にぬった花もようのガラスの奥では、真鍮《しんちゅう》のふりこが、ちくたく、ちくたくと左右にふれていました。

いちばん上の小さなたなに、ローラは、ふたに金色の紅茶《こうちゃ》茶わんとソーサーのついた、白い陶《とう》の宝石箱《ほうせきばこ》を置きました。

キャリィが、その横に、茶色と白の、陶《とう》のぶち犬を置きました。

「きれいだこと、ほんとに。」

と母さんは、満足しました。

「ドアをしめると、飾りだなが部屋をひきたてるわ。さあこんどは、この羊飼《ひつじか》いの娘《むすめ》ね。」

そのとき、すばやくふりかえった母さんが大声をあげました。

「まあ！ もう、パン種《だね》がふくれあがってるの？」

パン種は、なべのふたを持ちあげていました。母さんはいそいで、のし板の上に粉《こな》をふって、パン種をこねました。それから昼食のしたくに、とりかかりました。

母さんが、軽いスコーンを焼き皿にならべてオーブンに入れたとき、父さんが、馬車に乗って丘をのぼってきました。

後ろの荷台には、夏のあいだの燃料に、雑木林《ぞうきばやし》でとったヤナギの枝が高く積まれていました。ヘンリー湖には、樹木《じゅもく》のようなものはないのでした。

「おーい、ぱたぱたじょうちゃん！ 昼ごはんはちょっと待ってくれ、キャロライン！」

と父さんは、呼びかけました。

「馬をつないだらすぐに、見せたいものがあるんだ。」

手早く父さんは、馬具をはずして、馬車の長柄《ながえ》にどさっとかけました。そしていそいで馬をつなぎぐいにつないで、大いそぎでもどってきました。

父さんは、荷台の前のほうに広げてあった毛布を、持ちあげました。

「これだよ、キャロライン！　風にあたってかわかないように、おおってきたんだ。」

と父さんは、はれやかでした。

「なあに、チャールズ？」

母さんとローラは、よく見ようとして荷台の中をのぞきました。

キャリィは、車輪によじのぼりました。

「木！」

母さんは、大きな声でいいました。

「小さな木！　メアリー！　父さんが小さな木を何本か持ってきたのよ！」

ローラは、さけびました。

「ハヒロハコヤナギだよ。」

と、父さんはいいました。

「ブルッキンズから大草原をぬけてくるとき見た、あの『一本の木』から、これはみんな育ったんだ。あの木はすぐ近くで見ると、巨大《きょだい》だった。ヘンリー湖のまわりには、ぐるっとその実生《みしょう》の木がある。その中から、この小屋の風よけにするのに、これを掘ってきた。

自分の木を育てることになるんだよ、キャロライン。早く根づかせることができればね。」

そして父さんは、荷台からすきを取りだしていいました。

「最初にきみの木だ、キャロライン。一本、取って、植えたいところをいってくれ。」

「ちょっと、待って。」

と、母さんは答えました。

母さんはストーブのところへいって、通風孔《つうふうこう》をしめて、ジャガイモのなべを後ろへずらしました。それから、自分の木を取りました。

「入り口のドアの、ちょうどここがいいわ。」

と、母さんはいいました。

父さんは、すきで、草の生《は》えている土を四角に掘りおこしました。そして穴を掘り、やわらかい土を、細かくほぐしました。それから父さんは、そっと小さな木を持ちあげて、根についていた土を落とさないようにして持ってきました。

「上をまっすぐにして持っててくれ、キャロライン。」

と、父さんはいいました。

母さんは、小さな木の上をまっすぐに支えていました。

父さんは、すきで、穴が埋《う》まるまで根もとに土をかけました。それから地面をしっかりふみかためて、一歩さがって立ちました。

「ほら、見てごらん、キャロライン。きみの木だよ。食事のあと、おけいっぱいの水をぼくたちふたりが、それぞれやろう。だが、まずぜんぶ植えつけてしまおう。さあ、メアリー、次はきみの番だよ。」

父さんは、最初の木から一直線上に、もうひとつの穴を掘りました。荷台から、もう一本の木を持ってきました。そしてメアリーが注意深く支えているあいだに、それを植えつけました。それが、メアリーの木でした。

「きみはその次、ローラ。」

と、父さんはいいました。

「家のまわりにぐるっと、四角に風よけを作るんだよ。母さんとぼくの木が入り口のそば、きみたちはその両側に順に植えていく。」

ローラは、父さんが植えているあいだ、木を支えていました。

次に、キャリィが自分の木を支えました。

四本の小さな木は、切りとった草地の黒い地面に、まっすぐに立っていました。

「さあ、グレースのはここに植えなきゃならない。」

と、父さんはいいました。

「グレースはどこだ？」

父さんは、母さんに呼びかけました。

「キャロライン、グレースの木を植えるんだから、ここへ連れてきてくれ。」

母さんは、小屋から外を見ました。

「あなたのとこにいるでしょ、チャールズ。」

と、母さんはいいました。

「うちのうらだと思う。あたし、連れてくる。」

とキャリィがいって、走っていきました。

「グレース！」

と、呼びながら。

すぐにキャリィは、小屋のうらからもどってきました。キャリィは目を大きくあけて、おびえて、青白い顔には、そばかすが浮きでていました。

「父さん、見つからない！」

「すぐそばにいるはずよ。」

と母さんはいって、呼びました。

「グレース！　グレース！」

父さんも、さけびました。

「グレース!」

「そこに立ってないで! 行って、探しなさい、キャリィ! ローラ、行きなさい!」

母さんは、いいました。

母さんは、さけびました。

「井戸だわ!」

そして、小道を走っていきました。

ふたが、井戸をおおっているので、グレースが落ちることはありません。

「まいごになるはずがない。」

と、父さんはいいました。

「あたしはあの子を外に置いて、うちへ入ったのよ。あなたといっしょだと思ってたわ。」

と、母さんはいいました。

「まいごになるはずがない。」

と父さんは、いいはりました。

「ちゃんと見えるところにいたんだから。」

父さんは、さけびました。

「グレース！　グレース！」

ローラは、息せき切って、丘の上へかけのぼりました。

グレースは、どこにも見あたりません。

「大沼地《おおぬまち》」のふちからシルバー湖までぐるっと見て、それから花の咲きみだれる大草原の上も。すばやく、すばやく、ローラは見まわし、何度も何度も見まわしても、花と草のほかは、なにも見えません。

「グレース！　グレース！」

とローラは、かん高い声をあげました。

「グレース！」

ローラが丘の斜面《しゃめん》をかけおりるところで、父さんに会い、母さんも息をはあはあさせながらのぼってきました。

「見えるところにいるはずだよ、ローラ。」

と、父さんはいいました。

「どこかで見失ってるんだ。あの子は、そんな——」

そこまでいって父さんは、おそろしいさけび声をあげました。

「『大沼地』だ！」

父さんは、後ろをむき、来た道を走りました。

母さんは、父さんの後ろから走りました。ふりむいて、呼びかけながら。

「キャリィ、メアリーといっしょにそこにいなさい！　ローラ、あなたは探して、早く行って！」

メアリーが、小屋の入り口に立って、呼びつづけています。

「グレース！　グレース！」

「大沼地」のほうから、かすかに父さんと母さんのさけび声がしてきます。

「グレース！　どこにいるの？　グレース！」

もし、グレースが「大沼地」でまいごになったら、だれが、どうやって見つけられるでしょう？

ローラより丈《たけ》の高い枯れた古いアシが、何エーカーも何マイルも生《は》えているのです。はだしの足は深いぬかるみにはまりこむし、あそこには、水のたまった深い穴《あな》もあります。

ローラが立っているところからも、風にさわぐアシの葉の音が聞こえます。母さんが悲鳴に近い声で呼んでいる、

「グレース！」

という声さえも、かき消すように。

ローラは、ぞっと、寒けがしました。

「なぜ探しにいかないのよ？」

キャリィが、さけびました。

「そんなとこに立ってないでよ！　なにかしなさいよ！　あたしが行くわよ！」

「メアリーとそこにいなさいって、母さんがいったでしょ。」

と、ローラはいいました。

「あんたは、そこにいたほうがいいのよ。」

「母さんはあんたに探しにいくようにいったのよ！」

キャリィが、きーきー声をあげました。

「行きなさいよ！　行きなさいよ！　グレース！　グレース！」

「だまんなさい！　考えさせてよ！」

ローラは、かん高い声でいいました。

ローラは、太陽がふりそそぐ大草原を突っきって、走っていきました。

30 ✣ スミレの咲くところ

ローラは、南のほうへまっすぐに走りました。

草が、はだしの足に、やわらかくまといつきます。チョウが、花の上をひらひらまっています。

グレースをかくしてしまうような、やぶも丈《たけ》の高い雑草《ざっそう》も、ありません。そこには、日の光の中でゆれている草と花のほかは、なあんにもありません。

もしあたしが幼くて、ひとり遊びをしているとしたら、とローラは考えました。うす暗い「大沼地《おおぬまち》」へなど、行きはしません。丈の高いアシが生えている、ぬかるみなどへ行きはしません。

「あぁ、グレース、なぜあたしは見守っていてあげなかったのかしら？」

とローラは、思いました。かわいい、きれいな、いたいけな幼い妹——。

「グレース！　グレース！」

とローラは、さけびました。

息が切れ、ローラは、横腹《よこばら》がいたくなりました。

ローラは、走って走って、走りました。

グレースは、こちらのほうへ来たにちがいありません。チョウを、つかまえようとしていたのかもしれません。

「大沼地《おおぬまち》」には、行っているはずがありません！

丘の上には、のぼっていません。あそこには、いませんでしたから。

あぁ、赤ちゃんの妹。このにくらしい大草原の東でも南でも、どこでも見つけることができない……。

「グレース！」

太陽の光にてらされている草原は、とてつもないほど、広い。まいごになった赤ちゃんなど、見つかるはずがないのです。

母さんの呼ぶ声と、父さんのさけび声が、「大沼地」から聞こえてきます。そのかぼそいさけび声は、風に吹きけされ、大草原のはてしない大きさに、のみこまれてしまいます。

ローラは、はあはあ息をするたびに、肋骨《ろっこつ》の下の脇腹《わきばら》がいたみました。胸は息苦しく、目はかすんでいました。

ローラは、ゆるやかな傾斜地《けいしゃち》をかけあがりました。

なにも、ありません。ぐるりと見まわしても、草原のどこにも、影ひとつありません。

ローラは、走りました。と、突然《とつぜん》、地面が急に落ちこみました。ローラは、その急な斜《しゃ》面《めん》を、ころがるようにおりました。

そこに、グレースがいました。

そこに、青い色の広い中に、グレースはすわっていました。金髪《きんぱつ》を風になびかせ、太陽が輝く中に。

グレースは、スミレのような青い目で、ローラを見あげました。両手には、あふれるようなスミレの花。

グレースは、それをローラにさしだして、いいました。

「いい匂《にお》い！　いい匂い！」

ローラは、くずおれるようにすわりこみ、腕《うで》にグレースをかかえました。そっとグレースを抱きしめて、ローラは息をととのえました。

グレースは、もっとスミレをつもうとして、身をのりだしました。

ふたりは、地面をはうように広がる葉の上に咲いているスミレの花に、とりかこまれていました。

スミレは、大きなまるいくぼ地の平らな地面を、おおいつくしているのでした。

このスミレの湖のまわりをぐるっと、草の土手が、大草原とほぼ同じ高さに、きりたっていました。

このまるいくぼ地には、スミレのかぐわしい香《かお》りが、風に吹きとばされることなく、ただよっていました。ここでは太陽があたたかく、緑の草の壁がまわりをとりかこみ、頭の上には青い空。

顔を寄せあって咲いているスミレの花の上を、チョウがまっています。

ローラは立ちあがり、グレースを支えて立たせました。

ローラは、グレースにもらったスミレの花たばを持ち、その手をぐっとにぎりました。

「行こうね、グレース。」

と、ローラはいいました。

「うちへ帰るのよ。」

ローラは、グレースが斜面をのぼるのを手伝いながら、その小さなくぼ地に、もう一度、目をやりました。

グレースはゆっくり歩くので、ローラは、少しのあいだ、抱きかかえました。グレースはもうすぐ三歳になるので重くて、ローラはまた歩かせました。それからまた、抱きかかえました。こうして、歩かせたり抱きかかえたりしながら小屋まで来て、メアリーに渡しました。

ローラは、「大沼地《おおぬまち》」へむかって、走りました。呼びかけながら、走りました。

「父さん！　母さん！　いたわよ！」

父さんが聞きつけるまで、ローラは、呼びつづけました。

父さんは、ずっとはなれた、丈《たけ》の高いアシの中にいる母さんに、さけびました。

ふたりはいっしょに、やっと「大沼地」からぬけだし、そろそろと小屋のほうへのぼってきました。足を引きずり、泥《どろ》にまみれ、とてもつかれていましたが、グレースが見つかったことを感謝《かんしゃ》しながら。

「どこで見つけたの、ローラ？」

母さんはグレースを抱きながら、ゆりいすに身を沈めて、たずねました。

「あの——」

とローラは、ためらってからいいました。

「父さん、妖精《ようせい》の輪《わ》って、ほんとにあるのかしら？　あれは完全に、まんまるよ。底は、完全に、まっ平《たい》ら。まわりの土手は、ぐるっと同じ高さ。土手のふちに立つまでは、人は気がつかないわ。とても大きくて、底は、スミレでびっしり一面におおわれてるの。あんなところが、突然《とつぜん》あるなんて、父さん。なにかが作ったのよ。」

「妖精《ようせい》を信じるには、あなたはあまりにも大きすぎるわ、ローラ。」

と母さんが、やさしくいいました。

「チャールズ、そんな空想《くうそう》を助長《じょちょう》するようなことは止《や》めてくださいよ。」

「だけど、あれは――あれはじっさいに、ほんとうにあるような場所じゃないのよ。」

とローラは、はっきりいいきりました。

「それに、なんていい匂《にお》いのスミレ。あれはふつうのスミレじゃないわ。」

「家じゅうがいい匂いになったわ。」

と母さんは、みとめました。

「でも、現実《げんじつ》にあるスミレですよ。妖精はいないのよ。」

「きみのいうことは正しいよ、ローラ。そこは、人間の手で作ったものではない。」

と、父さんはいいました。

「だが、きみの妖精は、大きくてみにくい野獣《やじゅう》だよ。頭に角《つの》があって、背中《せなか》にこぶのある。その場所は、バッファローの古い泥《どろ》あび場なんだよ。バッファローが野生の牛だっていうことは知ってるね。バッファローも牛と同じように、泥あび場で地面をころげまわるんだよ。」

「何年もながいあいだ、バッファローの群《む》れにはそういう泥《どろ》をあびる場所があったんだよ。バッファローたちが地面を引っかいて、風が泥を吹きとばす。またほかの群れがやってきて、同じ場所の泥をもっと引っかく。バッファローたちはいつも同じ場所へ来て、そして――」

「なぜ、そんなことをするの、父さん？」

ローラは、たずねました。

「わからないね。たぶん、そこの場所がやわらかだったんだろうね。今はバッファローはいなくなってしまった。その泥あび場を草が一面におおってしまった。草とスミレがね。」

と、父さんはいいました。

「そう。〝終わりよければすべてよし〟ね。お昼の時間はとっくにすぎてしまったわ。メアリー、キャリイとスコーンをこがしたりしなかったでしょうね。」

と、母さんがいいました。

「だいじょうぶ、母さん。」

と、メアリーがいいました。

キャリイが、清潔《せいけつ》な布でくるんである、あたたかいスコーンを母さんに見せました。そして、なべの中の粉《こ》ふきジャガイモも。

ローラは、いいました。

「そのまま腰《こし》かけて、母さん、休んでて。あたしが、塩づけブタ肉をいためて、グレービーを作るわ。」

グレースのほかは、だれも、お腹がすいていませんでした。

ゆっくりと食事をすませてから、父さんが、風よけの木をぜんぶ植えました。

母さんは、父さんがしっかり植えつけるまで、小さな木を、グレースの手にそえて支えていました。これで、すべての木が植えつけられました。

キャリィとローラは、井戸からおけいっぱいの水をくんできては、一杯ずつ、木にやりました。

そうしているうちに、夕食の手伝いの時間になりました。

「さあ、やっと、これでうちの農地《のうち》に落ちついた。」

と父さんが、夕食のテーブルで、いいました。

「そうね。ただひとつのことのほかはね。なんていう、きょうの一日。あの張りだしだなをつけるのに、くぎを打つ時間もなかったわ。」

と、母さんがいいました。

「ぼくがやってあげるよ、キャロライン。この紅茶《こうちゃ》を飲んだらすぐに。」

と、父さんはいいました。

父さんは、ベッドの下に置いてある道具箱からハンマーを取りだし、テーブルと飾りだなのあいだの壁に、くぎを打ちました。

「さあ、きみのたなと羊飼《ひつじか》いの娘《むすめ》を持ってきなさい！」

と、父さんはいいました。

母さんが持っていくと、父さんは、張りだしだなを壁にかけ、たなの上に陶《とう》の羊飼いの娘を乗せました。小さな陶のくつも、ぴっちりした陶の前身頃《まえみごろ》の服も、金髪《きんぱつ》も、ずっと以前「大きな森」にいたときと同じように、つやつやしています。陶のスカートは、ゆったりとして白で、ピンク色のほおと青い目は、少しも変わらず、かわいい。

ずっと前に、父さんが母さんのクリスマスの贈《おく》り物《もの》として彫《ほ》った張りだしだなも、傷《きず》ひとつなく、よくみがいてあるので新しいときよりもっとつややかです。

入り口のドアの上に、父さんは、ライフル銃《じゅう》と散弾銃《さんだんじゅう》をかけました。そしてその上のかけくぎに、ぴかぴか光っている新しい蹄鉄《ていてつ》をかけました。

「さあて。」

と父さんは、こじんまりおさまった小屋の中を見まわしながらいいました。

「『小さい馬には、すぐにブラシがかけられる』っていうわけだ。こんなにもきっちり押しこまれたところも初めてだが、キャロライン、これが始まりだからね。」

母さんの目は、父さんにほほえみかけました。

父さんは、ローラにいいました。

「蹄鉄の歌をひとつ、歌おう。」

ローラがバイオリンのケースを持ってくると、父さんは入り口に腰をおろして、音の調子を合わせました。

母さんは、グレースを寝かしつけるので、ゆりいすに腰かけました。

ローラが静かに皿を洗い、キャリィがふいているとき、父さんは、バイオリンに合わせて歌いました。

人生をいつもみちたりて　旅をする
すべての人と　平和に暮らす。
悩《なや》み争《あらそ》いから　ときはなたれて
友のおとずれを　喜び迎える。
われらの望みは　幸せと元気と輝きと、
ほかは望まぬ　それで満足。

こういう暮らしが　できるのも、
戸口の上の　蹄鉄《ていてつ》のおかげよ！

戸口の上に　蹄鉄をかけよう！
永久《とわ》に　幸運が来るように。
心配ごとから　ときはなたれて
　　　幸せになれるよう、
戸口の上に　蹄鉄をかけよう！

「わたしには、キリスト教徒《きょうと》らしくない歌に聞こえるわ、チャールズ。」
と、母さんがいいました。
「うーん、ま、とにかく、ここでは、うまくやっていけそうだって思うよ、キャロライン。そのうちにこの家も、もっと建てまし、たぶん二頭立ての四輪馬車《よんりんばしゃ》も買える。草地を多くたがやすことはしないつもりだ。野菜畑《やさいばたけ》と小さな畑は作るが、おもに牧草を育てて牛を飼うつもりだよ。あんなにたくさんのバッファローがいたところなんだから、牧畜《ぼくちく》にはいいはずだ。」

食器は、洗いおわりました。

ローラは、洗いおけを持って、うら口から少しはなれたところへ行きました。あすの太陽がかわかしてしまう草の上に、水を勢いよく、まきました。

一番星が、ほの白い空に、またたいています。

小さな町に、いくつかの明かりが黄色く光っていましたが、広い大地全体は、やみに包まれていました。風はほとんどありませんが、空気が少し動いて、草がひとりごとをささやいています。

草がなにをささやいているのか、ローラには、わかるような気がしました。

人里はなれて未開《みかい》の永遠なもの、それは、大地と水と空と、そしてこのかすかにささやいている風なのでした。

「バッファローはいなくなってしまった。」

と、ローラは思うのでした。

「そして今、あたしたち入植者《にゅうしょくしゃ》がここにいるんだわ。」

31 ✣ 蚊《か》の大群《たいぐん》

「馬たちの小屋を作らなければならない。」

と、父さんはいいました。

「外にずっと置いておくほどあたたかくはないし、夏でも、あらしが来ることがある。かくれる場所が必要だ。」

「エレンもそうでしょ、父さん？」

ローラは、たずねました。

「牛は、夏は外に置いといたほうがいいんだよ。だが、馬は、夜は小屋に入れてやりたいんだ。」

と父さんは、ローラに説明しました。

ローラは、父さんが馬小屋を作るとき、板を支えていました。ローラが道具を手渡したり、くぎを持ってきたりしているあいだに、家の西側の小高い丘を後ろにして、馬小屋は建ちました。ここなら西と北がさえぎられているので、寒い冬の風が吹いてもだいじょうぶです。

毎日、暑くなってきました。

日が沈むと、「大沼地《おおぬまち》」から蚊《か》の大群《たいぐん》がやってきます。蚊はぶんぶんうなりながら、エレンにむらがって、さしたり血をすったりしました。エレンは、つなぎぐいのまわりを、走りまわっていました。

蚊は馬小屋にも入ってきて、馬たちをさすので、馬は端綱《はづな》を引っぱり、足をふみならしていました。

蚊は、ローラたち一家の小屋の中にも入ってきました。それで、ひとり残らずさされてしまって、顔や手が、ひどくはれあがってしまいました。夜のあいだじゅう、蚊はぶんぶんうなりながらあちこちさすので、もうたまらない。

「これはなんとかしなきゃならない。窓とドアに、蚊よけのあみを張らなければならない。」

と、父さんはいいました。

「『大沼地』のせいよ。」

と、母さんが、ふまんをいいました。

「蚊《か》はあそこから来るのよ。あたしは沼地からもっとはなれたところがいいわ。」

けれど、父さんは「大沼地《おおぬまち》」が気に入っていました。

「あそこには、何エーカーというところに牧草が生《は》えてて、だれでも刈《か》ることができるんだよ。」

と父さんは、母さんに話しました。

「だれも『大沼地』を農地《のうち》に申請《しんせい》しないからね。うちの場所には高台に少し牧草があるだけだが、『大沼地』にすぐ近いから、必要なときにはいつでも刈ることができる。それに、大草原全体に、蚊はたくさんいるんだ。きょう町へ行って、蚊よけのあみを買ってくる。」

父さんは、何ヤードかのピンク色のあみと、ドアのあみ戸にする材木を、町から買ってきました。

父さんがあみ戸のわくを作っているあいだに、母さんが窓にあみを張りました。それから母さんは、父さんが作ったわくにあみを張りました。父さんは、それを入り口につけました。

その夜、父さんは、しめった枯れ草をいぶして、馬小屋の前に煙が立ちこめるように、蚊やり火をたきました。蚊は、この煙は、くぐりぬけられません。

父さんは、もう一か所、エレンが立っていられるように、蚊やり火をたきました。エレンは、すぐにそこへ行って、じっとしていました。

父さんは、蚊やり火の近くに枯れ草がないか確かめてから、夜じゅういぶしつづけられるように、しめった草を上に乗せました。

「さあ！　これで、蚊になやまされることはないと思うよ。」

と、父さんはいいました。

32 ＊ 夕やみがおりるとき

サムとデービッドは、入り口の前の煙《けむり》の幕《まく》のおかげで、静かに立ったまま、休んでいます。

エレンは、つなぎぐいにつながれて、蚊《か》やり火の煙の中で、気持ちよさそうに横になっています。

もう、蚊は、馬も牛も、さすことはできません。

ぶんぶんうなる、このやっかい者は、もう一匹も、小屋の中にも入ってこられませんでした。ドアや窓のあみ戸を、通りぬけてくることはできないのでした。

「さあこれで、みんなうまくおさまった。やっと、うちの農地《のうち》に落ちついたわけだ。バイオリンを持ってきてくれ、ローラ。ちょっと音楽といこう！」

と、父さんはいいました。

グレースは、ベッドの中のキャリィのそばで、安らかです。

母さんとメアリーは、夕やみの中で、静かにゆりいすをゆすりながら腰《こし》かけています。月の光が南の窓からさしこみ、父さんの顔や手や、弦《げん》の上をなめらかにすべる弓《ゆみ》を、てらしています。

ローラは、メアリーの近くにすわってそれを見守りながら、あのスミレにおおわれた妖《よう》精《せい》の輪《わ》に、どんなに月の光がふりそそいでいるかを考えていました。

こういう夜にこそ、あそこで妖精がダンスをするのでしょう。

父さんが、バイオリンと歌っています。

わたしが生まれた　スカーレットの町に、
かわいい娘《むすめ》が　すんでいた、
どの若者も　大声あげる
「なんてまあ　すてき」
娘の名前は　バーバリー・アレン。
たのしき五月の　その月に、
緑のつぼみも　ふくらむときに

わかきジョニー・グローブ　死の床《とこ》に
バーバリー・アレンの　愛のため。

ローラはメアリーと、キャリィやグレースが眠っている小さな小さな寝室《しんしつ》に入り、カーテンを引きました。

ローラは、眠りに落ちるまで、思いうかべているのでした。

スミレや妖精《ようせい》の輪《わ》や、広い広い大地をてらす月の光や、その大地に横たわる農地《のうち》や……。

父さんとバイオリンが、静かに歌っていました。

わが家《や》よ！　わが家よ！
　いとしき、いとしきわが家、
いかに　つつましくとも
わが家にまさる　ところなし。

訳者あとがき

シルバー湖のほとりで ✣ 足沢良子《たるさわよしこ》

『シルバー湖のほとりで』(*By the Shores of Silver Lake*)は、一九三九年に出版されました。

著者、ローラ・インガルス・ワイルダー(Laura Ingalls Wilder)はこの巻で、一八七〇年代の終わりから一八八〇年にかけてのアメリカ中西部《ちゅうせいぶ》を舞台《ぶたい》に、物語を書きました。

主人公ローラの年齢《ねんれい》は十二歳《さい》から十三歳という、特に少女にとって精神的に非常《ひじょう》にむずかしい時期にかかりました。

人《ひと》はだれでも、この時代を通って、やがておとなになっていくのですが……。

アメリカ合衆国《がっしゅうこく》の一八七〇年代そして一八八〇年代は、ローラの父さんもいっているように、

「……七十年代もそう悪くなかったが、八十年代はもっとよくなると思うよ。……」

その通りでした。それは、「鉄道」のめざましい発達が大いに影響《えいきょう》していました。

アメリカ合衆国の鉄道は、ボルチモア・オハイオ鉄道が一八三〇年に開業し、すでに蒸気機関車《じょうききかんしゃ》を本格的《ほんかくてき》に採用《さいよう》していました。鉄道網《てつどうもう》は、ゴールドラッシュとともに西部への進出が進み、一八六

九年には「大陸横断鉄道《たいりくおうだんてつどう》」が完成《かんせい》します。翌一八七〇年の鉄道網は、約八万四千七百キロメートルに達していました。連邦政府《れんぽうせいふ》は、産業振興《さんぎょうしんこう》と地域開発《ちいきかいはつ》の目的《もくてき》で、用地確保《ようちかくほ》や資金借入《しきんしゃくにゅう》を援助《えんじょ》する方策《ほうさく》をとっていたのでした。

ローラたち一家が、ミネソタ州のプラムクリーク近くの農地《のうち》を売って西のダコタ（現在のサウスダコタ州）に移住することを決めたとき、ローラの心は責任とおそれでゆれていました。いつも彼女の側にいて心強く助けてくれた愛犬《あいけん》ジャックは老犬《ろうけん》になり、この世を去りました。そして、一家にとって思いもよらないことが起こっていたのでした。

メアリーが、猩紅熱《しょうこうねつ》のために失明《しつめい》してしまったのでした。母さんは、悲しそうにオルデン牧師《ぼくし》にいいました。

「……ときには、神のご意志《いし》にしたがうことがむずかしいこともございます。……でも、子どもたちがみんな、わたくしどもの手もとに残されたことを神に感謝《かんしゃ》しております。メアリーはわたくしにとって、大きな大きな安らぎでございます。オルデン先生、あの子はただの一度も、不満《ふまん》をいったことがございません。」

ローラは、父さんに約束《やくそく》しました。「メアリーの目」になることを。

一家が新しく農地《のうち》を手に入れることになるダコタのあたりは、かつては、インディアンが自由に暮らし、オオカミとバッファローがすみ、鉄道工事が始まるまでは、大きな湖シルバー湖は、数知れない野鳥の休み場所でした。

ごく限られた人たちとしか付きあってこなかった十三歳のローラは、町の建設途上《けんせつとじょう》のこの地で、さまざまな人たちと出会います。まさにそれは彼女にとって、「おとなへの第一歩《だいいっぽ》」でした。

幼いころから疑問に思うことはそのままにしておけなかったローラ、自分で物事を考えようとしてきたローラは、どのように悩《なや》み、成長し、一歩一歩、先へ進んでいったでしょうか。

この物語には、これまでの巻では見られなかったような人たちが登場してきます。著者《ちょしゃ》の筆《ふで》は、そのひとりひとりの人物を見事に描ききっています。

情景描写《じょうけいびょうしゃ》の美しさは、ここでも、すばらしい。

一家がやっと手に入れた農地は、町から少しはなれた、シルバー湖の近くでした。小高い丘に建てた家は、まだ小屋でしかありません。けれど、ローラは満足でした。家のまわりには、かれんな野の花が咲きみだれ、空気はすがすがしい。そのうえ、ローラには〝妖精《ようせい》の輪《わ》〟としか思えない場所に、香《かお》り高いスミレが一面に咲いていたのでした。そこは、かつてバッファローの泥《どろ》あび場だったのだと、父さんに教えられました。

ローラは、しみじみ思うのでした。

「バッファローはいなくなってしまった。そして今、あたしたち入植者《にゅうしょくしゃ》がここにいるんだわ。」

月の光の美しい夜、十三歳《さい》のローラはベッドにからだを横たえ、父さんのバイオリンの音《ね》を聞きながら、眠りに落ちるまで思いうかべているのでした。


広い広い大地を照らす月の光……。

スミレにおおわれた妖精の輪に、どんなに月の光がふりそそいでいることか……。

こういう夜こそ、あそこで妖精がダンスをするのでしょう。

二〇〇六年四月

大草原の小さな家　4

シルバー湖のほとりで

By the Shores of Silver Lake

2006年6月　第1刷発行

作 ✣ ローラ・インガルス・ワイルダー　*(Laura Ingalls Wilder)*

訳 ✣ 足沢良子（たるさわよしこ）

画 ✣ むかいながまさ

発行者 ✣ 間澤洋一

発行所 ✣ 株式会社 草炎社

〒160-0015　東京都新宿区大京町 22-1

電話 ✣ 03-3357-2219（編集）　03-5362-5150（営業）　03-5362-2898（FAX）

振替 ✣ 00140-4-46366

製版・印刷 ✣ 株式会社光陽メディア

製本 ✣ 株式会社難波製本

Published by SOEHNSHA, Tokyo, Japan

ISBN 4-88264-185-2　N.D.C. 933　470P

Printed in Japan

みなさんのおたよりをお待ちしております。

おたよりは編集部から著者へおわたしいたします。